Comme il est bon
de ne plus craindre la mort

De la même auteure (non traduit) :

Love in a Time of War, Head of Zeus, 2021.
Painted with Words, Liberties Press, 2011.
The Things I've Seen, Liberties Press, 2010.

Lara Marlowe

Comme il est bon de ne plus craindre la mort

Traduit de l'anglais par Laurent Nunez

Éditions de L'Observatoire

Cette traduction de *How Good It Is I Have No Fear of Dying*
est publiée par les Éditions de l'Observatoire
en accord avec Head of Zeus Ltd,
une maison du groupe Bloomsbury Publishing Plc

ISBN : 979-10-329-3882-9
Dépôt légal : 2026, janvier

170 *bis*, boulevard du Montparnasse, 75014 Paris

Pour tous mes frères et sœurs de l'armée ukrainienne, et à la mémoire de mes camarades tombés.

Yulia MYKYTENKO

Polémos est le père de toutes choses, et de tous les rois, car il révèle les uns comme des dieux et les autres comme des hommes, les uns comme des esclaves et les autres comme des êtres libres.

HÉRACLITE

CHAPITRE I

Les Russes arrivent

On ne choisit pas son destin... On l'accepte, quel qu'il soit. Parce que lorsqu'on ne l'accepte pas, il nous choisit de force.

Vasyl Stus, *Carnet de camp*, 1981-1982.

Zakytne, un petit village situé sur la rivière Siverskyi Donets, dans le Donbass[1]. 15 janvier 2024

La nuit dernière, j'ai ordonné à mon escouade avancée d'abandonner son abri. Après vingt-quatre heures passées sous le feu ennemi, sans même pouvoir lancer un drone pour repérer la provenance des tirs, il n'y avait plus aucune raison de les laisser là. Les gars ont entassé drones, ordinateurs, radios, munitions et fusils d'assaut, puis parcouru cinq kilomètres dans le noir, telles des bêtes de somme, jusqu'à notre camp de base. À leur arrivée, ils n'ont pas dit un mot. Les soldats s'expriment rarement.

Je leur ai dit de dormir un peu. Cette nuit, on ressortira avec des pelles pour creuser un nouvel abri, un kilomètre en retrait, là où l'infanterie pourra mieux nous couvrir. Si on a le temps – et si je nous pense capables de tenir la position –,

1. Le mot *Donbass* est une abréviation de « bassin houiller de Donetsk », qui comprend les oblasts ukrainiens orientaux de Louhansk et de Donetsk. Le mot *oblast* signifie « province » ou « région » en ukrainien et en russe. La Russie a envahi la Crimée et le Donbass en 2014 et a lancé l'invasion a grande échelle de l'Ukraine le 24 février 2022. Lorsque le texte fait clairement allusion a l'invasion de 2022, nous avons parfois supprimé l'expression « a grande échelle ». (Note de l'autrice.)

on le consolidera avec des planches et on y apportera des vivres pour que ceux qui pilotent les drones soient à l'aise.

En attendant, notre segment de front est quasiment aveugle. Les Russes vont continuer d'avancer, ces enfoirés. Comme nous, ils n'engagent chars et blindés qu'en cas d'absolue nécessité : ces bijoux hors de prix ne font pas le poids face aux drones. Techniquement, on devrait les appeler UAV, pour *Unmanned Aerial Vehicle*[1]... Mais nous, on dit juste « les oiseaux ».

Je commande un peloton de reconnaissance de 25 hommes spécialisé dans le pilotage de drones, et ces engins sont comme mes bébés. On en possédait une bonne cinquantaine au début : ils finissent toujours par se faire descendre, ou bien on les envoie en mission-suicide. Leurs numéros de série sont trop longs à retenir, alors on leur donne des petits noms. Quand j'annonce aux gars que Bonnie ou Clyde est tombé, ils savent aussitôt de quel oiseau je parle. Les plus petits s'appellent Joy, Dream ou Bars - *léopard des neiges* en ukrainien. J'en ai même baptisé un Jane, en hommage à mon autrice préférée, Jane Austen.

Les Russes ont dû, tout comme nous, adapter leur stratégie. C'est à cause de leurs drones et de leurs champs de mines que notre contre-offensive de 2023 a échoué. Avec un drone, on voit tout. Nous avons installé un atelier dans une maison en ruine : les gars y soudent des charges explosives sur des drones FPV (« *first-person view*[2] »). Pour 500 $, un FPV peut pulvériser un char qui en vaut des millions ! C'est une révolution dans l'art de la guerre, qui durera tant que l'un des deux camps n'aura pas appris à

1. « Véhicule aérien inhabité ».
2. « Vue à la première personne ».

brouiller leurs signaux, ou carrément à les griller au laser. Les Russes ont une longueur d'avance dans la guerre électronique, et cela m'inquiète. Nos chefs prétendent qu'on reprendra bientôt la main, quand l'OTAN nous aura fourni la couverture des F-16 ; peut-être. En attendant, c'est le système D qui règne en maître.

On répète que la ligne de front est figée ; c'est faux. Les Russes avancent. Lentement, sûrement, inexorablement, ils grignotent notre secteur près de Lyman depuis des mois. La nuit, ils envoient de petits groupes : bagnards, gamins à peine formés, séparatistes ukrainiens - des vies jetables. Parfois deux ou trois seulement, rarement plus de vingt. On les voit progresser en file indienne dans la zone grise entre leurs lignes et les nôtres, le regard fixe, comme des zombies, même sous notre feu. Au bout d'une centaine de mètres, ils s'arrêtent, creusent un trou et s'y terrent. Peu à peu, d'autres les rejoignent ; ils fortifient la position avant l'assaut... Quand ils attaquent, on riposte - mais nos positions camouflées sont aussitôt repérées par leurs drones. L'artillerie russe s'abat alors sur nous. On répond bien sûr, avec des obus rationnés - ils en tirent cinq quand on n'en tire qu'un.

Les unités à l'est et à l'ouest ont déjà essuyé pas mal de pertes ; notre tour arrive. Hier, l'ennemi a utilisé un lance-roquettes BM-27 Ouragan contre notre camp - un simple village dévasté du Donetsk, tout près de la frontière administrative avec le Louhansk. Une roquette a frappé le baraquement d'en face : aucun blessé. À 5 heures ce matin, un drone-suicide Lancet a explosé devant notre maison lépreuse ; il visait sans doute les chars, mais il a manqué sa cible et a juste soufflé les vitres de nos 4×4 et de nos camions.

Comme il est bon de ne plus craindre la mort

Ils perceront bientôt la ligne ; il nous faudra plier bagage, comme quand Wagner est descendu de Soledar vers notre ancien camp de Zvanivka. Si l'on reste, leur artillerie nous réduira en poussière.

*

Je suis la première-lieutenante Yulia Mykytenko. Je suis ukrainienne et j'ai 28 ans. Voici à quoi se réduit ma vie à présent et pour un bon moment : survivre et protéger mes hommes, pendant que les forces russes grignotent le Donbass.

Laissez-moi vous raconter comment j'en suis arrivée là.

Vyshneve, une ville-dortoir au sud-ouest de Kyiv.
4 h 30, 24 février 2022

La première explosion m'a propulsée dans un no man's land entre sommeil et veille. L'espace d'un instant, j'ai cru que j'étais revenue dans l'est de l'Ukraine. J'ai essayé de faire abstraction du bruit, comme s'il s'agissait d'un bombardement d'artillerie habituel. Deux ans passés sur le front du Donbass m'avaient appris à supporter les tirs d'obus comme on supporte le mauvais temps. J'ai étouffé l'envie de me lever, me suis tournée en rabattant l'oreiller sur ma tête. Mon corps et mon esprit étaient comme enveloppés dans du coton. Puis est venue une deuxième détonation, suivie d'une troisième, d'une quatrième.

L'appartement de ma mère, Tamara, que j'habite depuis l'âge de 9 ans, se trouve tout près de deux aéroports de la banlieue de Kyiv : Hostomel et Jouliany. Les Russes étaient en train de les bombarder.

J'ai enfilé un peignoir et j'ai titubé jusqu'au salon. Tamara était déjà debout. Nous nous sommes prises dans les bras, à moitié endormies.

– Ça a commencé, ai-je dit simplement.

– Je sais, a-t-elle répondu. Je vais faire du café.

Ma famille en avait trop vu pour céder à la panique. Et puis Tamara avait une formation de psychothérapeute : on lui avait appris à garder son calme.

Nous avons allumé le chauffage central et nous nous sommes installées en pyjama sur le canapé, scotchées à la télévision ukrainienne. La guerre est souvent plus sonore que visuelle : notre appartement au rez-de-chaussée ne nous permettait pas d'apercevoir les avions qui pilonnaient les aéroports. À chaque explosion, le ciel passait juste du noir profond au gris pâle. Les Russes attaquaient Hostomel avec des missiles de croisière, puis avec des hélicoptères de combat.

Hostomel possède une piste exceptionnellement longue, capable d'accueillir les plus gros avions de transport ; Moscou comptait s'en servir comme pont aérien pour un assaut sur Kyiv. Les Ukrainiens avaient détruit cette piste et abattu près de 300 parachutistes russes dès le premier jour. Le lendemain, les Russes s'étaient emparés d'Hostomel et des villages environnants, se retrouvant ainsi à quelques kilomètres seulement de notre domicile.

– Et si on montait sur le toit, Maman ? On verrait peut-être les bombardements ?

– Tu es complètement folle ! Appelons plutôt Svitlana et ton frère. Nous avons besoin de savoir ce que nous allons faire.

Ma tante Svitlana avait 67 ans, dix ans de plus que Tamara, et vivait près d'une base militaire juste à l'extérieur de Tchernihiv, à 140 kilomètres au nord, sur la route qui a servi à l'invasion depuis la Biélorussie.

– Ils font un de ces bruits, s'est plainte Svitlana au téléphone.

Nous entendions en effet des explosions derrière elle.

– Descends immédiatement à la cave, Titka Svitlana, lui ai-je dit en utilisant le mot ukrainien pour « tante ».

Cinq ans dans l'armée ukrainienne m'avaient rendue autoritaire, surtout sous les bombardements.

Svitlana était têtue :

– Hors de question. Je suis trop vieille et je n'ai pas peur de mourir.

– S'il te plaît, Titka. Si tu ne veux pas aller à la cave, va au moins dans la salle de bains : il faut qu'il y ait deux murs entre toi et les explosions.

Nous avons ensuite appelé mon frère cadet, Bohdan. Il vivait à Lazarivka, à environ 80 kilomètres à l'ouest, dans la datcha en briques léguée par notre grand-mère paternelle, Lyuba.

– C'est calme ici, pour l'instant, a répondu Bohdan. Si les Russes viennent, je pense qu'ils pilleront l'épicerie, mais je ne peux pas y faire grand-chose. En attendant, nous avons beaucoup de nourriture. Que comptez-vous faire toutes les deux ? Pourquoi ne venez-vous pas à Jytomyr ? Je songe à rejoindre les Forces de défense territoriale, vous en pensez quoi ?

– Bohdan, ils cherchent des gens avec une expérience militaire. Tu n'as que 22 ans et tu ne sais même pas tenir un fusil. Pour eux, tu serais plus un poids qu'autre chose.

Il a semblé abattu.

– J'ai suivi une formation de cadet pendant quelques mois, en 2014... Je vais quand même tenter ma chance. Et toi, grande sœur ?

Je lui ai expliqué que Tamara allait me conduire au centre de recrutement quand les bombardements auraient diminué. Dès que j'ai compris que l'invasion à grande échelle avait commencé, j'ai su ce que mon mari et mon père, tous deux décédés, auraient attendu de moi.

Une petite voix en moi protestait : *Ce sera plus dangereux que la dernière fois. Reste avec Tamara et Bohdan à Lazarivka. Cela les rassurerait, et l'armée ne remarquerait pas ton absence.* Mais une autre voix prenait le dessus : *Tu es officier. Tu as été formée à l'académie militaire. Tu as des années d'expérience. Pourras-tu te regarder en face si tu ne te portes pas volontaire ?*

Nous sommes passées à la cuisine, la radio toujours en fond sonore.

– La journée va être longue, ai-je dit à Tamara. Nous ferions mieux de prendre notre petit déjeuner. Ensuite, j'aimerais que tu me conduises au centre de recrutement de Svyatoshyn. Je vais rassembler quelques affaires. Tu devrais faire tes valises aussi et rejoindre Bohdan à la datcha. Tu devras peut-être le protéger des Russes, car ils rechercheront les jeunes hommes. S'ils prennent Kyiv, ça va mal tourner. Tu seras plus en sécurité à la campagne. Prends tous les papiers : actes de naissance, titres de propriété, relevés bancaires. Prends aussi des sous-vêtements propres, des vêtements chauds, et les médicaments dont tu pourrais avoir besoin.

Tamara ne m'en voulait pas de m'exprimer par ordres.

– Et les chats ? a-t-elle demandé en parlant de nos trois minous, Khoma, Ryzhyi et Symirochka.

– Emmène-les. Tu les adores, ils t'aideront à tenir le coup. Ils profiteront de la campagne. Toi et eux serez plus en sécurité avec Bohdan, loin de Kyiv.

Dans le Donbass, la vue des animaux faméliques errant dans les villages à l'abandon me brisait le cœur. J'avais ramené Khoma et Symirochka de là-bas en 2018 ; Ryzhyi, lui, nous avait trouvées à Vyshneve. C'étaient tous des chats errants. À mon retour sur le front oriental en juin 2022, j'avais adopté un chaton noir et blanc que j'avais appelé Villi. Il vivait avec mon peloton dans notre maison délabrée, au camp de base. Quand je partais en mission ou en permission, les garçons s'occupaient de lui à ma place. Ils n'avaient pas le choix : c'était un ordre.

*

Pendant que ma mère et moi organisions notre départ, des extraits de deux discours tournaient en boucle à la radio et à la télévision. La veille au soir, conscient de l'imminence de l'invasion, le président Zelensky avait enregistré un bref mais assez poignant message à l'adresse du peuple russe. Ayant expliqué que Poutine ne répondait plus à ses appels téléphoniques, il avait été formel : les attaques que nous entendions marquaient « le début d'une grande guerre sur le continent européen ».

Dans une autre intervention du 24, Zelensky avait cité Winston Churchill. Ces explosions étaient, affirmait-il, « le bruit d'un nouveau rideau de fer qui tombe et isole la Russie du monde civilisé ». Le soir même, en visioconférence avec les dirigeants européens, il avait prévenu : « C'est peut-être la dernière fois que vous me voyez en vie. »

Si la Russie tentait d'arracher l'Ukraine à ses citoyens, poursuivait-il, « nous nous défendrons ; nous n'attaquerons pas, mais nous nous défendrons. Et lorsque vous nous attaquerez, vous verrez nos visages - nos visages, pas nos dos ».

Zelensky avait ajouté que cette « catastrophe » aurait un prix exorbitant : les Russes perdraient leur argent, leur réputation, leur qualité de vie et leur liberté ; plus encore, ils perdraient leurs proches, et se perdraient eux-mêmes. Il avait insisté sur le fait que l'Ukraine ne constituait pas une menace pour la Russie, faisant allusion à la violation du mémorandum de Budapest.

L'Ukraine indépendante avait signé ce mémorandum en 1994, l'année précédant ma naissance. La Russie, les États-Unis, le Royaume-Uni, la Chine et la France s'étaient alors engagés à garantir notre sécurité si nous renoncions à l'arme nucléaire. C'était grotesque : la Russie, qui était censée être le co-garant de notre sécurité, envahissait aujourd'hui tout le pays ! En vérité, ce traité valait à peine le papier sur lequel il était écrit. Lorsque la Russie avait envahi la Crimée et le Donbass en 2014, l'OTAN n'avait pas levé le petit doigt, et je ne m'attendais pas à ce qu'elle fasse grand-chose aujourd'hui. C'en était presque risible. Tous les pays du monde en avaient tiré la leçon : si vous avez des armes nucléaires, personne ne vous touchera. Si vous y renoncez, vous serez envahi.

Zelensky avait exhorté les citoyens de la Fédération de Russie à forcer leur président à « s'arrêter maintenant, avant qu'il ne soit trop tard ». Il était déjà trop tard.

Vint le tour de Poutine. Son discours semblait toujours le même. Dans sa longue diatribe du 12 juillet 2021, le dictateur russe avait assuré que l'Ukraine n'avait jamais existé, et que Lénine l'avait inventée. Trois jours plus tôt, il avait tenu des propos identiques. Même rengaine : l'Ukraine et la Russie ne formaient qu'un seul pays, un seul peuple ; la Russie avait tant fait pour l'Ukraine, et les Ukrainiens étaient ingrats. Les bolcheviks, Staline et l'Occident avaient arraché l'Ukraine au corps de la Russie ; désormais, l'OTAN se servait de l'Ukraine pour menacer Moscou... La Russie était la victime, pas l'agresseur.

Le discours de Poutine était beaucoup plus long que celui de Zelensky, et sans aucune surprise. Je n'y avais pas prêté beaucoup d'attention ce matin de juillet ; mais plus tard, lors d'une journée libre, je l'avais réécouté sur le site Web du Kremlin.

Environ un tiers de ce discours était consacré aux péchés des États-Unis et de l'Occident. Avec Poutine, tout était toujours une question d'histoire. Pas l'histoire telle qu'elle s'était déroulée, mais plutôt sa vision déformée du passé. Il déplorait le bombardement de Belgrade en 1999, l'invasion de l'Irak en 2003, le soutien américain au soulèvement contre le dictateur syrien Bachar al-Assad dans les années 2010 et le renversement du dictateur libyen Mouammar Kadhafi.

Pendant trente ans, affirmait Poutine, la Russie avait tenté de parvenir à un accord équitable avec l'OTAN sur la sécurité en Europe. « Nous avons invariablement été confrontés soit à des tromperies cyniques et à des mensonges, soit à des tentatives de pression et de chantage, tandis que l'Alliance de l'Atlantique nord continuait de s'étendre malgré nos protestations et nos préoccupations. » C'était donc lui, la partie lésée. Il s'interrogeait : « Comment expliquer cette attitude méprisante et dédaigneuse à l'égard de nos intérêts et de nos revendications tout à fait légitimes ? »

Il était vrai que quatorze ex-membres du pacte de Varsovie avaient rejoint l'OTAN depuis la chute de l'URSS, et qu'en 2008 l'Organisation avait promis à la Géorgie et à l'Ukraine qu'elles pourraient un jour l'intégrer... Mais Poutine prétendait, dans le même discours, respecter l'indépendance des États post-soviétiques. Effrayés par des siècles d'impérialisme russe et soviétique, ces pays s'étaient réfugiés sous l'aile de l'OTAN comme des poussins apeurés.

Sans entrer dans les détails, Poutine avait rappelé la promesse faite par le secrétaire d'État américain James Baker à Mikhaïl Gorbatchev après la chute du mur de Berlin : si l'Union soviétique moribonde autorisait la réunification de l'Allemagne de l'Est et de l'Allemagne de l'Ouest, l'OTAN ne se déplacerait « pas d'un pouce » vers l'est. « Ils nous ont trompés... ils se sont joués de nous, déclarait Poutine. Où sont la justice et la vérité dans tout cela ? Il n'y a que des mensonges et de l'hypocrisie. »

L'argument principal de Poutine se résumait donc à cela : « C'est l'OTAN qui m'y a poussé. » Pour des oreilles ukrainiennes, l'argument paraissait grotesque, mais ce discours trouvait un écho considérable dans le monde, y compris dans des pays occidentaux dont les dirigeants, pourtant, soutenaient l'Ukraine.

« Toute extension supplémentaire de l'infrastructure de l'Alliance atlantique, ou toute tentative d'établir une présence militaire en Ukraine, nous est inacceptable », martelait Poutine. Autrement dit, il s'attribuait un droit de veto sur la liberté qu'avait l'Ukraine de s'allier à qui que ce soit d'autre que Moscou. « Le problème, poursuivait-il, c'est que, dans les territoires adjacents à la Russie, qui sont, je tiens à le rappeler, notre territoire historique, se forge une "anti-Russie" hostile. Entièrement contrôlée de l'extérieur, elle fait tout pour attirer les forces de l'OTAN et se doter d'armes de pointe. »

Notez bien cette mention de « notre terre historique » : Poutine refusait purement et simplement d'admettre l'indépendance de l'Ukraine. De même qu'il refusait d'admettre que l'Ukraine désirait tout autant - sinon davantage - l'OTAN que l'OTAN ne désirait l'Ukraine. Un amendement à la Constitution ukrainienne en 2019 avait d'ailleurs fait de l'adhésion à l'OTAN et à l'Union européenne notre principal objectif de politique étrangère.

Aucun discours de Poutine n'étant complet sans une référence à la « Grande Guerre patriotique », comme les Russes appellent la Seconde Guerre mondiale. Il avait répété trois fois que la Russie combattait les nazis en Ukraine. Puis il avait menacé d'utiliser des armes nucléaires.

« La Russie demeure l'une des plus grandes puissances nucléaires, tonnait-il, et elle dispose d'un avantage certain dans plusieurs domaines d'armement de pointe. Dans ce contexte, ne doutez pas que tout agresseur potentiel sera vaincu et subira des conséquences funestes... Quiconque tentera de nous barrer la route ou de menacer notre pays et notre peuple doit savoir que la Russie répliquera immédiatement. Les conséquences seront telles que vous n'en avez jamais vu dans l'histoire. »

... *Telles que vous n'en avez jamais vu dans l'histoire*. Fallait-il éclater de rire ou frissonner d'effroi ?

Poutine poursuivait : la Russie ne pouvait survivre que si l'Ukraine redevenait colonie ou satellite. « Pour notre pays, c'est une question de vie ou de mort, une question historique qui concerne notre avenir en tant que nation... Ce n'est pas une exagération, c'est un fait. Il s'agit non seulement d'une menace très réelle pour nos intérêts, mais aussi pour l'existence même de notre État et sa souveraineté... La Russie ne peut se sentir en sécurité, se développer et exister tant qu'elle est confrontée à une menace permanente provenant du territoire de l'Ukraine actuelle. »

Quelques minutes après la diffusion du discours, Poutine avait lancé sur des villes ukrainiennes plus de 150 missiles de croisière et balistiques, depuis la terre, la mer et les airs. Et il affirmait que c'était nous qui le menacions...

Par deux fois, il avait dénoncé un « génocide » commis contre les russophones du Donbass. L'idée que nous ayons perpétré un tel crime en nous opposant à l'invasion de 2014 et à la mainmise de notre ancienne puissance coloniale sur une partie de notre territoire était particulièrement absurde.

J'y étais : j'avais plutôt vu une minorité de séparatistes corrompus et violents, soutenus par Moscou, torturer et assassiner mes frères d'armes.

Poutine dissimulait sa violation de la Charte des Nations unies derrière un jargon juridique, allant jusqu'à invoquer le droit à la légitime défense, inscrit à l'article 51, chapitre VII, de la Charte. Il affirmait répondre à un appel des prétendues « Républiques populaires » de Louhansk et de Donetsk, les régimes fantoches qu'il avait mis en place dans le Donbass.

Le dictateur russe alternait donc menaces nucléaires et novlangue orwellienne... La gravité du moment et le caractère surréaliste de son discours d'invasion avaient fini par vaincre ma réticence à l'écouter : j'étais allée au bout de son verbiage mensonger. « Nous n'avons pas l'intention d'occuper le territoire ukrainien. Nous n'avons pas l'intention d'imposer quoi que ce soit à qui que ce soit par la force... La liberté guide notre politique. » Après avoir défendu « la culture et les valeurs » de ses ancêtres russes à l'heure même où il massacrait des Ukrainiens, il concluait : « Parce que la vérité et la justice sont de notre côté, nous sommes véritablement forts. »

La Russie lançait des attaques sur toute l'Ukraine. Elle descendait du nord depuis la frontière biélorusse, remontait du sud à partir de la Crimée et pénétrait à l'est depuis son propre territoire. Nous craignions que ce ne fût qu'une question de temps avant qu'ils n'atteignent Kyiv.

Après l'aube, les détonations se sont espacées. Vers 8 heures, j'ai annoncé à Tamara qu'il était temps de partir. J'ai mis autour de mon cou mes plaques d'identité - accrochées à la même chaîne que l'alliance d'Illia, mon mari défunt, et la mienne - puis j'ai fourré dans un sac de voyage des sous-vêtements thermiques (le froid était mordant), des treillis, du savon, du dentifrice, du papier toilette et mon sac de couchage.

Nous avons été prises dans un embouteillage monstre, causé par des centaines de milliers d'habitants de Kyiv qui fuyaient vers l'ouest. Peu avant 9 heures, la radio a diffusé le premier discours de Zelensky depuis le début de l'offensive.

« Aujourd'hui, Poutine a déclaré la guerre à l'Ukraine et à l'ensemble du monde démocratique. Il veut détruire notre pays et tout ce que nous avons construit. Mais nous connaissons la force du peuple ukrainien. Vous êtes indomptables. »

– Quoi qu'on pense de Zelensky, il a le sens de la formule, a observé Tamara.

Son regard scrutait l'horizon, à l'affût d'avions ou de missiles.

– S'il a retrouvé son esprit combatif, tant mieux, ai-je répondu. Mais c'est un caméléon : il porte sa part de responsabilité dans ce désastre. L'armée n'était pas prête parce qu'il avait fait campagne pour la présidence en promettant de mettre fin à la guerre dans le Donbass.

On m'a raconté plus tard que, lorsque Londres et Washington lui ont proposé de l'évacuer pour qu'il forme un gouvernement en exil, Zelensky aurait rétorqué : « J'ai besoin de munitions, pas d'un taxi. » En Occident, on estime qu'il a ainsi galvanisé le pays et évité la capitulation. Franchement, je crois que nous nous serions battus même s'il était parti : les Ukrainiens ont un tempérament anarchique et rebelle. Contrairement aux Russes, nous sommes assez individualistes. Nous savons prendre des initiatives tout seuls. C'est notre plus grande force : nous ne dépendons pas des autorités. Vraiment, je vous le dis : le pays ne se serait pas effondré.

*

– Comment te sens-tu ? m'a demandé Tamara, alors que nous étions toujours coincées dans les embouteillages.

Quand Bohdan et moi étions enfants, elle nous frappait quand nous rapportions de mauvaises notes, mais bon, la plupart des parents le faisaient à l'époque. Elle s'en excuse aujourd'hui. Depuis qu'elle est devenue psychothérapeute, ma mère se soucie davantage de notre bien-être émotionnel et mental. Cela nous a rapprochées. Elle est devenue ma confidente, même si nous avons rarement le temps de nous parler à cœur ouvert.

– Honnêtement, je suis soulagée.

– Soulagée ?

Je lui ai expliqué que cela clarifiait les choses pour moi, car j'avais traversé une période difficile depuis que j'avais quitté l'armée six mois plus tôt. Engagée juste après l'université, j'avais oublié comment vivre en civil. Longtemps, j'avais rêvé de futilités - faire du shopping, me maquiller, prendre des bains chauds, sortir au restaurant -, mais une fois de retour, ces plaisirs me semblaient vides. Mes frères d'armes me manquaient, sans parler de l'adrénaline. Dans le Donbass, tout était noir ou blanc ; la vie civile était plutôt gris souris. J'avançais à tâtons, comme une aveugle avec sa canne.

Pourtant, ma sortie de l'armée avait bien commencé. J'étais partie une semaine à Zante, en Grèce, avec mon petit ami Mykyta. J'avais déjà quitté l'Ukraine, mais seulement pour le travail ; jamais je n'avais pris de vraies vacances à l'étranger. Plus besoin de formulaires ni d'autorisations : pour la première fois, j'étais libre de faire ce que je voulais. Nous avions loué une voiture et parcouru l'île. J'étais heureuse...

Soudain, je me suis demandé si Mykyta allait bien. Il était à l'académie militaire de Lviv, qui devait être une cible. Je lui ai envoyé un SMS : « Ça va ? » Nous nous étions connus au lycée militaire Ivan-Bohun, où je commandais le premier peloton féminin, après la mort de mon mari ; nous avions fini par entretenir une vraie relation.

« Réveillé par les sirènes, m'a répondu Mykyta par SMS. Tout va bien pour l'instant, mais l'ambiance est tendue. Et toi ? »

« Tamara me conduit au centre de recrutement. Je veux retourner dans le Donbass. On en reparle. Je t'embrasse. »

– Voilà. Ça, c'est fait, ai-je dit à voix haute. Mykyta est un type sympa, mais il est trop jeune pour moi... On a essayé.

– Tu l'aimes ?

– Je ne crois pas, Maman. Je ne suis pas sûre de pouvoir aimer quelqu'un après Illia.

– Laisse le temps faire son œuvre, a-t-elle glissé.

Il a fallu cette invasion à grande échelle pour que je réalise que ma relation avec Mykyta était vouée à l'échec. Pas de rupture dramatique : nous nous éloignions simplement l'un de l'autre. La guerre fournissait le prétexte. Il comprenait que j'avais d'autres priorités et l'acceptait. Nous étions toujours amis. Devenu lieutenant, comme moi, dans une nouvelle brigade de Kyiv, il me demandait parfois conseil sur le commandement. J'avais plus d'expérience et il avait besoin de soutien.

J'étais déprimée à mon retour de Grèce. Je ne savais pas quoi faire de ma vie. J'avais démissionné de l'armée parce que je désapprouvais le président et le ministre de la Défense. Quand j'étais à Donetsk entre 2016 et 2018, nous étions à court de munitions. Je revoyais mon commandant s'exclamer, cet hiver-là : « On nous pilonne, et on n'a rien pour riposter. On balance quoi, nous ? Des boules de neige ? »

Après que Zelensky avait signé la formule Steinmeier en octobre 2019, le gouvernement payait littéralement les soldats pour qu'ils ne ripostent pas aux tirs russes. Suite logique des accords de Minsk I et II, imaginés par le ministre allemand des Affaires étrangères de l'époque, Frank-Walter Steinmeier, aujourd'hui président de l'Allemagne.

Une fois la formule adoptée, on percevait une prime de 5 000 hryvnias (à peu près 175 € à l'époque) en plus de notre solde... à condition donc de ne pas riposter. Les militaires enrageaient. Notre ministre de la Défense, le lieutenant-général Andriy Taran, affichait - je ne vois pas d'autre mot - *une mentalité soviétique.* Distant, fermé, peu communicatif. J'avais l'impression qu'on sabotait ainsi l'armée de l'intérieur, que l'on retournait à l'époque prorusse d'avant la révolution de 2014, à Ianoukovitch et au Parti des Régions. Comme Tato, je craignais que l'Ukraine ne soit de nouveau condamnée à vivre sous la botte russe.

Tato, « papa » en ukrainien, c'était mon père, Mykola, mort en 2020. Vingt-deux ans s'étaient alors écoulés depuis le divorce de mes parents. Mykola n'avait pas été un bon mari, mais Tamara n'avait jamais connu d'autre homme, et n'avait jamais dit du mal de lui. Elle restait généralement silencieuse lorsque son nom était mentionné.

– Parfois, je me demande si je n'ai pas hérité d'un gène dépressif de Tato, ai-je dit à Tamara. C'est peut-être ce que j'ai vu dans le Donbass, ou la disparition d'Illia et de lui, qui a tout déclenché. Je me suis retrouvée seule dans ton appartement pendant que tu travaillais sur un projet international de psychothérapie dans l'ouest de l'Ukraine. Mykyta était retourné à l'académie militaire. Je ne savais pas quoi faire après cinq ans de service. Je m'étais habituée à l'armée et à ses règles si strictes. Tout à coup, je devais prendre des décisions moi-même, et trouver un travail, ce que je n'avais jamais fait auparavant. J'étais perdue. Pour tout dire, j'ai même eu des idées suicidaires.

– Oh Yulia ! Pourquoi ne m'as-tu pas appelée ?

Tamara était bouleversée. Une larme coulait sur sa joue, la première que j'aie vue en cette terrible journée.

– Ne t'en fais pas, c'est du passé. Tu étais occupée et je devais m'en sortir seule. Ça n'a pas duré longtemps, juste un mois ou deux.

En octobre dernier, j'avais eu la chance d'être engagée chez Veteranius, où j'aidais les anciens combattants à se réinsérer dans la vie civile. Cela m'avait sortie de ma dépression.

– J'aimais ce travail, c'était presque comme si j'étais encore dans l'armée. J'étais civile, mais toujours en lien avec le monde militaire.

Tamara se concentrait sur le présent :

– Je ne sais pas ce qui va se passer. Je suppose que personne ne le sait, ni Poutine, ni Zelensky, et certainement pas nous. Vous êtes tout ce qui m'importe, mes enfants, et je veux que vous soyez en sécurité. Je suis inquiète à l'idée que tu retournes dans l'armée.

– C'est normal, mais je dois y retourner. Je m'en voudrais de rester à l'écart. De toute façon, je m'attendais à quelque chose comme ça, car le conflit était gelé.

Malgré les compromis qu'il avait faits, Zelensky n'avait en effet jamais réussi à faire la paix avec la Russie. Il avait parlé d'accorder l'autonomie au Donbass six mois après son élection, mais il n'avait pas eu le soutien politique pour aller jusqu'au bout. Les troupes avaient été furieuses lorsqu'il avait accepté de démanteler certaines positions ukrainiennes, dans le cadre de la formule Steinmeier, alors que les Russes n'avaient pas démantelé les leurs. Il avait ensuite annoncé qu'il mettrait fin à la conscription, et que les troupes ukrainiennes, auraient l'interdiction de riposter aux tirs russes afin de ne pas les provoquer. J'étais convaincue que Poutine interpréterait ces mesures comme des signes de faiblesse et qu'il nous attaquerait... Pour les militaires, c'était une évidence.

Hélas, la plupart des gens voulaient simplement continuer à vivre leur vie, à travailler, à s'occuper de leur famille et à rembourser leur prêt. Personne ne voulait voir la catastrophe qui se profilait. Beaucoup de précautions avaient été négligées : pas de troupes supplémentaires à la frontière, pas de mobilisation. Mes camarades encore déployés dans le Donbass avaient prévenu que la situation empirait ; Kyiv n'avait rien fait. L'armée sur le terrain savait pertinemment que l'invasion allait avoir lieu. Quand les renseignements avaient averti Zelensky, en novembre 2021, d'une attaque imminente, il avait juste répondu : « Non, cela n'arrivera pas. »

Le monde oubliait que la guerre avait commencé dès 2014, avec la Crimée et le Donbass. On comptait 14 500 morts et plus d'un million de réfugiés, avant même le 24 février 2022.

Ce n'était pas la première fois que la Russie amassait des troupes à nos frontières. Joe Biden et Boris Johnson étaient pratiquement les seuls dirigeants à croire à l'invasion ; Zelensky restait sceptique et priait Washington d'édulcorer ses prédictions, craignant qu'elles ne créent la panique et détruisent notre économie. Il était tellement confiant qu'il avait participé à une conférence à Munich sur la sécurité cinq jours avant l'invasion à grande échelle. Le président français Emmanuel Macron s'était rendu à Moscou quelques semaines plus tôt pour rencontrer Poutine, affirmant que le dialogue pouvait empêcher un conflit.

L'espoir régnait encore.

Comme beaucoup de mes camarades, je m'attendais à une invasion - mais pas aussi tôt. Je pensais qu'il y aurait plus de signes avant-coureurs, que les Russes prépareraient des hôpitaux de campagne et des banques de sang, premières nécessités d'une armée en invasion. Il n'y avait rien eu de tout cela. J'avais sous-estimé le peu de considération de Poutine pour le bien-être de ses soldats. Je pensais qu'il bluffait, et voilà que j'étais moi aussi sous le choc.

*

Pour parcourir les 10 kilomètres qui séparaient Vyshneve de Sviatoshyn - deux cités-dortoirs à l'ouest de Kyiv -, il nous a fallu près de deux heures, car nous étions coincées dans l'exode massif des civils. À la radio, on annonçait de violents combats autour de Soumy et de Kharkiv, au nord-est, à Marioupol, au sud-est, à Kherson, au sud, ainsi qu'à l'aéroport d'Hostomel, juste au-dessus de nous. Les Russes venaient de s'emparer de la centrale nucléaire de Tchernobyl.

Nous sommes enfin arrivées au centre de recrutement. Tamara comptait pousser jusqu'à l'oblast de Jytomyr pour rejoindre Bohdan.

– Maman, reste encore un peu. Les choses vont peut-être se calmer, et ça te fera du bien de faire une pause. On risque de ne pas se revoir avant longtemps.

Nous avons été surprises par la foule qui se pressait devant le centre : des centaines d'hommes s'entassaient à l'intérieur, et d'autres patientaient dehors, dans les mêmes proportions. J'ai repéré mentalement ceux qui m'entouraient pour débusquer les resquilleurs, puis j'ai commencé à faire la queue, avec Tamara à mes côtés. Nous étions les seules femmes, à l'exception de celles à l'intérieur, qui traitaient les demandes.

À l'heure du déjeuner, Tamara est allée chercher des sandwichs et du café dans un café voisin afin que je ne perde pas ma place dans la file.

– Je pense que je devrais y aller, maintenant, a finalement dit Tamara. Je ne veux pas être sur la route après la tombée de la nuit.

Elle m'a prise dans ses bras et m'a murmuré :

– Je t'aime, Yulia.

– Je t'aime aussi, Maman.

Pendant une fraction de seconde, je suis redevenue une petite fille, terrifiée à l'idée de la perdre. La guerre recelait tant de dangers imprévisibles. J'étais probablement aussi inquiète pour Tamara qu'elle l'était pour moi. J'ai senti un sanglot monter en moi et je l'ai réprimé ; Tamara, elle, pleurait allègrement.

– Arrête, Maman, s'il te plaît. Ils nous regardent.

Je traverse alors une phase rebelle, où j'ai teint mes cheveux en rose vif... Je ne veux pas attirer davantage l'attention sur moi. Les hommes m'ont déjà repérée parce que je suis une femme ; inutile qu'ils me voient en pleurs.

Le personnel ne parvenait pas à gérer le nombre impressionnant de volontaires ayant une expérience militaire. Ils ne savaient pas quoi faire de moi parce que j'étais une femme, alors j'attendais. Quand j'ai eu de nouveau faim, j'ai demandé à quelqu'un de garder ma place pendant que j'allais acheter à manger.

Certains hommes étaient envoyés directement au front, et d'autres affluaient encore. Au début, j'ai gardé mes distances avec mes partenaires de patience ; mais quand nous avons réalisé que la nuit allait être longue, nous avons commencé à parler de notre expérience militaire, des brigades que nous voulions rejoindre, des endroits où nous voulions nous battre. Ils semblaient impressionnés d'apprendre que j'avais passé deux ans dans le Donbass.

La plupart des hommes avaient apporté des couvertures. Les premières nuits, je mettais deux chaises côte à côte et dormais dessus, dans mon sac de couchage. Le centre coupait les néons très tard le soir. Ne restaient alors que la lumière verte des sorties de secours et l'éclat bleuté de dizaines d'écrans de smartphones.

– Alors, pourquoi Poutine a fait ça ? a demandé Kostya, un grand chauve allongé tout près de moi, juste au moment où je sombrais. (Il ne s'adressait à personne en particulier ; il fixait le plafond.) Je n'arrive pas à croire que ce soit uniquement à cause de l'OTAN.

– À mon avis, il convoite nos richesses minières, a avancé un jeune scientifique brun, barbiche taillée, lunettes cerclées.

Il a cherché une position confortable sur la rangée de chaises derrière moi, avant de reprendre :

– La transition énergétique et le numérique exigent des terres rares et des minéraux cruciaux. Or, la Chine et la Russie verrouillent déjà le marché. L'Ukraine regorge de gisements, surtout dans le Donbass. Notre accord avec l'Union européenne porte justement sur la coopération minière : Poutine veut torpiller tout cela et s'approprier nos ressources.

– Il y a peut-être de ça, a concédé Serhiy, un programmeur trentenaire. Mais je pense que Poutine a surtout peur de ce que nous représentons. La dernière chose qu'il souhaite, c'est de voir à côté de la Russie une démocratie prospère où les gens peuvent dire et faire ce qu'ils veulent, où les citoyens votent lors d'élections libres et équitables, juste à ses portes. Cet exemple serait une incitation permanente à la rébellion dans son propre pays.

La conversation m'intéressait, alors je me suis jointe à eux.

– Les raisons sont multiples. Vous avez peut-être tous raison, mais, à mes yeux, l'essentiel tient à l'obsession de Poutine pour l'histoire. Il se prend pour la réincarnation de Pierre Ier, et veut ressusciter la Novorossia de Catherine II. Lorsque les séparatistes de Louhansk et de Donetsk ont déclaré leur indépendance en 2014, ils se sont même appelés Novorossia ! Je pense que les diatribes de Poutine contre l'Union européenne et l'OTAN ne sont que des excuses. Il ne supporte pas que Kyiv soit plus vieille que Moscou de plusieurs centaines d'années. Pour être aussi grands qu'ils prétendent l'être, les Russes ont besoin de racines historiques qu'ils n'ont pas, mais que nous avons. Ils ont besoin que l'Ukraine fasse partie de leur histoire pour proclamer leur grandeur.

– Vous avez raison, c'est une question d'histoire, mais je pense qu'il s'agit d'une histoire plus récente, a répliqué Oleksii, un instituteur. Poutine parle tout le temps de la Grande Guerre patriotique. Il en a encore parlé dans son discours ce matin. Pour moi, il est coincé dans une faille temporelle : il se voit rejouer la Seconde Guerre mondiale, d'où ses délires sur la « dénazification ». Il n'était même pas né à l'époque, bon sang !

Un volontaire aux cheveux gris que les autres appelaient Grand-Père a conclu :

– Pour moi, c'est clair : il veut rebâtir l'URSS. L'indépendance de l'Ukraine en août 1991 a été le coup de grâce pour l'Union soviétique, qui s'est effondrée quatre mois plus tard. Ils ne nous l'ont jamais pardonné. Dès 1992, la Douma a décrété que Khrouchtchev avait enfreint la loi en « cédant » la Crimée à l'Ukraine. Poutine répète que la chute de l'URSS a été la pire tragédie du XXe siècle… Il ne cherche qu'à rembobiner l'histoire.

*

Les fonctionnaires du centre de recrutement étaient tellement débordés que je me suis portée volontaire, dès le deuxième jour, pour les aider à remplir les formulaires des nouveaux engagés. Les combats faisaient toujours rage dans la région de Kyiv et, de temps à autre, une explosion nous parvenait. Au milieu de la deuxième nuit, lors d'une nouvelle allocution, Zelensky a fait le point : au moins 137 Ukrainiens, civils et militaires, avaient déjà perdu la vie. Plus de 300 autres étaient blessés.

L'une des raisons pour lesquelles je m'étais engagée, c'était que je voulais une arme. Je possédais un AK-74 quand j'étais dans l'armée, mais j'avais dû le rendre à la fin de mon contrat en août 2021. Me retrouver sans arme dans un pays occupé était mon pire cauchemar. Je voulais une arme pour me protéger et protéger ma mère. Je ne pouvais pas rester assise dans mon appartement à attendre que les chars russes paradent dans notre rue.

Mon instinct ne m'avait pas trompée car, quelques jours après l'invasion, il est devenu impossible d'acheter des armes à feu ou des gilets pare-balles où que ce soit en Ukraine. Je n'étais pas la seule à ressentir ce besoin… Le jour où les recruteurs ont commencé à distribuer des armes, la cohue a été indescriptible.

J'ai été surprise de voir, juste devant moi, une jeune femme d'une trentaine d'années, parfaitement maquillée, ongles longs et vernis, s'engager dans les Forces de défense territoriale. Le recruteur a brandi une mitrailleuse PK de fabrication soviétique.

– Donnez-la-moi ! s'est écriée mademoiselle Manucure.

– Désolé, c'est la dernière, je l'ai déjà promise à ce monsieur, a répondu le recruteur en désignant un homme mûr qui attendait sagement.

– Mais j'ai été formée ! Je sais m'en servir ! a-t-elle protesté.

Le recruteur a tendu l'arme à l'homme. Celui-ci, un certain Ivan, a adressé à la jeune femme un regard navré. Elle n'a pas renoncé : tout le monde retenait son souffle quand elle a carrément essayé de lui arracher la mitrailleuse.

– Lâchez ça ! C'est à moi ! criait-elle.

Ivan a éclaté de rire.

– Je suis un gentleman aussi bien qu'un tireur aguerri, a-t-il déclaré avec un large sourire. Alors je vous la cède. Merci d'avoir illuminé ma journée ! Les Russes sont fous d'envahir un pays où les femmes se battent pour une mitrailleuse.

Toute la salle est partie d'un grand éclat de rire. Ivan a étendu les bras vers la foule. Il parlait fort pour que tout le monde puisse l'entendre :

– Regardez-nous ! Ma sœur, mes frères, vous me redonnez espoir. Nous vaincrons les envahisseurs. *Slava Ukraini*[1] *!*

– *Heroyam slava*[2] *!* a-t-on répondu d'une seule voix.

Certains avaient les larmes aux yeux.

*

1. « Gloire à l'Ukraine ! »
2. « Gloire aux héros ! »

Sur nos téléphones, nous suivions l'évolution du front. Dès le premier jour, il était clair que nos alliés occidentaux n'enverraient pas de troupes : la peur de « l'escalade » les paralysait, et nous allions traîner cette peur comme un boulet pendant des années. À quoi bon une aide si elle n'était pas totale ? Nous aurions eu besoin de munitions, de blindés, d'avions et de missiles ; certes, nous étions reconnaissants, mais l'aide arrivait toujours trop peu, trop tard. On nous reprocherait ensuite de ne pas l'emporter assez vite... Parfois, je me dis qu'il aurait été plus charitable de nous laisser submerger d'un seul coup.

Au bout de quatre ou cinq jours, on m'a proposé d'intégrer l'unité de sécurité qui gérait le centre. J'ai accepté : Bucha, à 20 kilomètres, était déjà occupée, et je voulais rester près de Tamara si besoin. J'ai attendu que les Russes se retirent des oblasts de Kyiv et de Jytomyr en avril pour demander mon transfert sur le front oriental.

Notre unité gardait une station-service militaire : d'énormes cuves de carburant jouxtaient un abri antiaérien souterrain. Les sirènes retentissaient plusieurs fois par jour ; à chaque alerte, les femmes du quartier et les employés du centre se ruaient vers l'abri. Je n'aimais pas cet abri, j'avais peur que les Russes bombardent les réservoirs de carburant et qu'il y ait une énorme explosion.

Je portais un uniforme et une veste épaisse pour me protéger du froid. Lorsque je rabattais mon bonnet tricoté sur mes cheveux et la majeure partie de mon visage, on pouvait facilement me prendre pour un homme. C'était bien : personne ne me remarquait. Au lieu de descendre dans l'abri, je remontais avec les soldats dans le bâtiment.

*

Comme il est bon de ne plus craindre la mort

La plupart de mes compatriotes divisent leur vie en deux : avant et après le 24 février 2022. Moi, je sais depuis longtemps ce que c'est que d'être en guerre avec la Russie. Cette invasion à grande échelle sonnait presque comme un retour à la normale ; en reprenant du service, j'avais le sentiment d'être exactement là où je devais être. Ce n'était pas la guerre qui me paraissait naturelle, mais le fait d'être dans l'armée. Je n'arrive pas à m'imaginer faire autre chose. Être soldate me semble normal - et, étrangement, cela m'apaise.

CHAPITRE II

Retour à Bucha

L'Ukraine pleure en silence,
Elle pleure des larmes et du sang...
Le bourreau construit l'avenir
Sur la douleur des hommes...
L'Ukraine pleure amèrement
Elle sanglote terriblement,
Elle lave de toutes ses larmes
Ses fils morts au combat.
Mère Ukraine pleure :
Chaque mère pleure,
Lorsque son fils s'en va
Conquérir la liberté...

Taras SHEVCHENKO, « L'Ukraine pleure en silence », in *Testament,* 1848.

Bucha, 30 kilomètres au nord-ouest de Kyiv. Avril 2022

Lorsque les troupes russes se sont retirées de Bucha après un mois d'occupation, elles ont laissé derrière elles un cortège de cadavres : 458 civils abattus, et pour beaucoup mutilés, torturés ou brûlés jusqu'à devenir méconnaissables.

Des corps jonchaient la chaussée, face contre terre, certains avec les mains et les chevilles ligotées, une balle dans la tempe. Plus loin, une rangée de dépouilles recroquevillées le long d'un mur ; les liens en plastique serrés dans leur dos trahissaient un peloton d'exécution.

Les écoutes téléphoniques ont révélé que les soldats russes avaient traqué des noms inscrits sur des listes, les arrêtant, les torturant puis les exécutant : ils appelaient cela la *zachistka*, « le nettoyage ».

On a découvert des corps dans des caves, des cours, des fosses communes ; certains avaient les oreilles tranchées ou les dents arrachées, d'autres avaient été écrasés par des chars. Un soldat s'est vanté d'avoir tiré sur deux Ukrainiens par la fenêtre de leur appartement. Ceux qui s'étaient aventurés dehors pour chercher de l'eau ou de la nourriture gisaient encore là où les snipers les avaient fauchés, leurs sacs de provisions serrés contre eux.

Un gynécologue a raconté avoir reconstruit les organes génitaux d'une fillette de 12 ans, violée après que les soldats avaient tué ses parents et son chien. Je revois également cette femme retrouvée nue, un manteau de fourrure jeté sur elle, morte dans la cave où elle avait été violée, les cheveux collés de sang... Son image me hante.

*

Plus d'un an plus tard, lorsque je suis rentrée du front oriental pour une permission, je suis passée voir Tamara dans notre appartement de Vyshneve. Engagée par le gouvernement pour soigner les civils traumatisés, elle s'occupait surtout des femmes violées par les troupes russes - beaucoup étaient des soldates, comme moi.

– Si je devais choisir entre la mort et la captivité, je prendrais la mort ; je ne veux pas être torturée, lui ai-je dit.

– Oh, Yulia, je serais anéantie s'il t'arrivait malheur... C'est vrai, la captivité est plus dangereuse pour les femmes. Je ne vais pas te mentir : beaucoup de prisonnières sont violées, c'est l'enfer. Mais l'essentiel, c'est de rester en vie... On peut se reconstruire.

– C'est ma plus grande peur. Je pourrais supporter la douleur physique, mais je préférerais mourir plutôt que d'être violée.

– Aussi horribles soient ces épreuves, tu seras plus forte si tu t'y prépares, a répondu Tamara. Certaines patientes m'ont expliqué comment elles avaient tenté de se protéger lorsqu'elles étaient en prison. Elles avaient cessé toute hygiène : elles ne se lavaient plus, ne se brossaient plus les dents, ne se coiffaient plus. Elles s'enduisaient le corps d'excréments. C'était leur seul espoir d'empêcher leurs geôliers de les violer, et ça avait parfois marché.

*

Les preuves des atrocités de Bucha se sont accumulées dès les premières heures qui ont suivi le retrait russe, le 1er avril. Mais les massacres avaient commencé bien plus tôt : le 7 mars, le maire Anatoliy Fedoruk confiait déjà que des chiens déchiquetaient des cadavres dans les rues. Deux ans plus tard, en février 2024, Vladimir Poutine a assuré sur la chaîne de l'éditorialiste américain Tucker Carlson que Boris Johnson avait saboté un accord de paix au printemps 2022. Mais il n'y avait pas eu le moindre accord ! C'était justement l'horreur révélée à Bucha qui avait poussé Zelensky à interrompre les négociations d'Istanbul. Plus question de neutralité. Ces crimes de guerre ont provoqué la suspension de la Russie du Conseil des droits de l'homme de l'ONU, renforcé les sanctions de l'UE et accéléré la candidature de l'Ukraine.

Bien sûr, Poutine a nié que les forces russes aient commis des crimes de guerre à Bucha. Lui et les gouvernements de la Chine, de Cuba, du Nicaragua et du Venezuela ont affirmé que les images de cadavres, de fosses communes et de cachots souterrains avaient été truquées. Amnesty International, Human Rights Watch, la BBC et le *New York Times* les avaient pourtant authentifiées.

Le gouvernement ukrainien a tenu la 64e brigade russe de fusiliers motorisés pour principale responsable de ces atrocités. Poutine a répondu en l'élevant au rang de « brigade de la Garde » le 18 avril... Ils avaient commis des crimes de guerre et Poutine les décorait pour leur « professionnalisme » ! C'était sa façon de montrer son mépris envers les Ukrainiens, les Américains et leur cohorte d'avocats spécialisés en crimes de guerre. Sa façon de montrer qu'il se fichait éperdument de ce que l'on pensait de l'agression russe contre l'Ukraine.

Sur Telegram, les nationalistes russes exhortent les soldats à violer les Ukrainiennes, à prostituer les prisonniers, à multiplier les meurtres de masse. Ils commercialisent des t-shirts ornés de la lettre Z, symbole de l'invasion russe, avec le slogan : « La boucherie de Bucha ? On la refait quand vous voulez. »

*

Une fois les corps rassemblés et enterrés, mon unité a reçu pour mission de patrouiller la nuit à Bucha, Hostomel et Irpin. Nous étions censés arrêter les collaborateurs, les pillards, les déserteurs. J'avais vu des cités ravagées dans l'Est, entre 2016 et 2018, mais circuler en Humvee dans les rues noires et éventrées de Bucha me serrait la gorge.

Bucha avait été le décor de ma petite enfance.

Quelques nuits après le retrait russe, nous y sommes entrés ; je n'ai pas reconnu l'endroit où j'avais passé mes cinq premières années, où j'étais revenue tant de fois. Les maisons encore debout paraissaient calcinées, les vitrines noircies, des carcasses de voitures jonchaient l'asphalte. Rien ne semblait à sa place. Il flottait quelque chose d'irréel dans ce chaos. Je me sentais engourdie, comme si j'avais pénétré dans un univers parallèle.

*

Tamara et moi nous étions longtemps inquiétées pour Viktoria et Oleh, nos anciens voisins de Bucha. Viktoria avait été ma nounou de mes 3 à mes 5 ans, l'un de mes rares souvenirs lumineux d'une enfance souvent malheureuse. Durant l'occupation, elle nous appelait parfois, lâchant juste trois mots avant de raccrocher : « Je suis vivante. » Sans doute voulait-elle nous rassurer, sans donner aux Russes le moindre prétexte pour l'arrêter.

À la fin des années 1990, c'était elle qui m'habillait et me tressait les cheveux, avec une infinie tendresse, avant de me conduire à la maternelle, tandis que Tamara partait travailler. Lorsque je jouais dans les spectacles de l'école, Viktoria cousait mes costumes ; je me régalais des brioches qu'elle sortait du four, et déchirais à pleines mains les pains chauds et moelleux qu'elle préparait pour la congrégation baptiste de la Bonne Nouvelle. J'avais même un lapin en peluche qui « vivait » chez eux ; je passais la plupart de mes étés dans leur appartement du premier étage. Comme Viktoria et Oleh n'avaient pas d'enfants, j'étais devenue pour eux l'enfant de substitution – *Titka Viktoria*, Tante Viktoria, disait-on. Plus traditionnelle que ma propre mère, elle adorait l'artisanat et le jardinage. C'était elle qui m'avait appris à planter des fleurs, puis à les faire sécher entre les pages de la Bible. C'était elle qui m'avait initiée à la beauté des *vyshyvanka*, ces chemises brodées ukrainiennes.

Dès que mon unité a été détachée à Bucha, je me suis rendue chez eux à la première occasion. Les brefs appels de Viktoria avaient cessé et je n'arrivais pas à la joindre ; Tamara et Bohdan, restés à Jytomyr, n'avaient pas pu venir. J'étais folle d'inquiétude.

Le bâtiment où avait autrefois vécu ma famille était délabré, ses fenêtres brisées, mais il tenait encore debout. Je pouvais voir les plantes en pots de Viktoria sur le balcon du premier étage. J'ai laissé mes camarades attendre dans le Humvee et j'ai monté l'escalier en courant, submergée par l'émotion, avec mon uniforme de camouflage, mon fusil d'assaut et un sac de légumes que Tamara m'avait envoyés du jardin de Jytomyr. Plus d'électricité, sonnette en rade ; j'ai frappé doucement.

J'ai alors reconnu le bruit des pas légers de Viktoria. Une ombre est passée devant le judas et j'ai su qu'elle était là, de l'autre côté. La porte s'est ouverte et Viktoria s'est jetée dans mes bras. Cela faisait des années que je ne l'avais pas vue. Elle semblait plus petite, diminuée, comme flétrie.

– Yulia ! Oh, Yulia ! a-t-elle sangloté.

Des larmes coulaient sur son visage.

Elle m'a prise par la main et m'a conduite dans le salon, où une grande photo d'Oleh trônait sur la table basse. Le coin du cadre était barré en diagonale d'un ruban noir. Malgré la guerre, leurs amis et voisins avaient apporté des bouquets de condoléances qui fanaient dans des vases.

– Oleh ? ai-je demandé, connaissant déjà la réponse.

Viktoria a fixé son regard sur la photo encadrée comme si elle s'adressait à son mari défunt.

– Il a aidé beaucoup de gens à survivre au début de l'occupation.

Oleh lui souriait sur la photo. C'était un homme gentil et simple, un ouvrier.

Puis elle a raconté.

– Les Russes avaient installé leur quartier général dans la maternelle que tu fréquentais. Ils ont rassemblé les habitants du village et les ont retenus dans la cour de l'école, en nous menaçant avec leurs armes. Les gens étaient désespérés, ils avaient faim et froid. Certains étaient malades. Oleh pensait que les Russes ne lui feraient pas de mal, parce que son père était russe. Il a essayé de négocier avec eux pour de la nourriture, des médicaments, de l'eau... Ils étaient de mauvaise humeur, et sûrement ivres. Ils l'ont abattu devant moi, sans aucune raison.

Cela s'était passé quelques semaines plus tôt, et Viktoria m'a raconté tout cela d'une voix étrangement apaisée, presque heureuse. J'ai serré sa main et j'ai essayé de la réconforter. Elle n'a pas répondu. J'ai vu une boule monter et descendre dans sa gorge tandis qu'elle déglutissait péniblement.

– Chère Titka Viktoria, tu devrais voir un psychologue, quelqu'un de gentil, comme Maman. Cela t'aidera à en parler. Tant de gens portent un deuil.

– Non, non. Ce n'est vraiment pas nécessaire, a dit Viktoria en secouant la tête. J'ai mon église, ma foi et mes souvenirs. Oleh est avec Dieu.

Graf, leur labrador noir, gisait à ses pieds, les yeux rivés sur sa maîtresse.

– Veux-tu voir la tombe d'Oleh ? a-t-elle proposé.

J'ai pensé un instant à mes camarades qui attendaient dans le véhicule dehors, et me suis dit qu'ils pouvaient patienter encore un peu. J'aurais fait la même chose pour eux.

Viktoria avait beaucoup vieilli ; elle semblait maintenant plus âgée que Tamara, bien qu'elle eût dix ans de moins. En se déplaçant lentement, elle est allée chercher son manteau et ses clés pour la courte marche jusqu'au cimetière. Nous sommes sorties, bras dessus bras dessous, suivies de Graf à la démarche raide. Un tableau improbable : la lieutenante en treillis portant un fusil d'assaut et la ménagère ukrainienne solennelle, marchant à travers les rues désolées de Bucha, suivies d'un chien noir arthritique.

La tombe d'Oleh était recouverte d'une dalle de granit sur laquelle était gravée la photo que j'avais vue dans l'appartement, avec les mêmes fleurs fanées. De petits drapeaux ukrainiens bleu et jaune étaient plantés dans le sol autour de la tombe. Viktoria contemplait le tertre avec un sourire presque extatique ; ses yeux étaient humides, mais aucune larme ne coulait. Elle semblait en communion avec la sépulture - pas esseulée, mais dans le déni.

– Tu la trouves belle ? J'ai eu de la chance de l'obtenir si vite, a-t-elle raconté. Le tailleur de pierre est débordé depuis le départ des Russes… Oleh était un homme bon. Il repose en paix auprès de Dieu maintenant.

Viktoria a alors répété tout ce qu'elle m'avait dit dans l'appartement ; je ne sais pas si j'y croyais, mais elle, oui.

– Tu veux voir la tombe d'Andriy ? a-t-elle demandé après quelques minutes.

– Andriy ? Il est mort, lui aussi ?

Andriy était un ami d'enfance. Âgé de quelques années de plus que moi, il était beau, avec des cheveux et des yeux très sombres.

– Andriy a aidé à créer la Force de défense territoriale à Bucha, a dit Viktoria. Il a recruté beaucoup de gens de notre église. C'était un homme discret ; on n'aurait pas cru qu'il pouvait être si courageux. Ses camarades et lui ont été les premiers à être fusillés, dès les premiers jours de l'occupation. Ils ont été capturés et ont essayé de s'évader. On a retrouvé leur corps à même le sol, près du bâtiment du conseil municipal. Sa veuve était dévastée.

Soudain, je me suis souvenue d'avoir vu une vidéo diffusée par la résistance. On y découvrait six ou huit hommes courant dans la rue avec les mains attachées, poursuivis par les Russes. J'étais encore au centre de recrutement, à seulement vingt kilomètres, et nous avions été horrifiés par ces images : j'avais reconnu la mairie, mais pas Andriy.

– C'est si triste, Viktoria.

Mon ancienne nounou a haussé les épaules, comme pour dire que ça n'avait pas d'importance ; puis elle a cité l'Évangile : « Vous entendrez parler de guerres et de bruits de guerres : gardez-vous d'être troublés, car il faut que ces choses arrivent. Mais ce ne sera pas encore la fin. »

– Signes des temps, a-t-elle ajouté. Notre Seigneur viendra bientôt.

*

Les Russes ont tué tellement d'Ukrainiens à Bucha que j'y vois une stratégie délibérée, pour réduire le nombre de soldats mobilisables. Je pense qu'ils voulaient éliminer *tous les hommes*, afin que seules les femmes survivent. Je frissonne en pensant à ce qu'ils pourraient faire à mon petit frère.

Heureusement, les choses ne se sont pas passées comme ils l'auraient voulu. Au lieu de s'emparer de Kyiv – le trophée tant convoité –, les Russes ont été chassés de la région. On disait qu'ils s'étaient acharnés sur Bucha par vengeance, après avoir subi de lourdes pertes à l'aéroport d'Hostomel, à 5,5 kilomètres, et perdu toute une colonne de véhicules blindés sur la rue Vokzalna.

À Bucha et ailleurs, les Ukrainiens montraient qu'ils avaient bien retenu ce que leur avaient appris les conseillers de l'OTAN. Ils détruisaient systématiquement le premier et le dernier véhicule blindé d'une colonne, avec des missiles Javelin tirés à l'épaule. (Les États-Unis nous en avaient fourni bien avant l'invasion.) Le reste de la colonne était alors piégé et facilement détruit, un char ou un véhicule à la fois. Les Javelin étaient devenus une sorte d'arme culte. On m'a dit que des gens avaient appelé leurs animaux Javelin, leurs fils

Javelin, leurs filles Javelina. Il existait des jouets Javelin, des t-shirts Javelin, et des mèmes sur internet représentant des saints tenant des Javelins.

En 2023, nous disposions de plus de 5 000 Javelins américains et d'autant de NLAW britanniques. Les NLAW (« *Next-generation Light Anti-tank Weapons* », armes antichars légères de nouvelle génération) sont plus petits et plus légers que les Javelins, et très faciles à transporter. On peut apprendre à s'en servir en moins d'une journée.

*

En patrouille à Bucha et Irpin, je déchiffrais des tags russes. « Vous n'avez pas besoin de vivre aussi bien », « Pourquoi autant de luxe ici ? ». Bucha et Irpin étaient en effet des banlieues aisées. Les soldats russes étaient pauvres, et ils avaient découvert avec stupeur les maisons confortables de la classe moyenne ukrainienne. Certains n'avaient jamais vu de toilettes à chasse d'eau – ils les prenaient pour des puits. Je pense qu'une jalousie primitive, vindicative, s'était emparée d'eux. Ils avaient sans doute l'approbation de leurs supérieurs, mais cela venait aussi de la haine et de l'envie qui les animaient. Cela me rappelait la façon dont l'armée soviétique s'était déchaînée à Berlin à la fin de la Seconde Guerre mondiale : les Soviétiques avaient alors violé des dizaines de milliers de femmes allemandes. Ils avaient aussi volé tout et n'importe quoi – des montres, des sous-vêtements.

*

Traverser Bucha la nuit était une expérience irréelle : les contours déchiquetés des bâtiments détruits se découpaient en noir contre le ciel. Soudain, j'ai aperçu une ampoule électrique allumée dans une maison.

– Regardez ! Là, à droite. Quelqu'un a des batteries ou un générateur. Allons voir, ai-je dit à mes camarades dans le Humvee.

Nous nous sommes garés à quelques dizaines de mètres de la maison et nous avons avancé lentement, accroupis, fusils d'assaut à la main. La cour et la maison étaient en ruine, très sales et négligées. Je les ai prévenus de rester sur le chemin et de faire attention aux mines et aux munitions qui n'avaient pas explosé.

– Ça doit être des squatteurs, ai-je ajouté à voix haute.

– Avec un générateur ? a répondu l'un de mes soldats. Ça semble peu probable.

– Regardez là-bas, a murmuré un autre soldat.

On apercevait des cartons kaki et des emballages en aluminium dans la cour, avec l'inscription « rations militaires » en russe.

J'ai fait signe à mes soldats de se taire tandis que nous montions les marches et nous faufilions par la porte d'entrée. L'entrée et le couloir étaient encombrés d'appareils électroménagers : réfrigérateurs, machines à laver, micro-ondes, téléviseurs - des choses qui n'avaient évidemment pas leur place ici. Au bout du couloir se trouvait une pièce où deux hommes parlaient ukrainien en se réchauffant devant un feu. Quand ils nous ont vus dans l'embrasure de la porte, le plus jeune a tendu la main vers un pistolet sur la table.

J'ai crié :

– Lâchez ça ! Mains en l'air !

Je suis entrée dans la pièce avec deux soldats. Les autres montaient la garde dehors. Nos viseurs étaient braqués sur les deux hommes.

Je portais un casque et un gilet pare-balles, et l'endroit était mal éclairé : ils ne s'étaient donc pas rendu compte que j'étais une femme avant d'entendre ma voix. Je ne sais pas ce qui les a surpris le plus : des troupes ukrainiennes surgissant dans leur cachette, ou le fait d'être appréhendés par une femme. Ils ont levé les mains.

– Qu'est-ce que c'est que tout ça ? ai-je demandé en désignant les appareils qui nous entouraient.

– Nous sommes des commerçants de Bucha, a dit l'homme qui avait essayé d'attraper le pistolet. Nous avions commandé beaucoup de marchandises avant la guerre, et nous les avons apportées ici pour les mettre en sécurité.

Les autres soldats et moi, nous n'avons pas pu nous empêcher de rire de leur histoire absurde. Ils ressemblaient vraiment plus à des voleurs qu'à des commerçants...

– Et les rations russes dans la cour ?

– On n'avait rien à manger pendant l'occupation ! Nous les avons achetées aux soldats, dit l'autre homme.

– Menottez-les, ai-je dit à mes hommes. Et appelez la police et la Garde nationale pour qu'ils viennent les chercher.

Nous avons passé une heure pénible à attendre avec nos prisonniers.

Et si d'autres collaborateurs russes débarquaient ? Nous n'étions que quatre. Et si nous tombions dans une embuscade ? Le plus jeune a tenté d'engager la conversation, mais nous l'avons ignoré. J'imagine qu'ils avaient trahi des membres de la résistance au profit des occupants, sans doute plus par cupidité que par idéologie. Les Russes ont dû les récompenser en leur donnant carte blanche pour piller. Beaucoup de collabos avaient fui avec leurs maîtres russes ;

ces deux-là étaient restés. La cupidité a causé leur perte : ils n'avaient pas voulu abandonner leur butin.

*

Une autre nuit, nous avons emprunté la petite route qui reliait Bucha à Hostomel. Les villes alentour étaient ceintes de forêts. Nous avancions lentement, nos lampes scrutant les sous-bois. Un mouvement entre les troncs : nous avons stoppé le véhicule et sommes descendus. Ce soir-là, nous n'étions que deux ; nous avons donc appelé des renforts par radio. Deux autres camarades nous ont rejoints et nous nous sommes enfoncés dans la forêt, l'œil toujours rivé au sol, à la recherche de mines potentielles. Au cœur des pins, nous sommes tombés sur trois hommes crasseux, dépenaillés, recroquevillés dans un campement de fortune. Nous avons pensé d'abord à des civils sans abri, mais ils ont répondu en russe, avec un accent russe très marqué. Nous avons pointé nos armes sur eux ; ils ont aussitôt levé les mains au-dessus de la tête.

– À genoux, tout de suite ! Montrez-nous vos papiers !

– Nous n'en avons pas, a marmonné l'un d'eux.

– Vous êtes des déserteurs russes ?

– Oui, répondit-il en hochant la tête, l'air penaud.

– Comment êtes-vous arrivés ici ?

– Nous sommes contre la guerre. Nous ne voulions pas tuer d'Ukrainiens.

Je me disais : *Vous vouliez plutôt sauver votre peau... Poursuivre le combat était plus dangereux que déserter.*

– Nous avons jeté nos uniformes et enfilé les premiers vêtements trouvés. S'il vous plaît, madame, ayez pitié. Nous mourons de faim. Auriez-vous de la nourriture ?

Nous avons rappelé la police et la Garde nationale pour qu'elles viennent les récupérer. Je leur ai tendu quelques rations prises à l'arrière du Humvee, non sans un certain malaise. Ils étaient, comme nous, victimes de la mauvaise gouvernance de Poutine ; ils n'avaient sans doute aucune envie d'être envoyés en Ukraine. Ils n'en demeuraient pas moins des ennemis. Peut-être même avaient-ils tué des soldats ou des civils ukrainiens.

Je les ai regardés se jeter sur les rations comme des chiens affamés.

*

Je n'en pouvais plus de patrouiller dans la région de Kyiv. Je n'aspirais qu'à une chose : réintégrer la brigade où j'avais servi pendant deux ans, de 2016 à 2018.

J'ai téléphoné à Mila, une amie paramédic du même âge que moi. Elle avait rejoint la 54ᵉ brigade mécanisée en même temps que mon défunt mari et moi. Mais contrairement à moi, Mila n'avait jamais quitté le Donbass : elle y servait sans interruption depuis 2016. Elle connaissait cette brigade sur le bout des doigts.

Je lui ai confié mon désir de retourner sur le front de l'est et lui ai demandé s'il existait un peloton à pourvoir. Mila m'a répondu qu'elle connaissait deux postes vacants. L'unité d'observation avait besoin d'un commandant, mais le sergent était jaloux de son territoire et pouvait poser problème. L'autre poste consistait à commander un peloton de reconnaissance aérienne par drone.

– Plus personne ne part en patrouille à pied avec des jumelles, a expliqué Mila. Nous lançons des drones depuis des abris enterrés sur la ligne de front, et nous surveillons l'ennemi de cette manière.

Mila se souvenait de mon enthousiasme pour les drones lorsque nous étions stationnés près de Svitlodarsk en 2017.

– Tu as été la première à en parler ! Tu disais à tout le monde que c'était fou de risquer la vie des soldats alors qu'on pouvait faire de la reconnaissance avec des machines volantes.

Elle m'a encouragée vivement à postuler pour commander l'unité de drones.

Le bataillon avait été temporairement redéployé sur la base de Maryinka, juste au sud-est de Donetsk. Mila ne tarissait pas d'éloges sur le nouveau commandant de la compagnie, le capitaine Dmytro, qu'elle décrivait comme un jeune homme intelligent et remarquablement sympathique. Elle m'a même donné ses coordonnées. Il a accepté ma candidature avec enthousiasme.

Il ne me restait plus qu'à attendre.

*

Une nuit, mon unité a été affectée devant les hauts murs d'une usine de la région de Kyiv. C'était un véritable petit poste de garde, avec un poêle qui nous réchauffait. Rien n'indiquait ce qui était produit dans l'usine. En bons soldats, nous ne posions pas de questions.

Vers minuit, un missile s'est fait entendre dans un long sifflement. La pression de l'air a changé, les vitres de la guérite ont implosé, projetant des éclats aussi tranchants que des rasoirs. Nos gilets pare-balles nous ont protégés, mais un camarade a été blessé à la main. Le missile a explosé quelques centaines de mètres plus loin ; nous avons pourtant été projetés au sol par la puissance de l'explosion, le bruit le plus fort que j'aie jamais entendu.

Je ne pourrais comparer cela qu'à l'effondrement d'un gratte-ciel ou à des dizaines de conteneurs lâchés de très haut sur du béton.

À l'aube, j'ai appris que l'usine que les Russes avaient attaquée était l'endroit où l'on fabriquait des missiles antinavires Neptune. C'était à l'évidence un acte de vengeance : cette usine Neptune constituait un des épisodes les plus hauts en couleur de cette guerre.

Voilà l'histoire. Le soir du 13 avril, l'armée ukrainienne a rapporté que deux missiles Neptune avaient frappé le croiseur lance-missiles *Moskva*, le navire amiral de la flotte russe de la mer Noire, au sud d'Odessa et à l'est de l'île de Zmiinyi, que nous appelons aussi l'île aux Serpents. Les missiles ont provoqué un incendie qui a atteint la soute de munitions du navire de guerre. Celui-ci a explosé, puis coulé le lendemain matin.

La Russie n'a jamais voulu admettre que le *Moskva* avait été frappé par des missiles ukrainiens. Ils ont dit seulement qu'un incendie à bord avait fait exploser des munitions... Moscou a d'abord assuré que tout l'équipage avait été évacué ; mais un tribunal à Sébastopol a plus tard confirmé la mort des 17 marins. Certaines rumeurs ont fait état d'un nombre de victimes bien plus élevé. Le *Moskva* était le plus grand navire de guerre soviétique ou russe coulé depuis la Seconde Guerre mondiale, et le premier navire amiral russe coulé depuis la guerre russo-japonaise de 1905.

Deux jours avant que le *Moskva* ne sombre, le service postal ukrainien avait émis un million de timbres montrant un soldat ukrainien debout sur le rivage, faisant un doigt d'honneur au *Moskva*. Ce timbre commémorait un incident survenu le premier jour de la guerre, quand le *Moskva* avait ordonné à une unité de 13 gardes-frontières ukrainiens stationnés sur la fameuse île aux Serpents, près du delta du Danube, de se rendre. Leur commandant, le garde-frontière Roman Hrybov, avait répondu : « Navire de guerre russe, tu peux aller te faire foutre ! »

Les mots de Hrybov sont devenus un slogan, imprimé sur des t-shirts, des panneaux d'affichage et des banderoles de protestation, ainsi que sur ce timbre commémoratif. Ses camarades et lui avaient été faits prisonniers, puis libérés plus tard. Le naufrage du *Moskva* avait été un énorme boost moral pour l'Ukraine, et une humiliation pour Poutine.

Le fait d'avoir vécu la frappe sur l'usine Neptune me donne l'impression d'être impliquée dans l'histoire de ce navire de guerre tyrannique qui a eu exactement ce qu'il méritait.

*

Chaque acte d'héroïsme accompli pendant les premières semaines de la guerre nous a galvanisés. À plusieurs reprises, des Ukrainiens ont risqué leur vie pour bloquer des chars et des véhicules blindés avec leur propre corps. Il y avait presque toujours quelqu'un avec un smartphone pour filmer ces actes de bravoure. Les vidéos ont été relayées des millions de fois sur les réseaux sociaux, et diffusées sur les écrans de télévision du monde entier.

Les vidéos de Kherson m'ont particulièrement réchauffé le cœur, d'autant plus que la ville est tombée à cause de deux traîtres, le 2 mars : le général Serhiy Kryvoruchko, chef du service de sécurité SBU à Kherson, et son adjoint, le colonel Ihor Sadokhin, avaient laissé les Russes remonter depuis la Crimée sans opposition. Mais les citoyens de Kherson ont refusé la domination russe, et demandé l'intervention de l'armée ukrainienne. Ils manifestaient en grand nombre, agitant des drapeaux et des bannières, sachant pourtant que les Russes pourraient tirer sur eux. Je me suis dit : voilà ce qui se passe quand les gens travaillent ensemble pour un même objectif, tous solidaires, dans l'espoir d'arrêter les occupants ! C'était ce sentiment qui dominait pendant les six premiers mois de la guerre. Les gens résistaient vraiment. Cela m'inspirait beaucoup : j'étais très fière de mes compatriotes.

Quand Kherson a été libérée le 9 novembre 2022, toute l'Ukraine a éclaté de joie. J'étais de retour dans l'oblast de Donetsk à ce moment-là, et j'ai bien vu les scènes de liesse, les Ukrainiens agitant des drapeaux, jetant des fleurs et embrassant les soldats qui entraient dans la ville. J'enviais l'accueil réservé à ces soldats, car je n'avais servi que dans les régions de Kyiv et de Donetsk pendant les combats actifs, et aucune des unités dans lesquelles j'avais servi n'avait été accueillie de la sorte...

Quand les Russes sont entrés à Louhansk et à Donetsk en 2014, seules quelques personnes ont protesté. Nous avons libéré plusieurs villes lors de ma première mission à Donetsk, mais j'avais l'impression que les gens ne voulaient pas vraiment de nous là-bas... Certains nous considéraient même comme des occupants ! C'était assez démoralisant.

Nous appelons les gens du Donbass qui restent sur la touche - ou qui attendent que les Russes les libèrent - des *pochekuny*. Des « attendeurs ». Il y a sur internet un mème qui les représente : c'est une créature grasse, ressemblant à Bouddha ou à un ours assis. Elle porte un t-shirt et se tourne les pouces. Les Russes ont leurs propres « attendeurs ». Ils les appellent des *zhduny*. Ce sont les Ukrainiens de Crimée qui espèrent un retour de la Crimée sous contrôle ukrainien.

Peu d'« attendeurs » expriment ouvertement leurs opinions. La plupart restent silencieux. Je n'essaie même pas de communiquer avec eux. De nombreux habitants du Donbass nous tolèrent, parce qu'ils comprennent qu'il est dans leur intérêt économique que nous soyons déployés là-bas. Certains des résidents locaux acclament tout de même l'Ukraine. Ils sont contents de nous voir, et ils le disent, mais je crains qu'ils soient une minorité. Chaque fois que nous perdons du territoire, je m'inquiète pour ces gens. J'ai peur que leurs voisins les dénoncent comme pro-Ukrainiens, et qu'ils soient punis par les Russes.

Les pro-Ukrainiens à qui je parle dans le Donbass affirment que 80 % des gens qu'ils connaissent attendent les Russes. Je ne suis pas sûre que ce soit une statistique fiable, mais à Louhansk et Donetsk, les « attendeurs » constituent à l'évidence un pourcentage très élevé de la population.

Pourtant, à mesure que la guerre s'éternise, j'ai commencé à voir changer l'attitude des « attendeurs ». Les Russes utilisent les locaux comme de la chair à canon, qu'ils mettent en première ligne. Ainsi, les combattants prorusses ukrainiens ne sont ni valorisés ni honorés. Ils ne reçoivent aucun avantage ni statut particulier. Je n'ai pas de preuve réelle que l'opinion publique dans le Donbass soit en train de changer : mon impression repose sur les conversations que j'ai eues et sur ce que je vois dans les interviews et sur les réseaux sociaux.

La plupart des pro-Ukrainiens dans le Donbass ont fui vers l'ouest, ce qui explique en partie pourquoi la proportion d'« attendeurs » prorusses est si élevée là-bas. Une autre raison est que l'Union soviétique a déporté un grand nombre de familles russes dans le Donbass, entre les deux guerres mondiales, pour travailler dans les mines et l'industrie. Beaucoup d'« attendeurs » sont leurs descendants. C'est presque devenu une blague entre nous : si vous rencontrez un inconnu et que vous voulez savoir si vous avez affaire à un Russe, demandez-lui où sont enterrés ses grands-parents.

Les Soviétiques ont bouleversé la vie de millions de personnes en déportant massivement les populations autochtones, comme les Tatars de Crimée, qu'ils ont remplacés par des colons d'ethnie russe. L'une des communautés les plus pro-ukrainiennes dans le Donetsk est appelée Zvanivka. Je suis restée six mois auprès d'eux, en 2022-2023. Ses habitants sont un sous-groupe ethnique et linguistique d'Ukrainiens, appelé les Boykos. Les Soviétiques les ont déplacés de force de l'ouest de l'Ukraine vers l'est en 1951, parce qu'ils étaient soupçonnés d'agitation antisoviétique, et parce que l'URSS avait conclu un accord qui cédait leurs terres à la Pologne communiste.

La zone peuplée par des Ukrainiens de l'ouest du pays reste très différente du reste du Donetsk. Les habitants parlent ukrainien et accueillent nos troupes.

*

Nous avons besoin d'actes héroïques pour maintenir notre moral à flot, car le sang de notre nation s'écoule avec ces millions de réfugiés, toute une génération d'enfants.

La plupart de mes proches se sont immédiatement portés volontaires pour rejoindre les Forces de défense territoriale ou l'armée. Tous sont restés en Ukraine. Mon frère Bohdan a rejoint les FDT et a essayé de rejoindre l'armée, mais ils ne l'ont pas pris puisqu'il n'avait aucune expérience. Je lui ai donc demandé de rester avec Tamara parce qu'elle a besoin d'un soutien que malheureusement je ne peux pas lui donner.

J'ai quelques connaissances qui ont fui à l'étranger, surtout des femmes et des enfants. Chacun a ses raisons. Je ne me permettrais jamais de juger une mère qui veut sauver ses enfants. Même si je ne suis pas mère, je comprends la peur qui les pousse à partir. Ce que je comprends moins, en revanche, c'est pourquoi tant de réfugiés ukrainiens ne rentrent pas, maintenant que la plus grande partie du pays s'est stabilisée. Certes, il y a toujours des sirènes et des attaques de drones, mais c'est devenu la norme : descendre à la cave ou à l'abri fait désormais partie du quotidien. Je ne saisis pas pourquoi ils refusent de regagner leur patrie.

Cela m'irrite quand j'entends des Ukrainiens de l'étranger se plaindre. J'ai par exemple lu des articles sur les tensions entre réfugiés ukrainiens et services sociaux en Allemagne. Les réfugiés se plaignent parce que là-bas, si vous giflez votre enfant, on peut vous le retirer ! En dépit des différences culturelles, je suis désolée, quand on quitte son pays pour un autre, on doit en respecter les règles. Cela me rappelle ces Russes qui s'exilent et s'empressent de recréer, à l'étranger, leur petite Russie.

Dans mon peloton, un soldat a sa femme et ses deux enfants réfugiés en Écosse. Les services sociaux écossais leur imposent un appel vidéo hebdomadaire avec leur père, qui combat sur le front de l'est. À mon avis, c'est pour que les enfants ne perdent pas le lien avec leur pays et aient, un jour, le désir d'y revenir. C'est obligatoire - et c'est une bonne chose.

D'autres Ukrainiens demeurent en Europe de l'Ouest parce qu'ils y gagnent mieux leur vie ; je trouve cela honteux. Des responsables de Kyiv m'ont même appris que des milliers d'Ukrainiens prorusses, qui avaient accepté un passeport russe en Crimée ou dans le Donbass, ont traversé la Russie pour gagner l'Union européenne, attirés par la prospérité et les aides sociales qu'ils pouvaient toucher en se présentant comme réfugiés. Le sujet est délicat : la majorité des réfugiés ont fui pour protéger leur vie et celle de leurs enfants. Et même après la guerre, l'Ukraine ne se sentira ni économiquement, ni politiquement, ni militairement en sécurité avant longtemps. Des milliers de mines et de munitions non explosées joncheront encore le sol, et nous redouterons toujours une nouvelle offensive russe.

*

Tandis que je patrouillais à Bucha et dans les faubourgs de Kyiv, les Russes redoublaient de violence dans le sud et l'est du pays. Marioupol a été, avec Bucha, l'endroit où la Russie a montré son vrai visage dès les premiers mois de l'invasion à grande échelle. Le siège de Marioupol a commencé le 24 février 2022 et a duré 86 jours ; on estime à 25 000 le nombre de civils tués. Trois journalistes incroyablement courageux - le caméraman-réalisateur Mstyslav Chernov, le photographe Evgeniy Maloletka et la productrice Vasilisa Stepanenko - ont risqué leur vie pour documenter la destruction de la ville pour l'Associated Press. Ils ont partagé le prix Pulitzer 2023 du service public, et leur film *20 Days in Mariupol* a décroché l'Oscar du meilleur documentaire en mars 2024.

Le 9 mars 2022, les Russes ont bombardé une maternité et un hôpital pédiatrique à Marioupol. La photo de Maloletka montrant Iryna Kalinina, enceinte, évacuée sur une civière, a fait le tour du monde. Iryna a succombé à ses blessures ; son petit garçon est mort-né. Avec son mari Ivan, elle voulait l'appeler Miron, du mot russe signifiant « paix ». Moscou a prétendu que la photo était truquée, et que les cadavres de Bucha étaient des acteurs qui, après avoir été photographiés, s'étaient relevés et étaient partis.

Cela m'a frustrée d'être coincée dans l'oblast de Kyiv, relativement calme, alors que j'aurais pu me battre à Marioupol, où la guerre faisait rage... La guerre ressemble à la vie : on est rarement au bon endroit au bon moment.

J'ai visité trois fois Marioupol, en 2015, 2018 et 2019. J'aimais son architecture et son port animé, qui donnait sur la mer d'Azov. Au printemps 2015, j'y ai passé un week-end avec Illia, qui était basé à Shyrokyne, non loin de là, depuis le début du conflit en 2014. C'est là que nous nous sommes fiancés. En 2018, j'ai dispersé les cendres d'Illia à Shyrokyne, car c'était un endroit qui lui tenait à cœur. En 2019, je m'y suis rendue pour retrouver des amis. Quand on voit une ville qui a été si importante dans votre vie rasée par des bombardements incessants, on souffre comme si cette ville était quelqu'un qu'on aimait.

Si j'avais combattu à Marioupol, j'aurais pu être tuée ou capturée, comme les soldats qui s'étaient réfugiés dans l'aciérie Azovstal. Les survivants du siège ont été emmenés à la prison d'Olenivka, dans le Donbass, où plus de cinquante d'entre eux ont été tués et une centaine blessés dans une explosion le 29 juillet 2022. Les Russes ont affirmé que la prison avait été touchée par un Himars (High Mobility Artillery Rocket System) de fabrication américaine, mais un rapport de l'ONU affirme que ce n'était pas le cas. Nous pensons que les Russes ont bombardé l'aile de la prison pour cacher les mauvais traitements infligés aux prisonniers ukrainiens. Ceux qui ont été libérés lors d'échanges affirment avoir été torturés, entassés dans de petites cellules et privés de nourriture et d'eau. Lorsque l'explosion s'est produite, les Russes n'ont fourni aucun soin médical aux blessés.

De Kyiv à l'oblast de Donetsk. Juin 2022

Ma demande de transfert vers la 54e brigade mécanisée de l'oblast de Donetsk a progressé lentement dans les méandres de la bureaucratie militaire. Le transfert d'un officier prend toujours plus de temps que celui d'un soldat, mais cela semblait aller beaucoup plus vite pour mes collègues masculins. Était-ce de la paranoïa ? Je me demandais si ce retard était lié à mes compétences ou à mon sexe... Après tout, j'étais qualifiée pour commander une unité d'infanterie motorisée.

J'ai appelé Mila pour lui dire que je rentrais. Entre les préparatifs pour le front et les adieux, j'ai commencé à regarder les vidéos du ministère de la Défense destinées aux opérateurs de drones, sur la plateforme éducative Prometheus. Mes soldats dans le Donbass allaient m'aider à maîtriser les subtilités techniques. Eux aussi étaient novices ; nous apprendrions donc ensemble.

Le groupe de femmes vétérans Veteranka m'a aidée à acheter un 4x4 d'occasion pour rejoindre mon bataillon. Ce n'était pas pratique de voyager en train, car je transportais beaucoup de matériel. Je voulais être utile à ma brigade, alors j'ai conduit le véhicule jusqu'à l'oblast de Donetsk, où nous l'avons gardé. Les bénévoles de Veteranka l'avaient rempli d'équipements très demandés, notamment des filets de camouflage, de l'essence et des drones. J'avais l'impression d'être la mère Noël arrivant avec son traîneau rempli de cadeaux, à un moment crucial de la bataille...

Dix heures de route séparaient Kyiv de l'oblast de Donetsk. Les derniers kilomètres se faisaient en hors-piste, sur un terrain découvert. Je roulais seule, toujours sur le qui-vive, en pensant à la ligne de front, très instable. Je vérifiais constamment si telle ou telle route était sûre, si elle avait été capturée. Et j'écoutais le moteur du véhicule, qui n'était pas neuf.

Même si je savais où j'allais et que j'étais en contact avec mon commandant d'accueil, j'étais nerveuse : quatre ans loin du Donbass, c'était long. J'avais peur d'avoir perdu mes réflexes d'officier. Les autres allaient-ils m'accepter ? Et qu'allais-je dire au capitaine Dmytro à mon arrivée ?

Mon inquiétude était sans fondement. Les soldats, qui avaient servi avec moi lors de ma précédente affectation, semblaient heureux de me revoir.

– On se demandait ce que tu devenais. Il était temps que tu reviennes !

Finalement, ça a été très facile. Revenir ici, c'était comme rentrer à la maison.

CHAPITRE III

Retour au Donbass

Ne renvoyez pas nos corps à nos parents.
Nous ne voulons pas qu'ils nous voient ainsi.
Laissez-les penser aux petits enfants
qui leur manquent
Et se souvenir de nous
comme d'adolescents turbulents.
Des garçons aux genoux écorchés
et aux lance-pierres de fortune,
Avec des zéros aux contrôles
et les bras chargés de pommes
Volées dans les vergers des voisins.
Laissez nos parents
espérer qu'un jour nous reviendrons
Laissez-les espérer
que nous sommes encore quelque part...
Aujourd'hui hélas, nous continuons à creuser

Ce précieux sol ukrainien,
Cette terre si douce et si chère.
Avec des pelles de sapeur,
nous écrivons ensemble
Sur tout son corps
Le dernier poème de la littérature ukrainienne.
Nous sommes toujours en vie.
Nous sommes toujours là.

« Testament », 2014, par Borys HUMENYUK,
soldat de l'armée ukrainienne.
Humenyuk est porté disparu depuis 2022.

Oblast de Donetsk. Été 2022

Après avoir annexé la Crimée dans le sillage de la révolution de Maïdan (2013-2014), Poutine s'est lancé dans une conquête insidieuse des deux oblasts orientaux de l'Ukraine, Louhansk et Donetsk. Ces régions frontalières forment le Donbass - contraction de « *Donetsk coal basin* » (bassin houiller de Donetsk), véritable porte d'entrée du pays.

La guerre a éclaté ici au printemps 2014 avec des manifestations organisées par des séparatistes prorusses et un afflux massif de « touristes » russes, qui étaient en réalité des agents des services secrets et des militaires sans insigne, les mêmes « petits hommes verts » qui avaient envahi la Crimée. L'objectif de Poutine était donc, *a minima*, de prendre le contrôle de Donetsk et de Louhansk.

Lors de ma première affectation dans l'oblast de Donetsk (2016-2018), le conflit s'était figé. À mon retour, en juin 2022, les bombardements avaient gagné en intensité, sans bouleverser la routine du front. En revanche, l'esprit de corps avait évolué : une femme s'y intégrait désormais sans devoir se justifier. Les soldats ne s'étonnaient plus de me voir. Le capitaine Dmytro, chef de ma compagnie - nom de code : Shaman,

« l'homme-médecin » - montrait l'exemple en incitant ses hommes à laisser de côté leurs préjugés.

Mon peloton, les Hellish Hornets (« Frelons infernaux »), était l'un des cinq détachements qui composaient la compagnie de 128 soldats que le capitaine dirigeait. Plusieurs compagnies forment un bataillon, plusieurs bataillons une brigade, soit 4 000 hommes. Presque tout se passe au niveau de la compagnie. Des unités supplémentaires, qui ne font pas officiellement partie de notre brigade, se greffaient néanmoins à nous en première ligne. Il s'agissait notamment d'unités de défense territoriale, de la Garde nationale et des gardes-frontières, dont le nombre augmentait. Les effectifs fluctuaient : rien n'imposait de rester à 128 soldats. Hors fantassins d'assaut, chacun multipliait les rôles. Cette souplesse nous donnait un net avantage sur les Russes.

En juin et juillet 2022, ma compagnie était stationnée à Maryinka, juste à l'ouest de la ville de Donetsk. Le moral et la motivation étaient à leur comble ; nous brûlions d'envie de rompre les lignes russes. Avec l'aval du capitaine, je me suis inscrite à un stage d'officiers consacré à l'assaut, animé par d'anciens combattants, sur la base de Kurakhove, 20 kilomètres plus à l'ouest. L'assaut est la manœuvre la plus périlleuse - le fantasme de tout soldat. Je restais persuadée que mon mari et mon père, qui ont été soldats tous les deux, m'auraient encouragée à m'inscrire.

« Lorsque la Russie arrache un territoire à votre pays, le seul moyen de le reprendre est de vous battre », martelait, dès le premier jour, le major Mykhailo. « Attaquez, lancez des assauts, encore et encore ; allez à l'offensive. La Russie occupe 20 % de notre territoire. Il nous faut des actions audacieuses et spectaculaires... La question qui nous préoccupe tous est la suivante : comment mener un assaut sans mourir ?

C'est l'énigme que tout le monde veut résoudre. Plus on a été témoin de combats, plus le dilemme est évident. On ne peut pas regagner un territoire sans sacrifices, mais le coût humain d'un assaut peut être prohibitif, surtout lorsqu'on se bat pour quelques centaines de mètres. »

Il insistait sur l'importance de la préparation. « Il faut avoir un plan. Il faut savoir où l'on va, combien d'ennemis on affronte, de quel type d'armes ils disposent. Les défenses aériennes russes rendent trop dangereux le vol de nos rares chasseurs-bombardiers, et nos propres défenses dissuadent les Russes de faire voler les leurs... Vous devrez vous fier à la reconnaissance aérienne assurée par des unités de drones comme les Hellish Hornets de la lieutenante Mykytenko », disait-il en me faisant signe de la tête au premier rang. J'étais fière que notre rôle soit reconnu, mais un peu gênée d'avoir été distinguée de mes camarades.

« Vos soldats doivent savoir prendre des décisions dans le feu de l'action, continuait le major. Et si, à un moment donné, il apparaît que le contact avec l'ennemi est vain, le commandant doit prendre la décision de battre en retraite. Chaque assaut est différent. Parfois, l'ennemi est faible et ne riposte pas. Parfois, il est féroce et se bat jusqu'à la dernière balle. Vous devez adapter votre réponse, savoir quand engager l'artillerie, quand appeler des renforts, et quand attendre que l'ennemi soit à court de munitions. »

*

Quelques mois plus tard, des offensives éclair dans les oblasts de Kharkiv et Kherson ont libéré près de 75 000 km². Même si mes camarades et moi étions frustrés de ne pas y participer, nous savions que nous y avions contribué en tenant la ligne dans le Donbass. Nous étions comblés par la victoire. Nous croyions toujours que la petite Ukraine pouvait vaincre la géante Russie. Nous pensions que les forces armées ukrainiennes étaient invincibles.

Le plus précieux, dans ce stage, a été ma rencontre avec Andriy, un sergent de deux ans mon aîné qui est depuis devenu mon bras droit dans la section. Intelligent, rigoureux, d'une fiabilité absolue, il concevait des sites Web avant la guerre. Je pense que c'est ainsi qu'il avait développé son esprit stratégique. Il s'intéressait aux gens avec sincérité : les soldats lui confiaient spontanément leurs soucis. Il était un peu timide, mais il communiquait avec aisance, et je pouvais lui demander de s'occuper des soldats ou des officiels lorsque je ne voulais pas le faire.

*

En juillet 2022, notre compagnie est remontée de 175 kilomètres vers le nord, jusqu'au village de Zvanivka, au-dessus de Bakhmout et de Soledar, face à des Russes qui venaient de prendre Lyssytchansk. Zvanivka est peuplé de Boykos, minorité originaire des Carpates dont j'ai déjà parlé.

Je continuais à étudier des tutoriels sur les drones en ligne pendant mon temps libre, mais mon ambition de commander un groupe d'assaut persistait. Le capitaine Dmytro en dépêchait souvent pour harceler les lignes ennemies. Un soir, je lui ai demandé s'il envisagerait de m'y envoyer.

– Êtes-vous vraiment prête, lieutenante ?

– Je veux y aller, mon capitaine.

– Je le sais. Mais vouloir partir et être prête, physiquement comme mentalement, sont deux choses différentes. Je vois que vous êtes une soldate courageuse, mais une mission d'assaut, c'est particulier. Il faut un sang-froid hors du commun pour avancer sous le feu et abattre un homme à bout portant. Réfléchissez-y et dites-moi quand vous en serez absolument sûre.

Le capitaine Dmytro ne disait pas explicitement qu'il hésitait à me confier un groupe d'assaut, mais c'était l'impression que j'avais. Peut-être y avait-il aussi un reste de galanterie derrière cela. Ou peut-être ne voulait-il pas envoyer un officier sans expérience... Je fulminais contre ma propre hésitation. Quelles que fussent la force et l'ambition d'une femme, le doute semblait toujours s'insinuer en elle. Étais-je capable de mener des hommes là où il y aurait des morts ? Si quelque chose tournait mal, je me le reprocherais à vie.

*

Les premiers mois à Zvanivka, nous parvenions à repousser les forces russes suffisamment loin pour que leur artillerie ne puisse plus nous atteindre facilement. Mais ils continuaient de nous frapper à l'occasion.

J'étais tellement épuisée après une nuit difficile passée dans la tranchée à surveiller les lignes russes que, de retour à notre cantonnement, je me suis effondrée dans un sommeil profond et sans rêves. Je n'ai repris conscience que lorsque deux soldats ont fait irruption dans ma chambre en criant :

– Le plafond s'est effondré ! Le plafond s'est effondré !

– Que se passe-t-il ? ai-je dit d'une voix endormie.

– La maison a été touchée de plein fouet ! Vous allez bien, lieutenante ? Un obus d'artillerie a explosé dans la cuisine.

– Je vais bien, je vais bien.

J'ai enfilé à la hâte mon uniforme, mon gilet pare-balles et mon casque - au cas où les Russes tireraient à nouveau sur nous. Les soldats ont repris :

– Le mur extérieur a été détruit et une partie du toit s'est effondrée. Petro a réussi à se dégager, mais Ruslan est enseveli sous les décombres.

– Déblayez et libérez Ruslan, je file chercher un véhicule pour les ramener à l'infirmerie.

L'air était saturé d'une poussière grise qui collait à tout. Je me suis époussetée autant que possible en sortant précipitamment. Par miracle, mes hommes n'avaient été que légèrement touchés. Ils trouvaient encore la force de se moquer de ma capacité à dormir sous les obus. Ils m'ont même affublée d'un surnom : « Yulia-Qui-Dort-Sous-Les-Bombes ».

Notre maison était tellement endommagée que j'ai dû reloger tout le monde. J'ai loué des chambres chez l'habitant quand c'était possible ; sinon, nous investissions un bâtiment abandonné - denrée courante au Donbass.

Je ne portais le gilet pare-balles qu'en service : le garder en permanence rend fou. Lors de ma première mission à Donetsk, mon gilet pare-balles et mon casque pesaient plus de dix kilos. Avant de repartir en 2022, j'avais regardé l'équipement des autres soldats et j'avais acheté un gilet pare-balles léger. Il était en polyester compressé et, avec le casque, ne pesait que trois kilos et demi. Il n'aurait pas arrêté une balle de fusil d'assaut, mais j'étais rarement à portée directe. Je portais toujours le gilet pare-balles lourd lorsque je risquais d'être blessée par des tirs d'obus.

Les groupes d'assaut, eux, portaient les gilets lourds pour se protéger des balles d'AK-74. Mais en infiltration, ils l'abandonnaient : trop de poids brise le corps. L'armée fournissait les gilets pare-balles lourds ; les gilets pare-balles plus légers étaient achetés sur fonds propres. Tout est affaire de compromis entre mobilité et sécurité. Je courais souvent pour lancer ou récupérer mes drones, parfois sous le feu ennemi : avec dix kilos sur le dos, c'était un cauchemar.

Au début de la guerre, nous étions tous d'une vigilance extrême. Mais cette vigilance épuisait ; on finissait par se relâcher. Beaucoup ont été blessés ainsi, certains en sont morts. On se mettait à croire en sa bonne étoile et l'on cessait de se protéger. À Kyiv, les habitants, lassés des sirènes, n'y réagissaient plus. Ils faisaient confiance aux systèmes de défense Patriot et IRIS-T fournis par les Américains et les Allemands. Ils ne descendaient plus dans les abris. En conséquence, le nombre de victimes a augmenté. Kyiv était la seule ville dotée d'une défense antiaérienne de premier ordre, donc ce n'était pas si grave si les gens ne réagissaient pas aux alarmes. Mais la même lassitude touchait d'autres villes qui ne disposaient pas de moyens aussi efficaces pour intercepter les drones et les missiles.

Zvanivka, oblast de Donetsk. 9 septembre 2022

Le capitaine Dmytro était un soldat hors du commun, formé à l'Académie militaire d'Odessa. Il savait imposer le respect tout en gardant un humour bon enfant. Toujours droit, proche de ses hommes, il n'avait rien d'un chef bureaucrate.

Un matin d'automne, avant l'aube, il est parti avec plusieurs dizaines d'hommes. Chaque fois qu'un groupe d'assaut partait sans moi, je me sentais inutile, un peu mise à l'écart. Nous avions martelé de nos obus le village de Spirne, en première ligne, dont les Russes semblaient s'être retirés.

Le capitaine Dmytro voulait s'en assurer, nettoyer le village des mines et des pièges, installer un avant-poste. Voilà ce qu'est la guerre terrestre dans le Donbass : lente, méticuleuse, un village après l'autre.

Mes pilotes de drones observaient les Humvees qui s'enfonçaient dans la zone grise puis s'immobilisaient dans le village fantôme. La zone grise est la zone située entre nos tranchées et les tranchées russes, et elle est truffée de mines terrestres. Assister à une telle mission en temps réel est l'une des tâches les plus stressantes de l'armée. Vous n'êtes pas en danger, mais vous ressentez le danger qui menace vos camarades et vous êtes inquiet pour eux. S'ils ont des ennuis, c'est votre travail d'appeler l'artillerie, d'envoyer des renforts ou d'organiser un sauvetage.

Sur le flux vidéo, j'ai aperçu le capitaine Dmytro - grand, beau, charismatique - debout entre deux maisons éventrées, distribuant ses ordres. Un obus s'est abattu ; l'image s'est noyée dans la fumée, la poussière, les flammes. Quand le rideau s'est levé, les survivants ont découvert les restes éparpillés de leur chef et de ses hommes. Près d'une douzaine de morts, une trentaine de blessés : ce fut une journée tragique pour la compagnie.

Dans le jargon militaire, depuis la guerre soviétique en Afghanistan, « 200 » désigne un mort et « 300 » un blessé. « Capitaine Dmytro deux-zéro-zéro... Une douzaine de deux-zéro-zéro, environ trente trois-zéro-zéro. » On entendait la détresse dans la voix de l'opérateur radio.

Les survivants se sont enfuis à bord des Humvees, le cœur brisé de devoir abandonner leurs camarades. Les combats étaient si intenses que nous n'avons pas pu récupérer les corps avant deux semaines.

J'ai rejoint, à bord d'un véhicule blindé, le point d'évacuation convenu ; d'autres survivants y amenaient les blessés. Vlad, l'un de mes pilotes, était indemne, mais clairement en état de choc :

– Oleksandr... Oleksandr... répétait-il.

Oleksandr était le meilleur ami de Vlad. Il appartenait à une autre section de notre compagnie. Il était mort aux côtés du capitaine Dmytro.

– Il faut retourner chercher Oleksandr !

– Je suis désolée, c'est impossible.

J'ai essayé de le lui dire fermement, mais d'une voix apaisante. À chaque fois, Vlad réitérait sa demande avec plus d'insistance.

Le capitaine Dmytro avait 26 ans, un an de moins que moi. C'était le meilleur commandant que j'aie jamais eu.

*

Nous surveillions près de 50 kilomètres de front grâce à nos drones. Chaque appareil couvrait un rayon de 10 à 15 kilomètres et captait le moindre mouvement adverse. Nous observions la ligne de front en temps réel, rectifiions les tirs de l'artillerie ukrainienne et traquions les groupes d'assaut russes, à la recherche de toute attaque imminente sur nos tranchées.

Récupérer morts et blessés occupait une bonne part de mes journées. Mes pilotes de drones et moi-même observions les combats et repérions nos soldats tués ou blessés. Nous devions ensuite trouver le bon moment pour intervenir et les récupérer. Il me revenait de décider quand envoyer une équipe d'évacuation, et je les accompagnais souvent.

Depuis les tranchées, nous faisions décoller de petits quadricoptères chinois : des Mavic et des drones FPV, tous équipés de quatre rotors. Un Mavic coûte entre 1 500 et 2 000 $ en version diurne, au moins 2 400 avec caméra nocturne. On apprend à le piloter en quelques jours, pour peu qu'on soit motivé.

Les meilleurs pilotes de drones ? Ceux qui en perdaient le moins. L'important était de réussir à manœuvrer l'oiseau tout en évitant les dangers. Tous les pilotes perdent des drones, mais si vous comprenez le fonctionnement de l'antenne et celui du système antidrone ennemi, vous en perdez moins.

Les FPV étaient beaucoup moins chers que les Mavic, environ 500 $ pièce. Leur pilote portait une visière sur les yeux et voyait tout ce que voyait le drone. Nous ne les utilisions pas pour la reconnaissance, plutôt pour des missions kamikazes. Parfois, notre artillerie ne pouvait pas atteindre ou tirer sur les Russes en raison du relief, ou parce que les Russes étaient trop proches de nos propres soldats, ou simplement parce que nous manquions de munitions. Dans ces cas-là, nous utilisions ces drones pour larguer des grenades sur eux. Si les Russes n'étaient pas tués, on faisait au moins déguerpir l'ennemi.

J'avais deux soldats qui adaptaient les drones à l'aide d'un fer à souder, dans un petit atelier. Ils fabriquaient même leurs propres explosifs. Quasiment tout ce qui explose peut se fixer sous un drone. Ces jours-là, nous n'avions pas souvent l'occasion de faire exploser un char ou un véhicule blindé BMP. (BMP signifie « Boyevaya Mashina Pekhoty », « véhicule de combat d'infanterie » en russe.) Nous utilisions principalement les drones kamikazes pour attaquer les soldats d'infanterie. L'appareil planait tel un faucon, transmettait l'image en temps réel puis, lorsque le pilote décidait que le moment était venu, le drone fondait sur sa proie, s'écrasait contre elle et explosait. Un pilote chevronné pouvait même glisser une grenade dans la trappe d'un char ou poursuivre un soldat en fuite. Les FPV bourdonnaient parfois autour des hommes comme des moustiques rageurs - j'avais vu une vidéo où un soldat russe tentait d'en chasser un à coups de bâton.

L'armée ukrainienne possède des dizaines de milliers de FPV. Hélas, les Russes en ont plus que nous, tout frais sortis des chaînes de montage de leurs usines. Quelques entreprises privées ukrainiennes en produisent, mais l'État n'en commande pas assez. Ou alors il privilégie les modèles diurnes, moins chers. Un FPV nocturne à usage unique revient à près de 1 000 $. Russes et Ukrainiens s'entretuent donc à coups de drones low-cost - pour l'essentiel chinois -, qui explosent sur les troupes lorsqu'ils s'écrasent. Improbable croisement entre le feu grégeois médiéval et l'aéronautique. Le Moyen Âge percute le XXIe siècle dans les tranchées du Donbass.

Le parallèle qu'on entend le plus reste celui qu'on fait avec la Première Guerre mondiale. Le classique d'Erich Maria Remarque, *À l'Ouest rien de nouveau*, était une lecture obligatoire lorsque j'étais à l'école. Je l'ai relu lors de ma première mission et, un siècle plus tard, froid, boue, rats, nuits blanches, omniprésence du danger, rien n'a changé. Ce n'est pas une bonne idée d'emporter un livre contre la guerre dans une zone de guerre, mais j'apprécie le fait que Remarque ne romantise pas le combat.

Certaines nuits, des dizaines de drones chargés d'explosifs fondent sur des villes russes ou ukrainiennes. La plupart sont abattus, mais le climat d'insécurité demeure. En Russie, ces frappes relevent du HUR, le renseignement militaire ukrainien, très proche de la CIA : opérations secret-défense dont j'ignore presque tout, menées par des drones ukrainiens lancés depuis le territoire russe, capables de parcourir des centaines de kilomètres.

*

Fin 2023, mon peloton comptait davantage de pilotes FPV que de drones. Pékin affirmait vouloir restreindre ses exportations pour « maintenir la paix dans le monde » - sans doute un service rendu à Moscou. La capacité de l'Ukraine à augmenter sa production et à innover déterminerait peut-être l'issue de la guerre. Début 2024, la Russie pouvait produire ou acquérir 100 000 drones par mois, contre environ la moitié côté ukrainien.

L'arrivée de nouveaux « oiseaux » remonte toujours le moral. Une semaine où nous avions eu de la chance, fin 2023, nous avons reçu deux Mavic neufs et un gros drone agricole ukrainien. Ce n'était pas un kamikaze comme les FPV, mais il pouvait transporter et larguer des grenades. Certains de mes hommes s'étaient entraînés avec lui, et on nous avait promis d'autres gros drones par la suite.

On m'assure que, dans les armées occidentales, les soldats ne passent pas leur temps à lever des fonds pour leur unité. En Ukraine, toutes le font depuis 2014. Le ministère de la Défense fournit l'essentiel, mais nous savons qu'il ne couvrira pas tout. Notre peloton possède donc un compte séparé pour réparer les véhicules, payer les logiciels, entretenir nos drones, régler le loyer de notre maison délabrée, et même notre abonnement Starlink[1].

Les dons que peuvent faire la famille, les amis ou le grand public ne suffisent pas. Chaque soldat verse une partie de sa

1. Fournisseur d'accès à internet par satellite.

solde dans le pot commun. Chacun dépose ainsi 6 000 hryvnias (environ 150 €) par mois sur le compte des Hellish Hornets. Mon salaire de lieutenante est de 26 000 hryvnias, auxquels s'ajoute une prime de combat de 100 000 hryvnias pour la première ligne - un peu plus de 3 000 € mensuels. J'aide également d'autres unités ; on peut dire que je ne fais vraiment pas ça pour l'argent.

L'armée ukrainienne est unique par son autofinancement, je crois. Je passe mes soirées à collecter des fonds sur ma page Facebook pour les Hellish Hornets, principalement pour des drones de vision nocturne et les besoins essentiels du peloton. J'invite les gens à nous acheter un sweat, un écusson, ou simplement à donner l'équivalent d'un café. Les deux premières années de guerre, nous avons réuni près d'un million de hryvnias - plus de 24 000 €. Parmi les donateurs les plus généreux, un sympathisant a financé un drone de 4 600 €.

*

Russes et Ukrainiens se rendaient coup pour coup avec le même arsenal soviétique fatigué. Incroyable, mais vrai : de 2014 à 2019, alors que le Donbass brûlait déjà, Moscou nous vendait encore des pièces détachées pour nos antiques BMP.

La plupart des armes soviétiques des Russes étaient plus récentes que les nôtres. Ils étaient en avance sur nous dans la guerre électronique et mieux équipés pour les combats nocturnes. Nous avions des BMP-1, utilisés pour la première fois lors de la guerre israélo-arabe de 1973. Eux disposaient de BMP-2 datant de la guerre en Afghanistan, légèrement plus efficaces et dotés d'un meilleur canon. Ils avaient également des BMP-3, largement redessinés et entrés en service en 1987. Leurs chars remis à niveau étaient mieux protégés, et le Kornet restait leur missile antichar phare.

Quelles qu'aient été les modifications et les améliorations apportées par les Russes à l'ancien arsenal soviétique, celui-ci ne pouvait rivaliser avec les armes occidentales que nous recevions. Le problème était que celles-ci nous parvenaient au compte-gouttes, et que les armes soviétiques dont nous disposions étaient vieilles et usées.

Le T-90, fleuron russe, s'inclinait devant les Abrams, Challenger et Leopard que nos alliés occidentaux avaient fini par nous livrer. Hélas, la qualité n'avait pas été suivie par la quantité : pour l'offensive de 2023, il nous aurait fallu au moins 300 chars occidentaux ; nous n'en avions reçu qu'environ la moitié. Lorsque Washington nous a expédié 31 Abrams en septembre 2023, ils semblaient penser que nous allions gagner la guerre du jour au lendemain. Un an plus tôt, ils refusaient encore de nous en céder, de peur d'irriter Poutine...

J'avoue un faible pour les Himars, ces lance-roquettes américains arrivés à l'été 2022 : ils ont changé la donne. Nos équipages de drones leur transmettent les coordonnées, et les frappes, d'une précision chirurgicale, ne manquent jamais leur cible.

Certaines troupes - les artilleurs, par exemple - partaient se former ailleurs en Ukraine ou en Europe, mais, le plus souvent, nous improvisions et apprenions à utiliser les nouvelles armes sur le champ de bataille. Seules les forces spéciales avaient reçu des M-16 ; l'infanterie s'en passait, car les AK-47 ou 74, identiques à ceux des Russes, restaient plus pratiques dans les tranchées. Les États-Unis nous avaient aussi livré des grenades et des transports blindés. Les Italiens avaient envoyé des mines. Nous avions des obusiers à chenilles Krab, conçus en Pologne mais équipés d'un châssis sud-coréen et d'une tourelle britannique. Nous avions des obusiers tractés britanniques M777 de 155 mm. Les Britanniques nous avaient également envoyé leur système de défense aérienne Paladin pour nous protéger contre les drones russes. Ma section n'avait pas d'artillerie, mais l'unité voisine faisait tonner les Caesar français : je les voyais à l'œuvre.

*

Napoléon affirmait qu'une armée marchait avec son estomac. Nos supérieurs l'avaient compris : ils veillaient à ce que nous soyons bien nourris, et je n'avais vraiment pas à m'en plaindre. Dans les tranchées, lors des missions ou des déplacements, nous disposions de rations de combat ; mais elles ne suffisaient pas longtemps, alors le PC de compagnie nous livrait régulièrement des produits frais que nous cuisinions nous-mêmes. Chacun passait aux fourneaux à tour de rôle. Personnellement, je préférais faire la vaisselle...

En été, nous croulions sous les fruits et les légumes frais ; à l'automne, surtout des tomates, des concombres et des pommes. L'hiver venu, on nous envoyait des oignons au vinaigre, du chou, des céréales, des biscuits, des flocons d'avoine, du sarrasin, du riz, des pois, du sucre, un peu de viande - filets de porc ou cuisses de poulet. Nous ne manquions jamais d'eau potable.

Les civils ukrainiens, principalement des femmes et des enfants, préparaient pour nous des repas frais dans des centres bénévoles et les emballaient sous vide. Parfois, des gens venaient à notre camp de base en voiture pour nous apporter de la nourriture, mais, le plus souvent, ils l'expédiaient par Nova Poshta, le service de messagerie privé qui alimente le front. En octobre 2023, les Russes ont tiré une roquette sur l'agence Nova Poshta de Kharkiv, tuant 6 employés.

La générosité des Ukrainiens - surtout à l'approche du Nouvel An - était telle que, le 30 décembre 2023, j'ai publié sur Facebook des conseils pour indiquer quoi envoyer... et quoi éviter. D'abord : pitié, pas de salade Olivier - ce mélange d'œufs, de viande, de pommes de terre, de légumes et de mayonnaise hérité de l'Empire russe, si traditionnel au réveillon. Une entreprise ukrainienne en a offert onze tonnes aux troupes de première ligne ! Mauvaise idée : ça tournait vite et nous n'avions pas de réfrigérateur. J'ai plaisanté en disant que le mieux serait d'en asperger les « FR » - notre abréviation polie de « fucking Russians » - pour les écœurer avec l'odeur.

Mon peloton a reçu dix kilos de cuisses de poulet, dix kilos de poisson et dix kilos de porc. Presque tout avait pourri avant que nous puissions les manger. Mieux valaient des légumes séchés ou marinés, et de la viande sous vide ou en conserve.

Je demandais aux personnes bien intentionnées de ne pas envoyer de chaussettes tricotées, car elles font transpirer des pieds. Nous préférions des chaussettes thermiques, certes coûteuses, mais respirantes. Les chaufferettes chimiques à glisser dans les gants ou les bottes étaient, elles, toujours les bienvenues. Il était inutile également d'envoyer du matériel de rasage : personne ne se rasait sur le terrain. Pas besoin non plus de sous-vêtements. Quelqu'un nous avait bien expédié de grands boxers, que je portais avec un t-shirt l'été, mais, en général, les vêtements étaient à proscrire. Où les aurions-nous mis ? Nous n'avions ni commode ni armoire, seulement nos sacs à dos.

En revanche, nous manquions de thé, et surtout de café, que l'armée ne fournissait pas. Le thé en vrac était de piètre qualité ; des sachets étaient bien plus pratiques. Mouchoirs en papier, lingettes humides et « douches sèches » (des éponges imprégnées de savon) étaient précieux pour l'hygiène dans les tranchées. Nous avions besoin de désinfectant et de bougies artisanales pour les tranchées, également appelées « lampes Hindenburg ». Cette invention ingénieuse remonte à la Première Guerre mondiale : fabriquée en versant de la cire dans une boîte en fer avec une mèche, entourée d'une spirale de carton ondulé, elle éclairait nos tranchées et nos abris tout en dégageant un peu de chaleur.

Enfin, j'ai encouragé l'envoi de croquettes : de nombreuses unités avaient adopté chiens et chats sur la ligne de front. Les jouets pour animaux étaient également des cadeaux très appréciés.

*

Peu importe la qualité de vos armes, si une mission est mal planifiée, vous serez en difficulté. Début octobre 2022, alors que j'étais de service, l'assaut mené par des hommes de ma compagnie contre les positions russes a viré au désastre.

Le commandant qui avait succédé au capitaine Dmytro a engagé 5 de nos antiques BMP-1, ces blindés d'infanterie branlants. Pure folie : une colonne lourde offrait une cible idéale. Résultat : 3 soldats tués, 3 véhicules réduits à des carcasses fumantes. Tout cela à cause d'un chef qui défiait la logique et l'expérience en lançant autant de blindés d'un coup.

Yehor, un chauffeur-mécanicien que je connaissais bien, se trouvait aux commandes de l'un de ces véhicules. Sur le flux vidéo du drone, nous avons vu la roquette frapper ; les soldats assis sur le toit ont été projetés, mais ils ont survécu. Impossible de distinguer le sort de Yehor : nous avons pensé qu'il était blessé et qu'il avait réussi à ramper jusqu'à une conduite d'égout qu'on apercevait sur les images.

Nous avons attendu plusieurs jours que le secteur se calme avant de partir à sa recherche. J'ai pris la tête d'une escouade de sept - moi comprise - autour de laquelle gravitaient d'autres fantassins. Trop proches de l'ennemi pour passer vraiment inaperçus, nous progressions de nuit. Nous avons attendu et dormi quelque temps dans le sous-sol d'un bâtiment industriel désaffecté, puis sommes repartis à pied tôt le matin, à l'abri du brouillard.

En chemin, nous nous sommes arrêtés devant le premier BMP-1 bombardé, dont le conducteur avait été tué. Les soldats ont récupéré son corps déchiqueté. Nous avons continué jusqu'au second blindé, espérant toujours trouver Yehor vivant.

Autour du véhicule, nous avons repéré de nombreux effets personnels et des armes éparpillés sur le sol. Nous avons forcé la trappe : Yehor était là, cou brisé, exsangue, les jambes déchiquetées. Son corps, coincé dans la carcasse, a longtemps résisté ; quand nous avons tiré sur son buste, la chair s'est déchirée dans un bruit abject.

Nous voulions encore pousser jusqu'au troisième BMP pour ramener au moins des fragments d'os d'un troisième camarade. Un test ADN aurait ainsi donné des certitudes à sa famille. Impossible : le secteur grouillait de mines antipersonnel. Et puis le vent s'est levé, le brouillard s'est dissipé, la plaine a blanchi. Il nous restait plusieurs kilomètres à parcourir avec le corps lourd de Yehor. J'ai choisi de battre en retraite. Nous avons emporté ses effets et les mitrailleuses, porté la dépouille jusqu'au point d'exfiltration, transmis la position au QG, et regagné enfin notre base à Zvanivka.

*

Mon amie Mila (l'infirmière qui m'avait présentée au capitaine Dmytro) habitait de l'autre côté de la rue à Zvanivka. Nous étions les seules femmes dans une compagnie exclusivement masculine, ce qui avait renforcé notre amitié. Je lui faisais entièrement confiance. Nous nous entraidions beaucoup. Lorsqu'elle partait évacuer des blessés, je lui indiquais quel véhicule prendre, car mes opérateurs de drones et moi connaissions chaque route et chaque zone à risque. Parfois, une camionnette suffisait, mais pour certaines routes, il fallait un véhicule blindé.

Mila était dans la zone de combat depuis huit ans et elle était épuisée. Elle était très proche de Yehor, et je craignais que sa mort ne la brise. C'était à moi de lui annoncer la mauvaise nouvelle.

– Tu as retrouvé Yehor ? m'a-t-elle demandé, la voix tremblante.

J'ai hoché la tête, sans un mot.

– Il est mort, n'est-ce pas ?

Mila s'est affaissée, la tête dans les mains. Il y a peu de choses pires que de voir une amie pleurer.

– Ça a été très rapide. Il s'est brisé le cou dans le choc. Il a dû mourir sur le coup, ai-je dit.

– Yehor m'aimait, mais je ne pouvais pas partager ses sentiments. Il s'est contenté de mon amitié, a-t-elle sangloté.

Mila n'a jamais caché son homosexualité. Elle a continué :

– Il comptait tant pour moi... C'est le seul homme qui m'ait vraiment aimée et je l'ai repoussé. Oh, Yulia, ça fait si mal !

Je lui ai accordé une permission pour qu'elle puisse assister aux funérailles. Les jours suivants, elle s'est repliée sur elle-même. Elle, d'ordinaire si joyeuse et sociable, est devenue taciturne et mélancolique.

*

Mes frères d'armes évoquaient rarement leur famille. Ils ne dégainaient presque jamais les photos de leur femme ou de leurs enfants. Peut-être tenaient-ils à préserver leur jardin secret, ou redoutaient-ils de paraître vulnérables en laissant affleurer leurs émotions. Sur la ligne de front, nos liens surpassaient souvent ceux d'une fratrie. Ce n'était pas que nous aimions moins ceux restés à l'arrière ; leur présence était simplement moins immédiate, moins impérieuse, moins palpable. Combattre côte à côte forgeait un lien quasi mystique.

Nous parlions surtout de la guerre : de la situation, de la mission, des derniers développements dans notre secteur, des tâches à accomplir. Nous discutions de la manière dont nous pouvions améliorer l'interaction et la communication avec les autres unités. Par exemple, notre groupe de reconnaissance couvrait la ligne de front, et nous manquions chroniquement de talkies-walkies. Cela compliquait tout.

Officiellement, l'alcool était interdit, mais on peut comprendre qu'il soit difficile pour des soldats plongés dans l'enfer de s'en passer complètement. Nous buvions donc un peu, jamais jusqu'à l'ivresse - pas dans ma compagnie, en tout cas. Parfois, hors mission, nous nous réunissions pour discuter autour d'un verre. Nous nous retrouvions assis en cercle, jambes croisées, un verre à la main. Nous trinquions à la mémoire du capitaine Dmytro, à celle de Yehor. Parfois aussi pour fêter un anniversaire. Depuis mon retour au front, en juin 2022, j'ai perdu plus de vingt frères d'armes.

Quand un soldat de ma section était tué, j'appelais toujours sa famille. C'était éprouvant. Certains commandants rechignaient à le faire, trop bouleversés à l'idée de parler aux proches de ceux avec qui ils vivaient nuit et jour. S'ils s'y refusaient, un officier-psychologue prenait le relais. Autre solution, plus bureaucratique : l'unité signalait le décès au bureau de recrutement du soldat. Celui-ci annonçait alors à la famille que le pauvre était « disparu » ou « tombé ».

Nous avions beaucoup de personnes officiellement portées disparues. Même s'il connaissait la vérité, le commandant n'en disait rien aux familles. Sans le corps, on ne pouvait pas déclarer un homme mort. En février 2024, Zelensky a révélé que 31 000 soldats ukrainiens avaient péri durant les deux premières années de guerre. Il n'a pas précisé le nombre de « disparus ».

Le plus triste, c'était quand on savait où reposaient les corps, mais que la zone était trop dangereuse pour les récupérer. Parfois, même après avoir repris un territoire, nous ne pouvions pas les rapporter parce que l'ennemi les avait déjà emportés. Dans le meilleur des cas, ces dépouilles entraient dans le « fonds d'échange » : on les troquait contre des corps russes. Un de nos hommes, tué au combat, n'a ainsi été rendu qu'un an plus tard. Les états-majors russe et ukrainien organisaient ces échanges dans la zone grise entre nos lignes. Pendant plus d'un an après l'invasion à grande échelle, les échanges ont eu lieu dans la région de Zaporijia. Depuis fin 2023, ils ont été transférés dans la région la plus au nord-est, celle de Soumy. Les véhicules transportant les restes étaient marqués du numéro 200 pour éviter d'être pris pour cible. Étrange civilisation que la nôtre : assez civilisée pour échanger ses morts, pas assez pour cesser de s'entretuer.

Dans le pire des scénarios, les Russes - notamment les fameux mercenaires de Wagner - s'emparaient des corps ukrainiens pour monnayer des renforts. Un prisonnier nous a expliqué que, lorsqu'un cadavre était très mutilé mais portait des tatouages ukrainiens, ils brûlaient ses tatouages avant de l'envoyer en Russie et de prétendre qu'il s'agissait d'un wagnérien. Car plus leurs pertes étaient lourdes, plus ils pouvaient exiger de nouvelles recrues.

Je ne sais ce que les Russes font des corps de nos camarades morts. Peut-être les renvoient-ils aux familles des disparus de leur camp, en affirmant qu'il s'agit de leur fils ou de leur mari ? Radio Free Europe rapporte que les Russes ne pratiquent pas de tests ADN. Parfois, un corps arrive dans un village reculé, les parents voient bien que ce n'est pas leur enfant, mais ils l'inhument quand même. C'est la seule façon d'obtenir l'indemnisation de l'État - généralement une Lada toute neuve.

En Ukraine, en cas de doute, l'armée ordonne systématiquement un test ADN. Il faut dire que les indemnités versées aux familles ont explosé : d'un million de hryvnias au début de la guerre en 2014, elles atteignent aujourd'hui quinze millions - près de 355 000 €. Somme colossale qui alimente le ressentiment entre ceux qui ont perdu un proche durant les huit premières années du conflit et ceux dont les êtres chers sont tombés depuis 2022. Mais quelle que soit l'indemnité, elle ne rachète pas la perte d'un fils, d'une fille ou d'un mari. Ne laissez jamais personne vous dire que la guerre n'est pas une affaire de mort : nous vivons avec la mort, jour et nuit. J'évite de m'attarder sur le sang et les corps déchiquetés ; si je me laissais submerger par ces images, elles siphonneraient ma force et mon énergie. Elles m'engloutiraient.

*

Il n'a pas fallu longtemps aux 128 hommes et femmes de notre compagnie pour comprendre que le commandant dépêché pour remplacer le capitaine Dmytro était une calamité. Nous nous demandions s'il était incompétent parce qu'il buvait, ou s'il buvait parce qu'il était incompétent. Teint livide, presque délavé, tout chez lui respirait la négligence, jusqu'à ses cheveux blond paille en bataille. Dans son dos, nous le surnommions « Sludge » - déformation peu flatteuse de son nom - ou, plus crûment, « le Mauvais Commandant ».

Un matin de novembre 2022, j'ai demandé à voir Sludge au poste de commandement de la compagnie à Zvanivka. « Poste de commandement » sonnait grandiose : en réalité, ce n'était qu'une masure décrépite, jumelle de celle où mon peloton et moi logions.

– Commandant, la position 15, dans le bosquet de bouleaux face à l'infanterie russe, est trop exposée. Je pense qu'elle a été repérée ; je demande l'autorisation de la déplacer.

Derrière son bureau, une carte hérissée de punaises multicolores marquait nos différentes positions. Sludge y a jeté un regard désinvolte, pas assez longtemps pour se concentrer sur un endroit en particulier. J'ai bondi pour lui montrer précisément la position 15.

– Permission refusée, lieutenante.

– Mais, commandant, c'est dangereux pour mes pilotes de drone ; les Russes nous voient. Il faut se décaler.

– Ce n'est pas votre affaire, lieutenante. Retournez à vos jeux vidéo.

J'ai fait semblant de ne pas avoir entendu l'insulte : pour lui, la guerre des drones n'était donc qu'un jeu vidéo. Réaction d'un vieux schnock qui ne comprenait rien à la technologie.

– Avec tout le respect que je vous dois, commandant, c'est mon affaire. C'est *ma* section, ce sont *mes* hommes. Si quelque chose leur arrivait, j'en porterais la responsabilité.

– Ils appartiennent aux forces armées ukrainiennes. Leur mission est d'observer les mouvements ennemis.

Inutile d'insister. J'ai retenté ma chance plusieurs fois avant la fin de l'année, me heurtant à chaque fois à la même indifférence glaciale.

Plus tard, nous avons débattu des permissions pour les soldats de première ligne.

– Commandant, mes hommes végètent depuis des mois dans les tranchées. Il fait froid, c'est sale, les rats pullulent. Ils ont besoin de quelques jours à l'arrière, ne serait-ce que pour prendre un bain et dormir correctement.

– Permission refusée. Nous avons besoin de tout le monde en première ligne.

– Commandant, ce sont des êtres humains. Je ne pense pas qu'ils tiennent beaucoup plus longtemps.

Sludge m'a lancé un regard noir par-dessus ses lunettes métalliques. J'ai claqué des talons et salué - non par respect, mais pour me moquer. Me quereller avec un chef borné et insensible, dans une tentative avortée de protéger mes hommes, est resté l'un des pires moments de ma carrière militaire.

Sludge était aussi responsable du ravitaillement en eau et en nourriture du camp de base de Zvanivka, mais les stocks s'épuisaient. Quand je lui ai signalé le problème, il a haussé les épaules. J'ai alors contacté directement l'état-major de la brigade, dans son dos, pour demander des provisions. Il ne l'a jamais appris.

*

Je veillais particulièrement sur Vlad, le pilote de drone qui avait participé à l'assaut raté de septembre où son meilleur ami était tombé aux côtés du capitaine Dmytro. En tant que commandante, je devais connaître chacun des membres de ma section. Vlad restait un soldat exemplaire, mais son deuil était palpable : je n'oublierai jamais sa détresse quand il avait dû abandonner le corps d'Oleksandr sous le feu, dans ce village. J'essayais de lui changer les idées, de raviver un peu sa joie. Peut-être était-ce un instinct maternel ; je faisais pareil avec tous mes garçons. Je crois que les commandantes ont naturellement plus d'empathie que les hommes pour leurs subordonnés.

Son nom de code était « Ayid », le mot ukrainien pour Hadès. Originaire de Zaporijia, il partageait la même maison que moi, le sergent Andriy et les autres. Vlad ne rêvait pas de l'uniforme, mais quand il avait reçu son ordre de mobilisation, il n'avait pas cherché à se défiler. Travailleur, obéissant, il s'aventurait dans les endroits les plus dangereux pour récupérer les drones privés de signal. Je le tenais pour l'un de nos meilleurs opérateurs.

Zvanivka. 28 décembre 2022

– On dirait que j'ai tiré la courte paille, a lancé Vlad. Je savais que je passerais le réveillon dans les tranchées ; je relève Oleksii à la position 15. Levez votre verre à ma santé, à minuit.

Nous étions encore en train de prendre notre petit déjeuner. Vlad portait déjà son gilet pare-balles et son casque. Un sac à dos bourré de rations pour plusieurs jours lui sciait les épaules, et son AK-74 pendait à la bretelle. Il me faisait penser à un gamin engoncé dans son uniforme pour son premier jour d'école. Quelques jours plus tôt, j'avais offert à chacun un porte-clé Harry Potter pour Noël ; en sortant dans la matinée glaciale, Vlad a fait tournoyer le sien entre le pouce et l'index.

– Peut-être que ça me portera chance, a-t-il dit.

Mais ses yeux étaient mélancoliques et, plus tard, je me suis souvenu de ce sourire – fataliste, paisible sans être joyeux. Le genre de sourire fréquent sur la ligne de front : l'acceptation, ou la résignation, de savoir qu'on finira probablement par y rester.

Zvanivka, 1er janvier 2023

Le téléphone a sonné avant l'aube : c'était le Mauvais Commandant.

– Il y a eu une frappe aérienne russe avec une bombe guidée de 500 kilos sur la position 15. Votre pilote de drone a été tué. Un autre pilote de l'autre section est également mort. Un troisième soldat est blessé.

J'avais envie de hurler : « C'est de votre faute ! Je vous avais dit de déplacer cette position. Je vous avais dit à quel point c'était dangereux. » Mais je me suis tue. Mes pensées allaient vers Vlad. Honnête, fiable, Vlad. Mon meilleur pilote. Pourquoi est-ce toujours les meilleurs qui meurent ?

– Vous m'entendez, lieutenante ?

– Oui, je vous entends.

– Je suis désolé.

Trop peu désolé, et trop tard. Depuis cet appel téléphonique du jour de l'An, je ressens une sensation de terreur chaque fois que le téléphone sonne.

Dans les heures qui ont suivi, le reste de l'escouade a abandonné la ligne de front. Ils ont transporté les corps des soldats morts et leur camarade blessé sur 15 kilomètres jusqu'au camp de base. En tant que commandante de section, je devais identifier les restes de Vlad. Son visage était méconnaissable, mais nous l'avons reconnu au tatouage représentant son père sur sa poitrine.

J'avais demandé à chaque soldat la liste de ses proches, par ordre de priorité, avec leurs numéros. Il me revenait d'appeler la mère de Vlad à Zaporijia.

Sa seule question : avait-il souffert ?

– Honnêtement, non. Il s'agissait d'un bombardement aérien, et un éclat lui a fracassé le crâne. Il est mort sur le coup. Il ne s'est même pas rendu compte qu'il avait été touché.

*

Je tiens le Mauvais Commandant responsable non seulement de la mort de Vlad, mais aussi de celles de 10 autres soldats qui ont péri sous son commandement. Toute la compagnie s'est mutinée ; il a été déplacé ailleurs. C'est triste qu'il ait fallu des morts pour démontrer son incompétence.

Nous avions signalé son manque de professionnalisme et réclamé maintes fois son remplacement, mais la hiérarchie n'a réagi qu'après les blessures et les décès, et qu'après notre révolte. Hélas, dans l'écosystème militaire, un tel fiasco mène plus souvent à une promotion qu'à une sanction, et notre ancien chef siège désormais à l'état-major de la brigade, à un poste plus élevé. Nous devons encore traiter avec lui, mais au moins il n'est plus notre commandant direct sur la ligne de front.

CHAPITRE IV

Une guerre sans fin

C'est par hasard que je reste en vie, comme c'est par hasard que je puis être touché. Dans l'abri « à l'épreuve des bombes », je puis être mis en pièces, tandis que, à découvert, sous dix heures du bombardement le plus violent, je peux ne pas recevoir une blessure. Ce n'est que parmi les hasards que chaque soldat survit. Et chaque soldat a foi et confiance dans le hasard.

Erich Maria REMARQUE,
À l'Ouest rien de nouveau, 1929.

Zvanivka et Zakytne, Donbass. Janvier 2023

Heureusement que nous nous étions débarrassés du Mauvais Commandant, car Wagner s'apprêtait à nous en faire voir de toutes les couleurs. Les forçats et mercenaires d'Evgueni Prigojine n'avaient rien à voir avec les soldats russes que nous affrontions jusqu'alors. En janvier 2023, Wagner s'est emparé de Soledar, 19 kilomètres au sud de notre base de Zvanivka. Sur les réseaux sociaux, les images abondaient : on y voyait Prigojine et ses hommes exulter dans les immenses galeries de sel. Leur artillerie martelait notre camp et nous obligeait à nous replier vers Zakytne, un hameau situé sur la rivière Siverskyi Donets, entre Sloviansk et Lyman, où nous avons investi une maison de briques inachevée, apparemment abandonnée. Le relief montagneux nous protégeait partiellement. Les Russes ne pouvaient pas nous arroser aussi facilement qu'ailleurs, mais nous entendions sans cesse le départ de tirs venant de notre camp. Quand les obus adverses s'abattaient, c'était le plus souvent sur Lyman, carrefour ferroviaire jadis bordé de splendides forêts, à une dizaine de kilomètres de leurs positions. Les Russes ont tenu Lyman de fin mai à début octobre 2022, date à laquelle les forces ukrainiennes l'ont reconquise.

La ville était très endommagée et personne ne la reconstruisait, car le gouvernement ne donnait pas de fonds pour la reconstruction des villes situées à moins de 30 kilomètres des lignes ennemies. Les Russes pouvaient les reprendre, et l'argent était trop rare pour être gaspillé.

*

Mon peloton était composé de moi-même et de 25 hommes. Dix d'entre eux étaient basés à Sloviansk, d'où ils pilotaient des drones ukrainiens Leleka-100. *Leleka* signifie « cigogne » : ces oiseaux-là avaient une envergure de deux mètres. Ils ressemblaient à des modèles réduits d'avions. Nous les utilisions uniquement pour la reconnaissance. Les quinze autres étaient basés dans plusieurs maisons à Zakytne. Nous étions à 15 kilomètres des tranchées, pilonnées en permanence, et à 20 kilomètres des lignes russes : tout près pour leur artillerie, mais hors de portée de leurs armes légères. Nous faisions des rotations entre trois abris sur la ligne de front.

Notre quotidien ressemblait aux nouvelles post-apocalyptiques que j'écrivais à la fac. Nous utilisions l'eau d'un puits pour nous laver et alimenter les latrines. Nous avions de l'électricité quelques heures par jour, arrachée à des groupes électrogènes très bruyants, qu'il fallait sans cesse vidanger et remplir d'essence. L'hiver, seul un poêle à bois nous réchauffait. Nous coupions nous-mêmes le bois, ce qui nous faisait transpirer. Je me disais que, de toute façon, on dormait mieux dans le froid. Porter l'eau, couper le bois et entretenir le générateur participait de notre routine quotidienne. Je faisais la fière en prétendant n'avoir besoin de rien. Je ne me plaignais jamais devant les hommes, mais j'étais une citadine jusqu'au bout des ongles et j'en bavais ; je n'avais pas le choix... Faire la guerre serait bien plus simple si l'on disposait, au moins, du nécessaire.

À la fin de l'automne, et durant tout l'hiver, nous étions envahis par les rongeurs. J'imagine que c'était pareil au Moyen Âge. Les rats pullulaient dans la zone grise, où ils se nourrissaient des cadavres des soldats malheureux. L'un de nos abris comptait deux chats : l'un placide, l'autre intrépide. Le premier éloignait les souris, le second s'attaquait aux rats. Dans les deux autres abris, nous épandions de la mort-aux-rats et badigeonnions les câbles d'une graisse épaisse, le Solidol, pour éviter qu'ils ne soient grignotés.

Nous étions deux pelotons à Zakytne, répartis dans une dizaine de maisons. Chaque maison devait avoir au moins un chat. Villi, mon chat noir et blanc, patrouillait dans notre maison, où les souris pullulaient. Elles allaient jusqu'à ronger les câbles du générateur et ceux de notre terminal Starlink. On en surprenait parfois qui sommeillaient dans les compartiments des batteries de drones. J'ai filmé des dizaines de souris jaillissant du générateur quand on l'a mis en route, et j'ai posté la vidéo sur Facebook. Quelqu'un me l'a volée et l'a republiée sur TikTok : trois millions de vues. J'étais furieuse !

Une nuit, alors que je lisais sur mon lit de camp, au dernier étage, Villi a débarqué au petit trot, tenant dans la gueule une boule brun-roux à longue queue soyeuse. Il l'a déposée en offrande et l'a tapotée de la patte. J'ai sauvé le petit animal et l'ai mis dans un bocal vide. Quoique tremblant de peur, il a dévoré le fromage que je lui ai donné. J'ai allumé internet et j'ai cherché dans le Livre rouge ukrainien, qui compile tous les animaux rares ou en voie d'extinction. J'ai découvert qu'une espèce exotique de loir avait trouvé refuge dans notre grenier. Je l'ai relâché à l'aube.

Les maisons de Zakytne étaient construites en escalier à flanc de colline, un peu comme les villages que j'avais vus en photo dans le sud de la France ou en Italie, sauf que les bâtiments étaient plus dispersés et que le paysage n'était pas si pittoresque. Les arbres surplombaient les rues étroites. Il y avait une carrière à proximité, à un endroit que les habitants appelaient la colline de craie. Avant la guerre, environ 500 personnes vivaient ici. Il n'en restait plus qu'une centaine, privées de gaz, d'électricité, d'internet. Pourquoi restaient-ils ? Parce que c'était chez eux, ou parce qu'ils faisaient partie des « attendeurs », ces fatalistes qui pariaient encore sur une victoire russe. La plupart étaient des personnes âgées. Ils étaient moins nombreux que nos soldats dans les rues. Quelques-uns entretenaient un potager, d'autres bichonnaient des massifs de fleurs - ce qui me semblait absurde dans une zone de combat. D'autres encore élevaient des vaches, et nous vendaient lait et fromage.

J'étais la seule femme dans cette maison remplie d'hommes. Je mangeais, je dormais, je me lavais et je vivais aux côtés de mes frères d'armes. Ils savaient quand j'avais besoin d'intimité. Je n'ai jamais subi d'avances déplacées : j'étais la cheffe... et j'étais armée.

Février 2023

Cela faisait une semaine que Wagner nous submergeait de vagues humaines qui se brisaient contre nos tranchées. Aucun char, aucun blindé : rien que de la chair à canon. Je regardais le carnage retransmis en direct par des drones, puis j'envoyais mes rapports au QG.

Nos mitrailleuses fauchaient les assaillants russes. Ce n'était plus une bataille ; c'était un abattoir, une mort industrielle, à la chaîne. Les Russes étaient déchiquetés par nos balles, mais continuaient d'avancer. Des bras, des jambes, des têtes et des torses volaient dans les airs et s'éparpillaient dans la zone grise où tout était gelé. C'était au-delà de tout ce qu'on pouvait imaginer. J'essayais de dénombrer les assaillants, d'identifier leurs armes, de repérer la moindre faille dans nos défenses. Je me demandais ce que ressentaient nos gars, comment ils ne devenaient pas fous après avoir tué autant de gens. Les Russes, eux, semblaient indifférents à leur propre mort - en un sens, ils étaient déjà morts.

Un après-midi, alors que j'examinais des vidéos avec l'unité de renseignement, deux fantassins sont arrivés avec un prisonnier. Il avait 22 ans. Il portait des menottes et son uniforme était en loques.

– Comment as-tu rejoint l'armée ?

– Je ne suis pas dans l'armée régulière. Je suis chez Wagner. Prigojine est venu dans ma prison, à Novgorod ; il nous a promis la liberté si nous combattions pendant six mois en Ukraine.

– Pourquoi étais-tu en prison ?

– Un homme a voulu violer ma sœur. Je l'ai tué. J'ai pris quinze ans.

– Quels sont tes ordres ?

– Je... je ne voulais pas me battre.

Mes collègues affirmaient que tous les prisonniers disaient ça, mais celui-ci paraissait sincère ; peut-être disait-il vrai.

– Je commande un détachement de miliciens, a-t-il continué. Je dois mener mes hommes à travers la zone grise jusqu'à vos lignes.

– Tu as vu tes troupes se faire hacher. C'est un miracle que tu sois vivant.

– Nos pertes sont monstrueuses. Des unités entières disparaissent, mais on en envoie d'autres.

– Comment motives-tu tes hommes pour qu'ils avancent ?

– Je courais simplement devant eux, fusil en main, mais en fait je priais pour atteindre vos positions et me jeter au sol, en agitant le t-shirt blanc caché sous ma vareuse. Je n'ai jamais tiré sur mes camarades, mais des « punisseurs » nous suivent avec des mitrailleuses. Ils abattent quiconque recule, fuit ou se rend. Prigojine a ressuscité l'ordre stalinien : « Pas un pas en arrière ». Des « détachements de barrage » tirent donc dans le dos des « lâches ». Parfois, les hommes sont sodomisés avec des canons de fusil, des bouteilles ou des manches à balai s'ils refusent d'aller au combat. Après ça, on n'est plus qu'un sous-homme. Nous sommes pris entre deux ennemis : quelle que soit la direction, c'est la mort.

– Autre chose ?

– Donnez-moi une carte.

Le prisonnier a pris un stylo rouge sur la table et s'est mis à marquer les chemins et les positions russes. Il a demandé une carte de la ville de Soledar, qu'il a étudiée attentivement avant d'y creuser avec le stylo comme avec un couteau. Il a encerclé frénétiquement un bâtiment.

– C'est pour votre artilleur, a-t-il dit en notant les coordonnées exactes sur la carte. C'est le quartier général de Wagner à Soledar, où Prigojine dort lorsqu'il est en visite. Vous devez frapper le sous-sol.

Je ne sais pas ce que nos services de renseignement ont fait de ce prisonnier. Je n'ai aucune idée de ce qui lui est arrivé. Il a peut-être été intégré au fonds d'échange, ou peut-être lui a-t-on proposé d'autres options... Cela n'a pas vraiment d'importance.

*

Quand on vit dans une zone de combat, on s'accroche à chaque rayon de lumière, au moindre moment de bonheur. Petro, l'un de mes soldats, est venu me voir au camp de base. C'était un homme timide, qui semblait embarrassé.

– Lieutenante, ma femme est enceinte.

La césarienne était fixée au 8 mars ; il connaissait donc déjà la date de naissance. Pour passer le plus de temps possible avec le nouveau-né, il m'a proposé de doubler ses tours de garde en première ligne avant son départ, puis de s'éclipser juste à temps. Je lui ai dit que c'était une bonne idée. Nous savions tous les deux que nous étions toujours en sous-effectif. Je ne pouvais lui accorder qu'une semaine - j'aurais tant voulu offrir davantage.

– Parfait, lieutenante. Je craignais moins, voire rien du tout. Merci.

Je priais pour qu'il n'arrive rien à Petro avant qu'il ne voie son premier enfant. Pendant qu'il était en service dans la tranchée, nous avons organisé une collecte au camp de base. Nous ignorions le sexe du bébé, alors j'ai choisi une grenouillère blanche et un purificateur d'air pour sa chambre, que j'ai commandé sur internet. Avant qu'il ne parte, j'ai glissé à Petro l'adresse du centre de tri de Zaporijia où il pouvait récupérer notre cadeau.

Le soir du retour de Petro, je l'ai appelé au talkie-walkie et je lui ai demandé de venir dans le salon. Il a rougi en nous voyant assis en cercle sur le sol, avec une pancarte faite maison sur laquelle était écrit « Félicitations ». J'avais allumé le poêle à bois pour qu'il fasse chaud. Nous avons célébré la naissance de son petit garçon en partageant une bouteille de vin et en fumant un narguilé.

Je pensais à la scène d'*À l'Ouest, rien de nouveau* où le narrateur et Kat font rôtir une oie volée dans une cabane au bord du champ de bataille : « Nous ne parlons pas beaucoup, écrit Remarque, mais nous sommes, l'un pour l'autre, plus remplis d'attentions délicates que ne peuvent l'être, à ce que je crois, des amoureux. Nos cœurs se touchent et l'heure que nous vivons est semblable à l'endroit où nous nous trouvons : le doux feu de nos âmes y fait danser les lumières et les ombres de nos impressions. Que sait-il de moi, et moi, que sais-je de lui ? Autrefois, aucune de nos pensées n'eût été semblable ; maintenant, nous sommes assis devant une oie, nous sentons notre existence et nous sommes si près l'un de l'autre que nous n'en parlons même pas. »

*

– Merci à tous pour les cadeaux, a dit Petro. Ma femme a été très touchée. Et puis, le petit Dmytro aime beaucoup sa grenouillère.

– Dmytro ? Comme notre défunt capitaine ? a demandé un camarade.

– Oui. Peut-être deviendra-t-il un soldat... mais je préférerais qu'il grandisse en paix.

– Nous le souhaitons tous, ai-je dit.

À la lueur du poêle et des bougies, je balayais le cercle des visages ; je sentais que tous partageaient mon émotion. Ce soir-là, nous ne voulions rien d'autre qu'être ensemble et nous réjouir pour Petro, malgré le grondement lointain de l'artillerie. Penser à cette petite vie toute nouvelle au milieu de tant de morts nous réconfortait. « Ainsi va le monde. Certains doivent mourir pour que d'autres puissent vivre. Les gens meurent et d'autres les remplacent, et c'est ainsi que cela doit être », me disais-je. Mais cette philosophie vacille face à la mort de Dmytro, de Yehor, de Vlad, de mon mari, de mon père. Il est impossible de trouver normales leurs morts violentes, ni d'ailleurs celles des prisonniers de Wagner qui se jetaient sous nos tirs de mitrailleuses. Je refoulais ces pensées, car je ne voulais pas gâcher ce moment.

*

J'ai assisté – provisoirement – à la mise en pause du hachoir à viande russe. Le front, long de 1 000 kilomètres, s'était figé dans un calme précaire. Parfois, nous recevions l'ordre de passer à l'offensive. Nous gagnions 50 mètres ici, 50 mètres là, mais, la plupart du temps, nos tentatives étaient vaines et nous faisions demi-tour. Il était devenu impossible de conquérir du territoire sans subir des pertes inacceptables.

Nous étions sur les nerfs tout au long du printemps 2023, attendant que l'armée ukrainienne lance sa contre-offensive tant annoncée. Mais le quartier général et le gouvernement restaient muets et nous n'avions aucune idée de ce qui allait se passer, ni de notre possible implication. Les percées spectaculaires de 2022 à Kharkiv et Kherson avaient placé la barre si haut qu'il paraissait impossible de rééditer l'exploit.

Lorsque l'offensive ukrainienne a commencé enfin, le 4 juin 2023, elle s'est concentrée sur les lignes russes dans l'oblast de Zaporijia, à plus de 300 kilomètres au sud-ouest de notre position. Objectif : foncer jusqu'à la mer d'Azov, prendre Tokmak puis Melitopol, couper le pont terrestre vers la Crimée. Nous n'avons repris que quelques villages. À la fin de l'année, percer les lignes russes jusqu'à la mer d'Azov n'était plus qu'une chimère.

À chaque étape de la guerre, nos alliés occidentaux limitaient la portée ou la puissance de feu des armes qu'ils nous fournissaient, de peur de précipiter une guerre entre l'OTAN et la Russie. Pendant que nous attendions toujours les obus d'artillerie, les chars et les avions de combat dont nous avions besoin pour libérer le Sud-Est, le général russe Sergueï Sourovikine, surnommé « le général Armageddon » en Tchétchénie et en Syrie, avait dressé dans l'oblast de Zaporijia une triple ligne défensive longue de 120 km, hérissée de pièges antichars, de « dents de dragon », et minée jusqu'à cinq engins au mètre carré. Sa prévoyance, associée aux hésitations de l'OTAN, rendait notre percée impossible.

En août 2023, de hauts responsables américains ont fait savoir qu'ils étaient déçus par la lenteur des progrès de l'offensive ukrainienne. Ils disaient que nous gardions trop de troupes dans le Donbass et que nous devions les transférer au sud, même si cela impliquait des pertes importantes. Comme ma brigade tenait justement ce secteur, je le prenais presque comme un reproche personnel. Les officiers ukrainiens fulminaient : dégarnir le Donbass revenait à offrir un boulevard aux Russes !

Les stratèges de Washington s'imaginaient-ils que nous allions offrir Louhansk et Donetsk à Poutine contre une hypothétique percée ? Le contrôle total des oblasts de Louhansk et de Donetsk constituait l'objectif minimal de Moscou depuis le début de la guerre en 2014. En septembre 2022, Poutine avait déclaré que l'arc formé par quatre régions de l'est et du sud - Louhansk, Donetsk, Zaporijia et Kherson - faisait intégralement partie de la Russie. Mais il ne contrôlait entièrement aucune région ; nous étions résolus à faire en sorte que cela reste ainsi.

Si vous êtes assis dans un bureau à Washington, les chiffres prévisionnels des pertes humaines ne sont que des chiffres dans un fichier Excel. Si vous êtes un officier ukrainien qui risque sa vie et celle de ses soldats dans la zone de combat, chacun de ces chiffres a un visage et une histoire. Lorsque j'entendais que Washington attendait de nous que nous sacrifiions davantage de soldats, je pensais à la manière dont la République islamique d'Iran avait utilisé des garçons comme démineurs kamikazes pendant la guerre Iran-Irak de 1980-1988 : des enfants couraient à travers les champs de mines irakiens, des « clés du paradis » épinglées à leur uniforme. Chaque fois que nous déminions un champ, les Russes le réensemençaient en quelques heures à coups de sous-munitions.

Après les affrontements avec Wagner en janvier et février, peu de choses avaient changé pour notre brigade en 2023. Il y avait des escarmouches et des attaques locales, mais rien qui eût l'ampleur des batailles précédentes. Cette période n'avait toutefois rien de reposant, car on savait qu'à tout moment, on pouvait être attaqués ou appelés à passer à l'offensive. La ligne était peut-être statique, mais la tenir exigeait des efforts considérables. Une sorte d'engourdissement s'installait. Seule consolation : nous perdions moins d'hommes.

*

Tandis que nous patientions, tendus, dans le nord de l'oblast de Donetsk, la plus longue bataille de la guerre se jouait à Bakhmout, 60 kilomètres plus au sud-est. D'août 2022 à mai 2023, des dizaines de milliers d'Ukrainiens et de

Russes y ont trouvé la mort. Le taux de pertes était si élevé et la valeur stratégique de Bakhmout si négligeable que l'on comparait cette impasse à la bataille de Verdun.

En coulisses, un débat faisait rage entre les dirigeants militaires et politiques ukrainiens, ainsi qu'entre le président Zelensky et ses alliés occidentaux : fallait-il sacrifier tant d'hommes pour Bakhmout ? Le commandant en chef des forces armées ukrainiennes, le général Valerii Zaloujny, très populaire auprès des troupes, partageait l'avis des partenaires occidentaux : il faudrait évacuer. Zelensky, lui, répétait qu'il fallait tenir coûte que coûte. Les politiciens se soucient des symboles. Les militaires raisonnent en termes d'utilité et de vies humaines.

Lorsque Prigojine a annoncé, le 20 mai, la prise de Bakhmout, Poutine l'a félicité pour avoir conquis... un champ de ruines. Notre ministère de la Défense était réticent à admettre que la ville était tombée. Les troupes ukrainiennes à la périphérie de Bakhmout continuaient de harceler les Russes retranchés dans la ville rasée.

Victorieux, Prigojine se voyait déjà succéder à Poutine. Le 24 juin, lors de sa mutinerie éclair, nous avons cru que le Kremlin vacillait et que la guerre était sur le point de basculer. Deux mois plus tard, quand le régime a fait exploser le jet privé de Prigojine, j'ai repensé aux vagues de mercenaires Wagner contre nos tranchées, et j'ai éprouvé la sombre satisfaction de voir le mal vaincre le mal.

*

J'avais appris à me méfier des communiqués de mon propre gouvernement. Le 17 novembre 2023, le ministère de la Défense a assuré que plusieurs centaines de soldats ukrainiens contrôlaient une bande de terre de 50 kilomètres de long et jusqu'à 8 kilomètres de large le long de la rive est du Dniepr, juste à l'ouest du barrage de Nova Kakhovka que les Russes avaient fait sauter en juin.

Le Dniepr constitue la principale ligne de front dans le centre-sud de l'Ukraine. On assurait que de petites unités des forces navales et spéciales avaient utilisé des bateaux pneumatiques pour traverser de nuit la rivière, pendant plusieurs mois. Les drones et l'artillerie russes avaient été repoussés de l'autre côté, vers Kherson, qu'ils continuaient de pilonner depuis la libération de la ville en 2022.

Cette prétendue reconquête ranimait l'espoir d'une percée ukrainienne vers l'isthme de Crimée, 70 kilomètres plus au sud-est. Mais, au fil des semaines, il est apparu que nos forces ne disposaient, au mieux, que d'un mince point d'ancrage sur cette rive du Dniepr. Les soldats évoquaient un paysage de boue constellé de cratères emplis d'eau : les ponts ayant sauté, l'acheminement des renforts et du matériel était impossible. Tenter de contrôler toute la rive relevait du suicide. Certains soldats racontaient avoir dû marcher sur les corps de leurs camarades dans la boue et avoir été contraints d'abandonner des blessés faute d'embarcations pour les évacuer.

*

Du côté de mon bataillon, le conflit s'est embrasé à la fin 2023, lorsque la Russie a tourné à nouveau son regard vers la ville voisine de Lyman. Si celle-ci tombait, Moscou s'offrirait un formidable coup de propagande, et nous essuierions un sérieux revers. Nous les avons laissés mener l'assaut qu'ils avaient commencé, convaincus que notre tour viendrait :

notre brigade était la seule du secteur qu'ils n'avaient pas encore attaquée. Nous nous préparions du mieux possible, déployant drones FPV et armes antichars dans l'espoir d'interrompre leur percée.

*

Le 1er décembre 2023, au matin, j'ai reçu un appel radio d'un de nos postes de première ligne.

– Student a été tué, m'a annoncé un soldat au nom de code de « Shorty ». Un drone FPV ennemi l'a frappé, armé d'une roquette RPG.

– Comment ça s'est passé ?

– Nous étions tous dans la tranchée, il régnait un calme absolu. Student est sorti, sans doute pour aller aux toilettes. Le drone s'est écrasé sur lui et a explosé, et c'en était fini. Maintenant, ils nous arrosent au mortier.

– Quittez la tranchée dès que le pilonnage cesse. Ramenez-nous son corps si vous le pouvez ; sinon, nous irons le récupérer ce soir.

Student avait 20 ans. Il s'était porté volontaire pour servir dans les Forces de défense territoriale de Lviv et avait reçu ce nom de code en raison de son jeune âge. Affecté à la brigade voisine, en aval de la nôtre, il partageait parfois une tranchée avec ma section ; j'avais déjà travaillé avec lui.

Le soir, mes hommes sont retournés sur le lieu du drame, mais ils n'ont retrouvé que des lambeaux du garçon. L'ambiance était lourde, pourtant ce genre de chose arrive tout le temps... C'était presque devenu la routine. Nous avons rassemblé ce qui restait de lui, et nous avons continué à faire notre job. C'est tout. Student était mort le matin ; nous avons ramassé ses restes le soir.

Quand quelque chose comme ça arrivait, nous essayions généralement de déplacer la tranchée, car elle avait été compromise. Impossible, cette fois, de choisir une nouvelle position de nuit. Nous avons donc attendu l'aube, profitant de la pluie et du brouillard pour repérer un emplacement. Puis nous avons déménagé tout notre matériel.

Après la mort de Student, nous avons décelé du mouvement côté russe : davantage d'armes antichars, plus de mines et des assauts sur notre flanc gauche. Sur l'écran du drone, j'ai vu deux chars s'approcher de notre ligne de front et effectuer une reconnaissance par tirs. Nous avons d'abord pensé qu'il ne s'agissait pas d'un véritable assaut, mais plutôt d'un test pour voir si nous pouvions riposter... Nous nous sommes trompés. Les fantassins ont débarqué, les chars se sont repliés tout en tirant. Notre section d'artillerie a tenté de les accrocher, mais ils étaient hors de portée.

C'était là le schéma classique d'un assaut russe : chars ou BMP avançaient jusqu'à leur limite, déposaient l'infanterie, puis se retiraient à distance sûre, d'où ils poursuivaient leurs tirs d'appui.

L'attaque visait la brigade voisine, dont les positions empiétaient sur les nôtres. La ligne de démarcation était floue, si bien que nous étions également touchés. Pire : l'assaut a réussi. Les Russes se sont emparés des positions de l'autre brigade, puis de plusieurs autres. J'ignore combien d'Ukrainiens sont tombés. Nous avons offert un appui-feu minimal, sans intervenir davantage : ce n'était pas notre zone. Nous avons dû nous contenter d'observer ces assauts.

*

Tous les projecteurs se braquaient sur le général Valerii Zaloujny. Le commandant en chef devait sa popularité à la défense victorieuse de Kyiv au tout début de la guerre, puis à la reconquête d'environ 75 000 km^2 lors des offensives de septembre et novembre 2022. Les militaires l'adoraient : pour lui, la vie de ses soldats primait tout le reste. Mais la tension montait entre le président Zelensky et lui après l'échec de la contre-offensive.

Le 1er novembre 2023, le magazine britannique *The Economist* a publié une interview de Zaloujny qui a provoqué une onde de choc dans les milieux politiques et militaires ukrainiens. « Tout comme lors de la Première Guerre mondiale, nous avons atteint un niveau technologique qui nous enferme dans une impasse, y déclarait notre haut commandant. Le fait est que nous voyons tout ce que fait l'ennemi, et lui voit tout ce que nous faisons. Pour sortir de cette impasse, il nous faut quelque chose de radicalement nouveau - l'équivalent, aujourd'hui, de la poudre inventée par les Chinois, dont nous continuons à nous servir pour nous entretuer. »

Or cette impasse jouait en faveur de la Russie, trois fois plus peuplée que l'Ukraine et dotée d'une économie dix fois plus importante. Pour l'emporter, poursuivait le général, il nous fallait la maîtrise du ciel - notamment grâce aux drones -, davantage de feux d'artillerie, une guerre électronique accrue et la capacité de tailler des brèches dans les champs de mines. Mes collègues officiers du front et moi-même avions entendu dire que l'Ukraine travaillait sur des inventions qui pourraient changer la donne. De petits progrès seraient possibles, mais ils ne seraient pas aussi rapides que nos alliés le souhaitaient.

Zaloujny affirmait aussi qu'il fallait mobiliser un demi-million d'hommes supplémentaires et, surtout, mieux les former. Là encore, le défi était immense : tous ceux qui voulaient se porter volontaires l'avaient déjà fait, et Zelensky redoutait le coût politique d'un élargissement de la conscription. Nous manquions de temps et d'infrastructures pour l'entraînement. En mars 2022, la Russie avait lancé une pluie de missiles de croisière sur la base de Yavoriv, où j'avais suivi ma formation d'officier en 2017 et que la Légion internationale utilisait. La base était à 10 kilomètres de la frontière polonaise. Il y eut 35 morts. Le message était limpide : Moscou frapperait tout lieu où l'Ukraine tenterait de former un grand nombre de soldats.

Pour un officier comme moi, ce qu'expliquait Zaloujny relevait de l'évidence. Comme j'étais à la tête d'un peloton de drones, j'avais vu comment la technologie figeait la ligne de front et rendait les assauts mécanisés pratiquement impossibles. Mais cette interview a exaspéré nos dirigeants politiques, qui estimaient qu'il valait mieux taire certaines vérités. Un porte-parole de Zelensky a accusé le général de fortifier l'ennemi et d'effrayer les alliés occidentaux. « Nos soldats sont fatigués, admettait Zelensky lors d'une conférence de presse. Mais nous ne sommes pas dans une impasse. » Ça m'a fait penser à *La Trahison des images*, le tableau de René Magritte représentant une pipe, légendé : « Ceci n'est pas une pipe. »

Deux jours après la publication de l'article du général Zaloujny, Zelensky a limogé le général Viktor Khorenko, commandant des forces spéciales ukrainiennes, ce qui a confirmé la fracture entre nos dirigeants politiques et militaires. Cette décision était surprenante, car les opérations spéciales avaient été très efficaces contre la flotte russe en mer Noire et lors des attaques de drones en territoire ennemi. Zelensky a également limogé le chef des forces médicales, sans explication.

Le 8 février 2024, Zelensky a fini par limoger Zaloujny lui-même, et l'a remplacé par le colonel général Oleksandr Syrskyï. L'armée adorait Zaloujny : figure paternelle chaleureuse et amicale, proche des États-Unis et du Royaume-Uni, il était connu pour sa profonde aversion envers tout ce qui était soviétique et russe. Nous nous attendions à son départ depuis des mois, mais nous espérions que cela n'arriverait pas. Sur ma page Facebook, j'ai publié la photo prise avec lui lors de la remise de ma médaille, en décembre 2022, accompagnée de ces mots : « Merci, monsieur le général. »

– Le seul péché de Zaloujny, c'était d'être plus populaire que Zelensky, a lâché Ruslan, l'un de mes soldats, exprimant ainsi une opinion largement répandue.

Nous étions quelques-uns, réunis autour d'une marmite fumante de *lecsó* - un ragoût hongrois de poivrons, tomates et saucisses - par une soirée d'hiver, peu après la nomination de Syrskyï à la place de Zaloujny.

– Zaloujny savait reconnaître ses erreurs, ai-je ajouté.

Dans son entretien accordé à *The Economist*, il admettait s'être trompé en pensant que des pertes massives feraient fléchir les Russes : dans n'importe quel pays « normal », affirmait-il, la mort de 150 000 hommes - le contingent que Moscou a perdu - mettrait un terme à la guerre.

Zaloujny avait aussi supprimé la fameuse règle imposée par Zelensky qui obligeait les unités de première ligne du Donbass à demander, par écrit, l'autorisation de riposter aux tirs russes - une contrainte qui, évidemment, exaspérait les combattants. Beaucoup estimaient qu'il s'était contenté de rappeler au président une évidence : on ne reprend pas de terrain sans armes ni munitions adéquates.

Nous soupçonnions Syrskyï, lui, d'avoir simplement dit à Zelensky ce qu'il voulait entendre.

Il y avait d'autres désaccords. Fin 2022, Zaloujny préconisait une offensive au sud-est pour rompre le corridor terrestre reliant la Russie à la Crimée. Mais Zelensky a refusé, préférant reprendre Izium, dans l'oblast de Kharkiv, qui était pourtant moins important sur le plan stratégique. Zaloujny a obtempéré, Syrskyï a exécuté le plan ; les Russes ont alors disposé de neuf mois pour bétonner leurs défenses dans le Sud-Est. Lorsque l'Ukraine a lancé sa contre-offensive, il était trop tard, et Zelensky a attribué l'échec de nos troupes à Zaloujny.

Je voudrais faire un parallèle historique entre Zaloujny et le colonel Petro Bolbochan qui, en 1918, a dirigé les forces ukrainiennes contre les bolcheviks en Crimée. Bolbochan a fait du bon travail, mais il a été arrêté et exécuté pour avoir critiqué les politiques irrationnelles du gouvernement de la République populaire ukrainienne.

Shorty a rappelé que Syrskyï était né en Russie, où ses parents vivaient toujours. Des milliers, voire des millions d'Ukrainiens sont dans ce cas, mais nous nous demandions si ces attaches familiales ne pouvaient pas donner à l'ennemi un levier de pression.

Syrskyï avait huit ans de plus que Zaloujny. Il avait été officier d'artillerie soviétique, mais les Russes le détestaient, assurait Andriy. « Ils disent que c'est un traître au service des nazis. »

La réputation de froideur de Syrskyï contrastait avec l'humanité unanimement reconnue de Zaloujny. En mars 2023, Zaloujny s'était agenouillé devant la mère et la compagne de Dmytro Kotsioubaïlo (plus connu sous le nom de code de « Da Vinci », car il rêvait d'être artiste). À 27 ans, Da Vinci était le plus jeune commandant de bataillon de l'histoire de l'armée ukrainienne. Il a été tué près de Bakhmout.

Zaloujny pensait qu'il ne valait pas la peine de sacrifier des vies ukrainiennes pour Bakhmout. S'agenouiller lors des funérailles de Da Vinci était sa façon de s'excuser. Syrskyï, qui commandait sur ce front, prônait au contraire « la victoire ou la mort ! ». Il avait fait preuve de la même détermination à Debaltseve, en 2015, où l'Ukraine a perdu 260 hommes. Ce consentement au « hachoir à viande » russe lui a valu chez nous le surnom peu enviable de « boucher ».

J'ai rappelé à mes hommes que nous n'étions pas ici pour juger nos chefs : notre mission était de tenir le terrain. Le bois crépitait dans le poêle, une chouette hululait au-dehors. Le silence retombait sur le groupe, à peine troublé par le cliquetis métallique des cuillères contre nos gamelles.

*

Un mois après son éviction, le général Zaloujny a été nommé ambassadeur d'Ukraine à Londres. En novembre 2023, une enquête conjointe menée par Der Spiegel *et le* Washington Post *a affirmé que des saboteurs ukrainiens formés par la Grande-Bretagne et agissant sur ordre de Zaloujny avaient fait sauter les gazoducs Nord Stream deux mois plus tôt. Zaloujny a nié toute implication dans cette opération.*

*

Au début de la guerre, à de rares exceptions près, les forces aériennes russe et ukrainienne ne faisaient plus décoller aucun appareil : le risque d'être abattu par la défense antiaérienne de l'autre camp était trop élevé. En octobre 2023, la

Russie s'était mise à larguer des bombes planantes pour démolir les bunkers et les bâtiments d'Avdiïvka, une banlieue industrielle située à 15 kilomètres au nord-ouest de Donetsk et à 150 kilomètres de notre position. Les séparatistes prorusses avaient brièvement tenu Avdiïvka au début du conflit de 2014, mais nous l'avions reprise et avions ainsi passé neuf ans à y fortifier nos positions.

Les bombes planantes sont des bombes gravitationnelles classiques, de 250 kg à 1,5 tonne, auxquelles on ajoute des ailes et un guidage satellitaire. Elles peuvent planer jusqu'à 60 km vers leur objectif, ce qui permet à l'avion qui les lance de rester hors de portée des missiles sol-air. Leur masse explique leur puissance dévastatrice : à titre de comparaison, un obus d'artillerie russe de 152 mm pèse environ 40 kg. En mars 2024, le ministre russe de la Défense, Sergueï Choïgou, a affirmé que la Russie disposait d'une nouvelle bombe planante de 3 tonnes.

Le recours à ces bombes explique en grande partie la progression lente mais continue de la Russie dans le Donbass : elles rasaient tout sur le passage de l'infanterie. Selon le ministère ukrainien de la Défense, plus de 3 500 bombes planantes avaient été larguées durant les quatre premiers mois de 2024.

L'Ukraine n'ayant reçu qu'une poignée de batteries de missiles Patriot, l'utilisation de bombes planantes par la Russie obligeait nos commandants à choisir entre défendre les lignes de front ou défendre les villes. Davantage de systèmes antiaériens, ou de chasseurs-bombardiers, auraient permis d'intercepter les bombes ou d'abattre les avions qui les lançaient.

Or, des 60 F-16 promis par la Belgique, le Danemark, les Pays-Bas et la Norvège, les premiers n'avaient commencé à arriver qu'en août 2024. On évoquait aussi (mais quand ?) un possible don de dizaines de JAS 39 Gripen par la Suède, entrée dans l'OTAN le 11 mars 2024. Ces engins sont comparables aux F-16.

Le « hachoir à viande » russe avait de nouveau broyé des vies à Avdiïvka, où l'armée ukrainienne estimait avoir tué plus de 17 000 soldats russes en quatre mois de combats. J'avais regardé les vidéos publiées par les combattants des deux camps avec un sentiment d'horreur, mêlé d'envie et de soulagement. Par définition, un soldat veut être là où se déroule l'action, et contribuer de son mieux à la défense de son pays ; en même temps, il est humain de redouter les épreuves et les dangers extrêmes.

Contrairement à Bakhmout, Avdiïvka présentait un véritable intérêt stratégique. Les Russes contrôlaient Donetsk, la capitale de la région, depuis 2014, et notre présence dans cette ville voisine constituait pour eux une menace constante. Ils voulaient par conséquent créer une zone tampon autour de Donetsk. Avdiïvka se trouvait également sur la route de Pokrovsk, à 40 kilomètres à l'ouest, qui reliait les forces ukrainiennes du nord et du sud de l'oblast de Donetsk.

Depuis la prise de Bakhmout en mai 2023, Moscou n'avait plus revendiqué de succès militaire. Poutine voulait une victoire avant la mascarade électorale du 17 mars 2024. Au début de l'année, il ne restait que quelques centaines d'habitants à Avdiïvka sur les 30 000 d'avant-guerre. L'hiver, particulièrement brutal dans le Donbass, brûlait la peau. La première tempête de neige avait frappé fin novembre, mais les habitants d'Avdiïvka ne pouvaient pas allumer de poêles ou de feux de camp de peur que les drones russes détectent la fumée et transmettent les coordonnées aux artilleurs. Les points de distribution de vivres avaient également été pris pour cible. Même les « attendeurs » avaient commencé à fuir la ville martyrisée.

Les Russes avaient resserré l'étau autour du corridor logistique long de 22 km, criblé d'obus, qui reliait la ville au secteur occidental encore tenu par l'Ukraine. Ils tiraient sur tout ce qui bougeait. Jadis appelée « route de la vie », l'artère avait été vite rebaptisée « route de la mort ». Nous avions tenté de freiner l'assaut grâce à des drones kamikazes FPV, qui avaient détruit de grandes quantités de blindés russes.

Au cours de la deuxième semaine de février 2024, les bombardements russes avaient rendu la « route de la mort » impraticable. Nos troupes à Avdiïvka risquaient d'être complètement coupées du territoire contrôlé par l'Ukraine. Le 17 février, huit jours après avoir remplacé Zaloujny au poste de commandant en chef, le général Syrskyï avait ordonné le retrait d'Avdiïvka, en soulignant qu'il voulait avant tout préserver la vie de ses soldats.

Avdiïvka était tombée à cause du manque de munitions. Joe Biden avait blâmé les républicains du Congrès qui bloquaient toujours l'aide militaire à l'Ukraine. L'effet sur notre moral avait été dévastateur. Les mauvais jours, nous nous demandions à quoi bon nous lever le matin, puisque nous étions en infériorité numérique et militaire et que nos alliés semblaient nous avoir abandonnés. La Chambre des représentants américaine avait finalement adopté le projet d'aide le 21 avril, et Biden l'avait signé trois jours plus tard, mais les armes allaient encore mettre du temps à arriver.

Pour faire bonne figure après la perte d'Avdiïvka, notre gouvernement avait rappelé que la ville était déjà rasée et que la Russie avait payé un lourd tribut en vies humaines pour la prendre. Le général Oleksandr Tarnavsky, commandant dans le secteur, avait expliqué que nous n'avions pas eu le choix « dans une situation où l'ennemi avance en marchant sur les cadavres de ses soldats et dispose de dix fois plus d'obus ».

Mes camarades à Avdiïvka avaient décrit une retraite chaotique, sans le temps d'évacuer le matériel, encore moins de brûler les documents ou de poser des mines. Une mission de sauvetage des blessés avait même dû être annulée, et le général Tarnavsky avait reconnu qu'ils allaient être capturés par l'armée russe.

Après Avdiïvka, nos forces s'étaient repliées sur une série de petits villages, quelques kilomètres plus à l'ouest. Cette ligne avait été envahie par les forces russes en avril, mettant Pokrovsk en danger. « La situation au front s'est aggravée », avait admis le général Syrskyï le 28 avril. L'Ukraine était confrontée depuis des mois à une grave pénurie d'hommes, d'armes et de munitions. Poutine avait bien l'intention d'exploiter au maximum son avantage pendant que nous attendions de nouvelles recrues et de nouvelles armes.

La petite ville de Chasiv Yar, située au sommet d'une colline – et dont la population était passée de 13 500 habitants avant la guerre à 682 en mai 2024 –, était la suivante sur la liste. 25 000 Russes convergeaient d'Avdiïvka (83 km au sud) et de Bakhmout (17 km à l'est) pour l'attaquer ; c'était notre position de repli depuis la chute de Bakhmout un an plus tôt.

La Russie avait pilonné Chasiv Yar avec jusqu'à deux douzaines de bombes d'une tonne par jour. Zelensky affirmait que Poutine voulait s'en emparer avant le 9 mai, fête de la victoire soviétique sur l'Allemagne nazie. Si la ville tombait, Kramatorsk (150 000 habitants, quartier général de l'Est) et

Kostiantynivka, principal centre logistique du front oriental, auraient été menacées.

Plus au nord, Kharkiv et Koupiansk étaient aussi en danger. Moscou avait déjà échoué à prendre Kharkiv, deuxième ville d'Ukraine, à 30 km de la frontière, au début de 2022. Au printemps 2024, il n'y restait plus qu'un tiers de la population initiale (trois millions). Après un relatif répit, les frappes aériennes avaient repris, détruisant fin mars la centrale qui fournissait la moitié de l'électricité de la ville. Le maire, Ihor Terekhov, avait supplié les alliés d'envoyer des missiles antiaériens.

À Kharkiv et à Koupiansk - important nœud ferroviaire à 118 km au sud-est de Kharkiv -, l'armée avait planté des dents de dragon et creusé de nouvelles tranchées dans l'espoir d'arrêter l'assaut russe. L'Ukraine avait libéré Koupiansk et l'essentiel de l'oblast de Kharkiv en septembre 2022 ; la Russie tentait de les reprendre depuis l'été 2023.

Tandis que l'infanterie peinait sur le front de l'Est, les petites victoires de l'armée de l'air et de la marine nous redonnaient espoir. L'emploi massif de bombes planantes par Moscou nous avait poussés à déplacer discrètement certains systèmes antiaériens au plus près de la ligne de front, ce qui nous avait permis d'abattre davantage d'appareils. D'après les preuves photo et vidéo compilées par le site Oryx, l'Ukraine avait abattu 105 aéronefs depuis le début de la guerre, contre 75 chasseurs ukrainiens détruits par la Russie. Rien qu'en 2024, notre aviation avait descendu 2 des 9 avions-radar russes Beriev A-50 et un avion de commandement aéroporté Iliouchine Il-22. Elle affirmait aussi avoir détruit une douzaine de Su-34, et au moins un chasseur Su-35.

*

L'Ukraine ne possédait pas un seul navire de guerre, mais elle transformait la mer Noire en cimetière de la marine russe. En deux ans de conflit, la Direction principale du renseignement militaire ukrainien (HUR) affirmait avoir coulé près de trente bâtiments russes - soit quasiment un tiers de la flotte de la mer Noire de Poutine - à l'aide d'une combinaison de missiles antinavires Neptune et de drones navals Magura conçus en Ukraine, ainsi que grâce aux missiles de croisière franco-britanniques Storm Shadow/SCALP reçus à l'été 2023. Le naufrage du navire amiral *Moskva*, en avril 2022, avait été suivi par la destruction du bâtiment de débarquement *Novocherkassk* en décembre 2023, du patrouilleur lance-missiles *Ivanovets* et du navire de débarquement *Tsezar Kunikov* en février 2024, puis du patrouilleur *Sergueï Kotov* en mars de la même année. Nous avions également infligé d'importants dégâts aux installations navales de Sébastopol et de Feodossia, en Crimée, ainsi qu'à celles de Novorossiïsk, sur la côte russe, à l'extrémité orientale de la mer Noire. Le 10 mars, des médias russes avaient annoncé le limogeage de l'amiral Nikolaï Ievmenov, chef de la marine russe. Cela n'a pas été confirmé officiellement, mais Ievmenov semble avoir été puni pour le retrait humiliant de la Russie de la partie occidentale de la mer Noire.

Plus aucun port de la mer Noire n'offrait alors un refuge sûr aux navires russes. Nous avions forcé Poutine à lever son blocus des ports ukrainiens, permettant la reprise des exportations de céréales depuis Odessa. Les bâtiments lance-missiles russes devaient désormais tirer de plus loin, ce qui donnait à nos défenses aériennes plus de temps pour réagir.

L'Ukraine avait, à deux reprises, frappé le pont de Kertch qui relie la Crimée à la Russie. Zelensky avait déclenché une crise politique à Berlin en réclamant des missiles de croisière Taurus pour détruire ce pont une bonne fois pour toutes. La Russie avait intercepté puis divulgué, le 19 février 2024, une visioconférence entre quatre responsables allemands discutant d'une éventuelle livraison. Mais le chancelier Olaf Scholz avait finalement opposé un refus formel le 26 février.

En représailles apparentes des succès ukrainiens en mer Noire, la Russie avait lancé une série d'attaques contre Odessa. Douze personnes, dont 5 enfants, avaient été tuées lors d'une frappe de drone sur un immeuble résidentiel le 2 mars. Quatre jours plus tard, un missile avait explosé à quelques centaines de mètres de Zelensky et du Premier ministre grec en visite, tuant 5 civils. Le 15 mars, à Odessa, au moins 20 personnes, dont deux secouristes, avaient été tuées lors d'une attaque dite « double tap », où un second missile est envoyé juste après l'arrivée des secours. Enfin, le 31 mars, le chef du HUR, Kyrylo Boudanov, avait averti que la Russie avait reconstitué son stock de missiles de croisière Kalibr et qu'elle pourrait reprendre leurs tirs depuis ses navires et sous-marins en mer Noire.

*

Mes camarades me répétaient que la guerre était un marathon, pas un sprint. À l'évidence, quand je suis retournée dans le Donbass en juin 2022, j'étais prête pour un sprint : je me suis vite épuisée, frôlant le burn-out. Alors je me suis reprise, j'ai dû adapter ma cadence. Et je suis repartie pour un marathon dont la durée comme la destination m'étaient inconnues.

Je n'étais pas tant démoralisée que lasse. La fatigue s'était insinuée en moi, et je savais que je n'étais plus aussi efficace qu'avant. Notre guerre d'usure était devenue une guerre d'épuisement - pour moi, pour l'Ukraine et pour nos partenaires occidentaux.

Je voyais cet épuisement chez mes hommes. Ils étaient moins motivés qu'autrefois. Un soldat qui comprenait l'enjeu de la guerre, qui voulait vivre et gagner, apprenait vite. Mais les conscrits que nous recevions ne voulaient pas apprendre ; ils n'acceptaient pas d'avoir été mobilisés et mouraient vite. Ils n'avaient rien à voir avec ceux qui s'étaient rués dans les centres de recrutement le 24 février 2022.

La plupart de nos soldats se battaient depuis plus de deux ans. Ils avaient « assisté » aux événements familiaux - naissances, mariages et funérailles - sur l'écran de leur smartphone. C'était beaucoup demander à quiconque, surtout lorsque le fardeau n'était pas réparti équitablement. Il aurait fallu les relever, mais nous savions que des recrues novices ne pouvaient pas remplacer des combattants chevronnés. Les soldats dévoués comprenaient que la rotation ne serait pas efficace, qu'elle ne se ferait donc pas - et qu'il n'y avait aucun remède à leur épuisement.

La belle unité que nous avions ressentie au cours des premiers mois de la guerre me manquait, et je me sentais de plus en plus éloignée des civils. En mai 2023, donc quatorze mois après avoir rejoint l'armée le jour de l'invasion, j'ai eu droit à dix jours de permission. Je suis partie avec un ami à Zakarpattia, dans les contreforts des Carpates, à l'extrême ouest de l'Ukraine. Un soir, dans un restaurant, nous avons discuté avec des hommes qui travaillaient dans le secteur du tourisme local. Je portais des vêtements civils, ils ne savaient donc pas que j'étais militaire.

– La guerre, c'est de la politique, a lancé l'un d'eux, chauffeur pour touristes. Qu'on laisse les oligarques régler leurs comptes ; ils ont créé tout ce bazar pour s'enrichir.

– Je ne vois rien de politique là-dedans, ai-je répliqué. Ce dont il s'agit, c'est de territoire : Poutine a violé l'intégrité de l'Ukraine.

Le chauffeur m'a regardée bizarrement :

– On dit que les gens de Crimée et du Donbass ne veulent pas de nous ! Alors, laissons-les partir. Depuis des années, nos dirigeants agitent l'adhésion à l'Europe et à l'OTAN comme un chiffon rouge. Ne te méprends pas : je n'aime pas Poutine, mais je pense que l'OTAN et nos politiciens l'ont provoqué.

– Rien n'excuse ce que font les Russes, ai-je dit, irritée que des civils, à plus de 1 000 kilomètres du front, tentent de m'expliquer la guerre.

– Et toi, comment tu sais ce qu'ils font ?

– Je suis lieutenante de première ligne dans l'oblast de Donetsk ; je commande une section de reconnaissance.

– Waouh, je suis impressionné. Tu n'as pas peur ?

C'était toujours la première question que tout le monde me posait.

– Non.

– Tu as vu des morts ?

– Oui. Beaucoup.

– Par exemple ?

– Je n'ai pas envie d'en parler.

– Eh bien, chapeau bas. Bravo, ma sœur ! Tu es une femme courageuse. Prends soin de toi. Je suis heureux qu'il y ait des gens comme toi, car le combat, ce n'est pas pour moi. Moi, j'ai des problèmes de santé.

Ce genre de discours était fréquent chez les civils. Lassée de ses jérémiades, j'ai clos la discussion. Je profitais de mes vacances, alors je ne me suis pas formalisée sur le moment, mais j'ai eu du mal à oublier cette conversation. À Kyiv, toujours pendant mes vacances, la vie semblait presque normale comparée à la dévastation du Donbass. J'étais heureuse d'aller au cinéma et au théâtre, de vivre autre chose que la guerre.

Mais lorsque j'ai fait une petite pause en octobre 2023 pour rendre visite à ma mère, je me suis découverte agacée par tout. Peut-être étais-je simplement fatiguée ; peut-être était-ce parce que les civils étaient de plus en plus détachés de la guerre. Je ne pouvais m'empêcher de regarder les jeunes hommes dans les rues, de les imaginer comme des fantassins ou des soldats d'assaut et de leur en vouloir de ne pas s'être engagés.

Zelensky hésitait à élargir la conscription, de peur d'entamer la cohésion sociale. Il a attendu près d'un an après que notre Parlement, la Verkhovna Rada, a voté l'abaissement de l'âge d'appel de 27 à 25 ans, pour promulguer la loi en avril 2024. Il affirmait que la Russie se préparait à mobiliser 300 000 soldats supplémentaires le 1er juin. Mais il a récusé les déclarations faites cinq mois plus tôt par Zaloujny, qui jurait que nous avions besoin d'environ 500 000 nouveaux soldats.

*

Au début de l'invasion, l'âge du service obligatoire avait été fixé haut : l'armée cherchait des hommes déjà aguerris, donc plus vite opérationnels. Zelensky déclarait aussi vouloir « préserver la jeunesse » pour qu'elle reconstruise le pays après la guerre. Résultat : l'âge moyen de nos forces armées, qui comptaient un million d'hommes et de femmes, était de 40 ans. La démographie y était pour beaucoup, car le taux de natalité avait considérablement baissé pendant les terribles années 1990.

La Verkhovna Rada a voté, également en avril, une autre loi visant, d'un côté, à mieux récompenser l'engagement, de l'autre, à sanctionner davantage les planqués. Les hommes qui ne se faisaient pas enregistrer pouvaient se voir retirer leur permis de conduire. Une prime supplémentaire était attribuée aux combattants de première ligne. Les indemnités versées aux familles des morts au combat ont été officiellement portées à 15 millions de hryvnias (environ 355 000 €), un montant que l'armée appliquait déjà *de facto*.

Les soldats ukrainiens devaient servir « jusqu'à la fin de la guerre » - quelle qu'en soit la durée. Le texte prévoyait à l'origine de limiter l'obligation à trente-six mois pour encourager l'engagement, mais cette clause a été retirée à la demande du général Oleksandr Syrskyï, qui estimait que la question de la rotation et de la démobilisation devrait être traitée dans un projet de loi distinct, ultérieurement.

*

Pendant ma permission d'octobre 2023, j'ai retrouvé autour d'un café Viktoria, une amie d'université, autour d'un café. Très vite, la discussion a glissé sur le manque d'effectifs et la conscription.

– Tu as entendu qu'ils envisageaient d'appeler aussi les femmes ? ai-je dit. L'Ukraine a besoin de tous ses citoyens de 18 ans et plus.

– Tu ne crois quand même pas qu'ils vont le faire ?

– Ils devraient. Pourquoi exonérer la gent féminine ? N'avons-nous pas milité pour l'égalité quand nous étions étudiantes ? D'ailleurs, servir dans l'armée, ce n'est pas forcément porter un fusil ; il y a quantité de tâches administratives. Si tu es appelée, tu pourras rejoindre ma section dans le Donbass. Ce sera comme au bon vieux temps !

Viktoria n'a pas ri. Elle a rejeté ses longs cheveux brillants en arrière et laissé son regard filer le long de la rue animée.

– Plutôt mourir ! Il n'en est pas question. J'ai un bon poste, j'aime mon copain. S'ils tentent de m'enrôler, je m'enfuis demander la citoyenneté ailleurs.

– Mais l'Ukraine interdit la double nationalité, tu devras renoncer à ton passeport ukrainien !

– Et alors ?

– Viktoria, je n'en reviens pas ! Pourquoi avons-nous manifesté à Maïdan ? Pourquoi l'avoir fait si nous ne sommes pas prêtes à défendre nos familles, notre pays, les armes à la main ? Ton raisonnement ne tient pas.

– Ça, c'était hier. Aujourd'hui, c'est chacun pour soi. Tu crois que les enfants des politiciens se trouvent dans les tranchées ? Je ne vois pas pourquoi je mourrais pour une cause perdue. On va perdre de toute façon, Yulia.

J'ai eu l'impression d'avoir reçu un coup de massue. Viktoria et moi n'avions plus rien en commun. Notre amitié de dix ans était-elle un mensonge ?

– Oh, je t'ai blessée, a dit Viktoria. Je suis désolée, Yulia. Je veux juste être honnête. Peut-être devrais-tu l'être aussi : demande-toi ce que tu fiches dans le Donbass.

J'ai regardé ma montre, prétextant un rendez-vous qu'évidemment je n'avais pas. J'ai posé quelques centaines de hryvnias sur la table pour payer le café, et me suis éclipsée. Ainsi s'acheva mon amitié avec Viktoria.

*

– Je crois que j'ai un problème avec les civils, ai-je dit au sergent Andriy en regagnant le camp, dans le Donbass.

– Comment ça ?

Je lui ai raconté ma discussion avec Viktoria et le ressentiment qui m'avait saisie en voyant les jeunes hommes dans les rues de Kyiv.

– La société n'est pas prête pour une mobilisation générale, a répondu Andriy. Voilà pourquoi ils ne peuvent pas remplacer des soldats comme nous, qui nous battons depuis des années. C'est aussi pour ça qu'il y a eu le scandale des centres de recrutement.

*

Au cours de l'été 2023, Zelensky a limogé tous les responsables des bureaux régionaux de recrutement, car beaucoup d'entre eux acceptaient des pots-de-vin pour ne pas enrôler certains hommes. D'autres agents de recrutement, trop zélés, s'étaient mis à rafler des hommes dans des lieux publics et à les envoyer directement au front, sans même leur permettre de rentrer chez eux. De telles pratiques semaient la panique.

*

– Tu crois que ça vaut la peine de se battre pour une société qui n'est pas disposée à participer à la défense du pays ? ai-je demandé à Andriy.

– Je pense qu'il ne faut pas s'attarder là-dessus, car ça ne fait que rendre les choses plus difficiles, a-t-il répondu.

– Ce qui me dérange le plus, ce sont les civils qui n'ont rien vu de la guerre mais disent déjà qu'ils en ont assez. Tu as sûrement vu les mèmes sur les neurasthéniques accros à leur canapé ? Nous sommes tous fatigués de la guerre, mais le fossé entre le front et les civils se creuse. L'ambiance est en train de changer. Regarde comme le soutien à l'armée diminue.

Je lui ai alors raconté qu'au premier jour de l'invasion, le centre de recrutement débordait, que j'avais vu un quinquagénaire et une jeune femme aux ongles vernis se disputer une mitrailleuse. Les volontaires s'inscrivaient dans des cahiers d'écolier et beaucoup avaient été refoulés. Des centaines, peut-être des milliers de fonds privés soutenaient l'armée ; pendant un temps, ils lui ont donné plus d'argent et de matériel que le gouvernement. Actuellement, il nous fallait 400 000 hryvnias (près de 10 000 €) pour acheter des drones. Un an plus tôt, nous aurions réuni la somme en une semaine ; voilà deux mois que nous essayions, sans succès. Quand les Russes bombardaient les villes, les dons affluaient brièvement ; puis dès que tout se calmait, plus rien. C'est la nature humaine, j'imagine.

– L'ambiance n'est plus la même, a dit Andriy. Dès qu'on parle de « mobilisation générale », les gens répondent : « Signons pour la paix. »

*

Fin 2023-début 2024, l'horizon restait obstinément sombre. La Russie a fêté la nouvelle année par un déluge ininterrompu de drones et de missiles, pendant dix-huit heures, qui a tué 41 civils - un record - dans toute l'Ukraine. Jusqu'ici, Kyiv avait été largement épargnée grâce aux missiles occidentaux de défense aérienne ; mais les Russes ont appris à saturer ces systèmes avec des essaims de drones. La plupart des villes ukrainiennes ne sont guère protégées contre les bombardements aériens.

L'échec de la contre-offensive ukrainienne a été le fait le plus massif de l'année 2023. Nous apprenions que les sanctions contre le pétrole russe n'avaient pas fonctionné, que notre ennemi croulait sous les pétrodollars. En fait, l'économie russe était en pleine croissance, alimentée par les dépenses militaires. En février 2024, Poutine s'est même réjoui de sa victoire à Avdiivka et de la mort en prison du dissident russe Alexei Navalny.

L'intérêt pour l'Ukraine a chuté depuis que le Hamas a attaqué Israël le 7 octobre 2023. Les États-Unis ont détourné vers Israël des dizaines de milliers d'obus d'artillerie de 155 millimètres fabriqués chez eux, dont l'Ukraine a désespérément besoin. Quand je lis les messages de soutien à Israël, je me dis : pourquoi ne pas soutenir l'Ukraine ? Notre pays se trouve sur le continent européen et est près de trente fois plus grand qu'Israël.

Le 1er avril 2024, Israël a provoqué l'Iran en bombardant son ambassade à Damas, tuant 16 personnes, dont huit officiers du Corps des gardiens de la révolution islamique. L'Iran a riposté dans la nuit du 13 au 14 avril, lançant sur Israël 330 missiles de croisière, des drones d'attaque et des missiles balistiques.

Depuis des mois, la Russie tirait un arsenal presque identique sur l'Ukraine, tuant des civils et détruisant 80 % de notre réseau électrique. Israël et l'Ukraine étaient, en théorie, deux alliés de l'Occident ; pourtant l'Ukraine était laissée quasiment sans défense, tandis que chasseurs américains, britanniques, français et jordaniens aidaient Israël à abattre 99 % des projectiles iraniens.

L'Ukraine a accueilli ce deux poids, deux mesures avec une incrédulité douloureuse. Si l'Occident peut protéger Israël, il peut protéger l'Ukraine. Les vies israéliennes valent-elles plus que les nôtres ? Pourquoi sommes-nous traités en partenaires de seconde zone ?

L'Union européenne nous avait promis un million d'obus de 155 mm avant mars 2024 ; en novembre, on nous avait dit que ce serait plutôt 420 000. Le 1er février 2024, l'Europe a fini par voter 50 milliards d'euros d'aide sur quatre ans, après des mois de retard causés par Viktor Orbán, le Premier ministre hongrois, fidèle serviteur de Poutine. Alors que notre soif de munitions grandissait, les républicains du Congrès bloquaient, sur ordre de Donald Trump, 61 milliards de dollars d'aide militaire pendant six mois. Nous nous battions avec les mains liées dans le dos. Et la perspective d'une victoire de Trump à la présidentielle américaine du 5 novembre 2024 planait sur nous comme l'annonce d'une apocalypse.

*

Toutes les nuits ou presque, je m'écroulais épuisée sur mon lit de camp et dormais du sommeil du juste. Les rares rêves qui me visitaient étaient emplis d'angoisse.

Une nuit, fin 2023 ou début 2024, je me retrouvais avec mon frère Bohdan à un checkpoint tenu par un soldat russe. Il faisait nuit, il gelait. Nous avions, Dieu sait comment, débouché en Russie, et la panique me gagnait : je n'avais sur moi qu'un passeport ukrainien.

– Vos papiers ! avait lancé le soldat en russe.

– Je viens de la République populaire de Donetsk, avais-je répondu, utilisant le nom russe du territoire occupé et annexé. Je ne voyais pas d'autre explication au fait que je sois en possession d'un passeport ukrainien.

– Vous devriez déjà avoir un passeport russe ! avait-il rétorqué.

Je bafouillais que j'avais été très occupée, assortissant mes excuses de déclarations d'amour pour la Russie. Comment m'échapper ? Il fallait que je parte. Dans l'obscurité, je ne distinguais que le visage du soldat sous sa chapka, le fusil d'assaut croisé sur la poitrine, et les congères qui nous cernaient. Bohdan se taisait. Je ne voyais aucune issue. Ils allaient découvrir que j'étais un officier ukrainien. Ils allaient me jeter en prison.

Je me suis réveillée, envahie d'un immense soulagement : je n'étais pas en Russie, mais dans une maison en ruine, avec mes frères d'armes, du côté ukrainien du Donbass. Le premier soldat russe se trouvait au moins à 10 kilomètres.

CHAPITRE V

Une enfance ukrainienne

La nuit est si éclairée par la lune, si étoilée, si brillante
Il y a tant de lumière que tu pourrais ramasser des aiguilles
Viens, mon amour, fatiguée par le labeur
Ne serait-ce qu'une minute, viens dans le bosquet
N'aie pas peur de te mouiller les pieds dans la rosée froide
Je te ramènerai à la maison, ma chérie, je te ramènerai à la maison.
Je te ramènerai à la maison, ma chérie, je te ramènerai à la maison.

« La Nuit est si éclairée par la lune », l'une des chansons folkloriques les plus appréciées en Ukraine, tirée d'un poème du XIXe siècle de Mykhailo STARYTSKY et mise en musique par Mykola LYSENKO.

L'Ukraine indépendante n'avait que 4 ans lorsque je suis née, le 18 juillet 1995.

À chaque étape, ma vie a épousé les soubresauts de mon pays : on peut dire que nous avons grandi ensemble.

La jeunesse de mes parents, tout comme les premières années de ma propre vie, a été rythmée par la pauvreté et le chaos des années 1990. À l'instar de millions d'Ukrainiens, j'ai connu mon éveil politique et forgé mon identité nationale au tournant du siècle. Étudiante, j'ai participé à la Révolution de la dignité (Euromaïdan) en 2013-2014. J'ai ensuite assisté, horrifiée, à l'annexion de la Crimée et à l'invasion du Donbass par la Russie. En 2016, puis de nouveau en 2022, j'ai pris les armes pour défendre mon pays.

*

Après l'indépendance de 1991, ma mère, Tamara, est devenue caissière dans un bureau de change à Kyiv. L'économie s'est effondrée en même temps que l'URSS : les emplois manquaient, les braquages à main armée se multipliaient. Mon père, Mykola, assurait la sécurité du bureau de change : c'est ainsi que mes parents se sont rencontrés.

Tamara vient d'une famille modeste de la région de Kyiv. Elle ne garde aucun souvenir de son père. Sa mère, employée des chemins de fer, l'élevait seule avec sa sœur aînée, Svitlana, dans un dortoir réservé au personnel ferroviaire, que l'État soviétique leur fournissait gratuitement. Elles connurent des années précaires. Ma grand-mère maternelle était alcoolique et mourut d'un cancer dans la quarantaine... Il ne restait plus que ma mère et Svitlana, qui joua le rôle de mère de substitution, et décrocha plus tard un bon poste dans un centre d'appels.

Mon père, Mykola, a grandi à Lazarivka, un village de l'oblast de Jytomyr situé à 90 kilomètres à l'ouest de Kyiv. En débarquant dans la capitale, il s'émerveillait de tout et la parcourait sans relâche. Intelligent mais instable - « extravagant » est le mot qui me vient -, il vouait une passion à l'histoire et aux questions militaires. Tour à tour guide touristique, employé des impôts, gérant de boutique, il sautait d'un job à l'autre, incapable de se fixer. Sa grande passion était de construire des maquettes d'avions et de blindés.

La famille de Mykola était riche et possédait de nombreuses terres à Jytomyr, jusqu'à ce que les Soviétiques les leur confisquent dans le cadre de la politique de collectivisation menée par Staline dans les années 1930. Ses grands-parents, envoyés dans une ferme collectivisée, ne pouvaient plus subvenir aux besoins de leurs quatre enfants : sa mère, Lyuba, a fini dans un orphelinat. La famille a ensuite été réunie et a récupéré une partie de ses terres ; elle y cultivait des fruits et des légumes et élevait du bétail. Mais Lyuba fut hantée toute sa vie par le traumatisme de l'abandon, et par les souvenirs de l'orphelinat. Elle se méfiait de quiconque n'appartenant pas au cercle familial - un trait de caractère que j'appelais sa « mémoire soviétique ». Sujette à des troubles psychosomatiques, elle est morte en 2019, assurément minée par toutes ces émotions enfouies.

La méfiance de Lyuba venait peut-être aussi de son travail quotidien au sein de la police scientifique, où elle gérait les équipes de nettoyage. Petits, mon frère et moi l'y accompagnions souvent. Nous savions que le directeur l'appréciait beaucoup, mais elle ne parlait jamais de ce qu'elle faisait là-bas. Quand elle travaillait, elle logeait dans un appartement à Vyshneve, la cité-dortoir au sud-ouest de Kyiv où Tamara et moi vivons. Mais sa vraie maison, là où elle a vieilli et où elle est morte, était la datcha de deux étages en briques rouges qu'elle avait construite sur le terrain de ses parents, à Lazarivka. Elle en était très fière : sa propriété possédait un puits profond à l'eau cristalline, la meilleure du village.

Nous appelions ma grand-mère paternelle Baba Lyuba, *baba* étant le terme familier ukrainien pour « grand-mère ». Elle se levait à 4 heures chaque matin, travaillait toute la journée, cuisinait le soir et se couchait à 23 heures. Nous lui disions de payer quelqu'un pour s'occuper du jardin, mais elle répondait toujours : « Non. C'est ma terre. Je la cultiverai moi-même. » Elle cultivait des fruits et des légumes et, près de la maison, elle plantait des fleurs, surtout des violettes. Le jour de ma naissance, mon père a planté un noyer dans son jardin.

J'ai passé certains des plus beaux jours de mon enfance à Lazarivka, même si j'associe aussi ce lieu au labeur, car nous devions aider Lyuba au jardin. Comme la plupart des enfants, j'adorais quand mes parents et ma grand-mère me racontaient des événements dont je ne me souvenais plus, et dont j'étais pourtant le personnage principal. « Raconte-moi quand j'étais petite », disais-je souvent. Un événement en particulier brillait dans la mémoire familiale.

Lyuba était haute comme trois pommes, la peau tannée par le soleil. Elle nous aimait, mon frère et moi, plus que tout et plus que quiconque. Elle m'a raconté cette histoire un nombre incalculable de fois.

– Un jour que je jardinais, tu as disparu. Tu avais 2 ou 3 ans et je t'ai cherchée partout. Tes parents étaient partis faire des courses ; j'étais paniquée à leur retour. « J'ai perdu Yulia ! » ai-je dit à ton père. « Quoi ? Comment est-ce possible ? Quand l'as-tu vue pour la dernière fois ? – Elle jouait dans l'herbe. J'étais agenouillée dans le parterre ; je me suis retournée, elle n'était plus là. – Espèce de sotte ! Comment as-tu pu la perdre de vue ? Et si quelqu'un l'avait enlevée ? Ou si un animal l'avait emportée ? » C'est la seule fois où ton père m'a parlé durement. « Elle aurait crié ! » sanglotais-je pour me justifier. Ta mère pleurait aussi. On a fouillé la maison de fond en comble, et passé le jardin au peigne fin en criant ton nom. « Elle a dû tomber dans le puits. Descendez-moi avec la poulie, j'irai la chercher. » C'est alors qu'on a remarqué le chat de la famille, allongé au soleil devant la cabane à outils. « Pourquoi tu ronronnes, toi ? ai-je crié au félin. Tu ne vois pas qu'on est en plein malheur ? » Puis ton père a poussé la porte de la cabane : tu dormais sur un sac de grain. Personne n'a jamais compris comment, à ton âge, tu avais réussi à tirer la porte derrière toi.

Sans doute est-ce cette histoire qui me fait voir les chats comme des créatures aux pouvoirs presque mystiques.

Mon premier souvenir remonte à un ou deux ans plus tard. J'ai environ 4 ans. J'appelle Mykola Tato, c'est-à-dire Papa. Nous arrachons des pommes de terre ; la chaleur m'assomme. Il me prend dans ses bras, me porte jusqu'à la datcha et me couche sur le lit de Baba Lyuba pour la sieste. Il me berce doucement en fredonnant une vieille chanson populaire, « La nuit est si éclairée par la lune ». C'est en réalité une chanson d'amour, mais Mykola la chante comme une berceuse.

Je te ramènerai à la maison, ma chérie,
je te ramènerai à la maison.
Je te ramènerai à la maison, ma chérie,
je te ramènerai à la maison.

*

Un autre de mes premiers souvenirs est celui de la récolte des petits pois dans le jardin avec Baba Lyuba. Elle m'apprend à fendre la cosse d'un vert éclatant entre le pouce et l'index, puis à faire dévaler les pois, ronds comme des perles, dans un sac de jute. J'en croque tant, encore crus, que je finis avec un terrible mal de ventre. Mykola traverse alors les champs de tournesols au pas de course pour m'emmener chez le médecin. Je suis sa princesse en détresse ; il est mon chevalier servant.

Mes parents sont pauvres, mais les cinq premières années que je passe à Bucha sont heureuses. J'adore Viktoria, la nounou qui me garde pendant qu'ils travaillent, et je joue avec Vova, le petit voisin. Notre vie gravite autour de l'église baptiste de la Bonne-Nouvelle. Le dimanche, Maman me mets de beaux habits, je me tiens entre mes parents - mes menottes nichées dans les leurs - tandis qu'ils entonnent des cantiques et récitent le Notre Père. Des missionnaires baptistes américains organisent des camps d'été pour les enfants, où nous faisons griller des marshmallows et des hot-dogs sur des cintres tordus au-dessus d'un feu de camp. Parfois, nous y cuisons des pommes de terre enveloppées dans du papier d'aluminium. Les missionnaires ne parlent que quelques mots d'ukrainien, mais Tamara parvient à communiquer avec eux à l'aide de gestes et d'un dictionnaire.

Aussi incongru que cela puisse paraître, compte tenu de ma vocation ultérieure de soldat, je suis une petite fille très féminine, qui aime les jolies robes. Un jour, Tamara m'emmène dans un grand magasin à Kyiv, où je vois une robe en velours avec un col en dentelle. Je sais que nous n'avons pas les moyens de l'acheter, alors je ne la demande pas. Mais des larmes coulent silencieusement sur mes joues dans la voiture, sur le chemin du retour. Je vois le reflet de ma mère dans le rétroviseur, qui me regarde pleurer sur la banquette arrière, et je me sens coupable parce que je sais que je lui fais de la peine.

McDonald's s'installe en Ukraine quand je suis encore toute petite. Pour nous, ce n'est pas une chaîne de fast-food, mais un vrai restaurant, un plaisir exceptionnel que nous nous offrons de temps en temps le week-end. Mes parents me commandent un menu Happy Meal qui comprend un hamburger, des frites et un jouet en cadeau. J'attends toujours le jouet !

Mon père achète ensuite la moitié d'une masure délabrée, sans eau courante, dans la banlieue ouest de Kyiv. L'autre moitié est occupée par des missionnaires américains. Nos conditions de vie doivent les stupéfier – à moins qu'ils ne les trouvent exotiques, comme une semaine de camping ou un safari en Afrique pour répandre la parole de Dieu.

C'est là que naît mon petit frère, Bohdan. Quelques mois après sa naissance, en 2000, Mykola quitte Tamara pour notre voisine Larysa – la mère de Vova –, qu'il épouse un peu plus tard. Tamara encaisse le choc : elle a quitté son emploi à la naissance de Bohdan, comptait sur le salaire de Mykola, et se retrouve, au beau milieu de la trentaine, sans mari, sans travail et sans avenir. J'entends encore ses sanglots.

La voisine doit se sentir coupable, car elle trouve un emploi pour Tamara au centre d'appels de l'opérateur Kyivstar. Peut-être est-ce aussi par intérêt, pour réduire la pension que Mykola nous doit... La vie devient difficile. Après le divorce de mes parents, Baba Lyuba nous accueille dans son appartement de Vyshneve, et nous dépanne quelque temps.

Lorsque Tamara reprend un travail, je dois m'occuper de mon frère Bohdan. Je lui en veux parce qu'à cause de lui, je ne peux pas sortir jouer avec les autres enfants... Nous nous disputons beaucoup, jusqu'à ce qu'il soit assez grand pour se défendre et riposter.

Il mûrit très vite et, à l'âge de 18 ans, il s'installe dans un appartement avec sa petite amie. Ils se marient, mais sa femme se révèle accro au jeu dans les casinos... Malgré tous nos efforts, la pauvre fille lutte en vain contre cette addiction, alors le jeune couple se sépare. Je ne sais pas exactement quand ni comment Bohdan et moi sommes passés de la détestation à l'amour, mais mon petit frère est maintenant mon meilleur ami.

*

C'est Noël, au début des années 2000, peu avant notre emménagement dans l'appartement de Baba Lyuba. Tamara a paré la maison de guirlandes argentées et de loupiotes clignotantes. Un soir, la sonnette retentit et Tamara ouvre la porte à des missionnaires de la Bonne-Nouvelle.

Je reste bouche bée devant « Big Jack », un homme gigantesque qui porte des chaussettes blanches et d'énormes baskets qui me font penser à des bateaux. Sa femme, Margie, menue et vive tel un moineau, l'accompagne. Tous deux sourient sous leurs bonnets rouges de père Noël, des sacs de toile écarlate bourrés de cadeaux à la main.

– Joyeux Noël ! Ho, ho, ho ! lance Big Jack.

Bohdan et moi savons que les Américains apportent des cadeaux, et nous courons vers eux en pyjama. Margie s'agenouille et nous serre dans ses bras. Tamara propose du thé ou du café, mais les Américains refusent.

– Nous ne pouvons pas nous attarder, le père Noël nous a confié beaucoup de livraisons.

Nous trépignons d'impatience.

– Tu as été sage, Yulia ?

Je regarde Tamara qui répond à ma place.

– Oui, sauf quand elle se dispute avec son frère.

Bohdan est fasciné par les paquets qui débordent des sacs. Nous ouvrons nos cadeaux. J'ai dans les mains une poupée Barbie en maillot de bain avec des jambes incroyablement longues, et articulées. Je n'ai jamais rien vu de tel.

– Fais attention à ne pas plier les genoux de Barbie dans le mauvais sens, sinon ses jambes vont se casser. Comme dans la vraie vie, dit Margie.

Elle me tend un deuxième paquet, qui contient un tailleur, des chaussures à talons hauts et un chapeau pour Barbie. Bohdan reçoit une voiture de sport rouge télécommandée, avec boutons arrêt, avance et turbo. Big Jack insère les piles ; la voiture file sur le parquet. C'est encore plus merveilleux que la Barbie articulée.

Je supplie Big Jack :

– Je peux essayer ? Je peux essayer ?

– C'est le cadeau de ton frère, à lui l'honneur.

Bohdan court vers la voiture, la tourne vers nous, appuie sur le bouton « avant » et rit de joie quand elle revient à toute vitesse. Dans un élan inhabituel d'amour fraternel, il me tend la télécommande. Tamara nous rappelle de remercier nos amis. Des années plus tard, aux commandes de mon premier drone dans le Donbass, je repenserai à la joie que j'avais éprouvée à téléguider la petite voiture de Bohdan.

– Joyeux Noël ! répète Big Jack en partant. Et n'oubliez pas que Jésus vous aime !

*

Tamara a toujours aimé discuter avec les gens. Lorsque Bohdan et moi sommes assez grands pour nous débrouiller seuls, elle s'inscrit à l'université. Elle plaisante en disant qu'elle est assez âgée pour être grand-mère mais qu'elle étudie avec des gens qui ont l'âge de ses enfants. Elle a persévéré et décroché son diplôme. Elle exerce aujourd'hui comme psychothérapeute auprès des militaires et des personnes déplacées par le conflit. Pour la première fois, son travail la comble vraiment.

Quand nous allions à la messe, nous étions pauvres mais heureux, portés par le sentiment d'être acceptés. Après avoir quitté Bucha, nous avons cessé d'aller à l'église. Je suis séparée de ma chère Viktoria. Je me reproche le départ de mon père. Je pense que c'est ma faute : j'ai fait quelque chose de mal qui l'a poussé à partir. Avec le temps, j'ai mûri et j'ai compris que Mykola était un coureur de jupons et que c'était de sa faute à lui si notre famille s'était brisée. Je suis encore en colère contre lui et nous ne nous parlons plus depuis longtemps. Il a essayé de renouer le contact, mais je refuse chaque fois.

Je ne dirais pas que mon enfance a été malheureuse, car on ne pense pas en ces termes quand on est gosse. Il y a eu des moments heureux. C'était difficile, voilà tout. Mais c'était le destin d'une gamine née dans les années 1990, une décennie terrible en Ukraine.

Nous avons déménagé trois fois en trois ans lors de la séparation de mes parents. La première fois, c'était pour la maison miteuse ; je fréquentais l'école primaire du quartier. Chaque changement d'école était difficile pour moi. J'étais plutôt introvertie et j'avais du mal à me faire de nouveaux amis. Les choses ont fini par s'arranger quand nous avons emménagé dans l'appartement de Vyshneve où ma mère vit encore, et que je considère comme mon véritable foyer.

Ensuite, Mykola a insisté pour que Bohdan et moi nous inscrivions au lycée Leader, dans un quartier huppé de Kyiv appelé Pechersk. L'ancien professeur d'histoire de mon père en était devenu le proviseur et avait proposé que nous nous y inscrivions gratuitement. L'établissement exigeait juste des « dons caritatifs » de la part des parents... En réalité, c'étaient des pots-de-vin, que ma mère devait payer.

Nos camarades de classe étaient les enfants de stars du sport, de députés de la Verkhovna Rada et de hauts fonctionnaires. C'était une bonne école, mais pour un enfant issu d'une famille pauvre au passé tumultueux, il était difficile de s'y adapter. Mes vêtements faisaient pâle figure à côté de ceux de mes camarades. Leurs chauffeurs les récupéraient à la sortie, tandis que Bohdan et moi attendions Tamara, qui venait nous chercher le soir après sa longue journée de travail. Le lycée était en plein centre de Kyiv, et nous vivions au-delà des limites de la ville. Maman ne m'a pas laissée rentrer seule avant mes 12 ou 13 ans.

À 9 ans, je dévorais les *Harry Potter* et voulais aller à Poudlard ; à l'adolescence, j'ai vu un thriller où Nicole

Kidman incarnait une interprète mêlée à des complots d'assassinat au siège de l'ONU à New York. Après ça, j'ai voulu devenir interprète. L'anglais était ma matière préférée. J'aimais particulièrement le cours de civilisation, où l'on découvrait la culture des États-Unis et celle du Royaume-Uni. L'école répartissait les élèves en quatre filières, et quand j'ai dû choisir, j'ai opté pour « les humanités ». Mes cours portaient donc sur l'histoire, la langue et la littérature.

À la maison, nous ne parlions que russe. Enfant, je regardais des dessins animés russes, et j'apprenais les légendes russes du prince Ivan. Je me souviens de celle où le loup gris magique aide Ivan à capturer l'Oiseau de feu (elle a servi de base au ballet d'Igor Stravinski). J'adorais *Guerre et Paix* de Tolstoï. J'aimais aussi Dostoïevski, même s'il me déroutait. Je lisais la poésie de Pouchkine et de Lermontov, et je trouvais les grands classiques de la littérature russe plus intéressants que la littérature ukrainienne, mal enseignée, avec des textes confiés à des enfants bien trop jeunes pour les comprendre. Par ailleurs, j'avais l'impression que ma professeure de littérature ukrainienne me méprisait parce que j'étais pauvre.

À cette époque, mon père croyait encore à la fable selon laquelle Ukrainiens et Russes ne formaient qu'un seul peuple, ce qui était surprenant de la part de quelqu'un qui connaissait l'histoire, et au vu de ce qui était arrivé à sa famille dans les années 1930. Mykola adorait aller au Maks, le salon international de l'aéronautique et de l'espace qui se tenait chaque année près de Moscou. Il nous y a emmenés une fois, avec mon frère, quand j'avais 13 ou 14 ans. J'avais trouvé Moscou sale, hostile et déprimante. Il m'a emmenée aussi à Saint-Pétersbourg, qui me plaisait davantage, avec ses canaux et son architecture néoclassique peinte dans des tons pastel. Une cousine éloignée de notre famille avait épousé un officier du service de renseignement russe, le FSB. Nous sommes allés les voir à Moscou. Je crois qu'ils y vivent toujours, même si évidemment nous ne sommes plus en contact.

Pendant plus d'une décennie après l'indépendance, les Ukrainiens ne se sont guère préoccupés de leur identité culturelle et nationale. On pensait d'abord à manger, à survivre. Tout le monde se battait pour s'en sortir. Je croyais que la Russie était un pays ami et que nous ne formions qu'un seul peuple, car c'était le message que Mykola me martelait.

La Révolution orange, fin 2004 et début 2005, m'a fait découvrir la notion d'identité nationale. Je n'avais alors que 9 ans ; Mykola m'a emmenée sur Maidan Nezalezhnosti, la place de l'Indépendance, pendant les deux mois de manifestations. (Les Ukrainiens abrégeaient généralement le nom en « Maïdan », un mot d'origine persane qui signifiait « place ».) Mon père m'a hissée sur ses épaules pour que je voie la foule rassemblée au cœur de la capitale : nous étions là davantage comme touristes que comme manifestants.

*

Neuf ans plus tard, j'ai croisé Mykola par hasard lors d'une autre manifestation. Nous savions mieux pourquoi nous étions là, ayant mieux compris ce qui était en jeu. Le président prorusse Viktor Ianoukovitch avait alors été renversé deux fois, par deux révolutions. En novembre 2004, il avait truqué l'élection présidentielle : le candidat battu, Viktor Iouchtchenko, avait été défiguré par un empoisonnement à la dioxine pendant la campagne, vraisemblablement par des agents russes.

La Révolution orange a été la première fois où j'ai entendu des mots comme *dignité nationale, conscience nationale.* Je ne les comprenais pas tout à fait, mais je savais qu'il s'agissait de liberté d'expression et du droit de décider pour son propre pays. Les protestations ont abouti à la tenue d'un nouveau scrutin, que Ianoukovitch a perdu. Iouchtchenko a exercé la présidence pendant cinq ans. C'était un intellectuel prêt à consacrer des fonds publics à la culture et à l'identité nationale ; il a fait ériger le mémorial de l'Holodomor. Ce mot désigne la famine provoquée par la collectivisation forcée de l'agriculture par Staline en 1932-1933, qui a tué près de 4 millions d'Ukrainiens. Mais Iouchtchenko, ancien banquier, a été critiqué pour son indécision et pour le fait d'avoir nommé des amis et des membres de sa famille plutôt que des professionnels à des postes clés. La crise financière de 2008 a de surcroît particulièrement frappé l'Ukraine. En 2010, la déception suscitée par Iouchtchenko a conduit au retour victorieux, lors d'une élection régulière, du sinistre Ianoukovitch.

Pendant ce temps, je passe et réussis les examens d'évaluation à la fin du lycée. En cours d'histoire, j'apprends l'existence de l'Académie Kyiv-Mohyla, fondée en 1615 et qui fut un important centre de savoir jusqu'au début du XIXe siècle. Son élève le plus célèbre était l'hetman[1] Ivan Mazepa, chef cosaque qui s'était allié à la Suède et à la Pologne pour combattre le tsar russe Pierre Ier, et que Voltaire et Byron avaient immortalisé. Belle coïncidence : la 54e brigade mécanisée, dans laquelle Illia et moi avons ensuite combattu, a reçu en 2020 le titre honorifique « Hetman Ivan Mazepa ».

---

1. Chef élu des clans cosaques.

Lorsqu'elle a rouvert, au moment de l'indépendance en 1991, en tant qu'université nationale, Kyiv-Mohyla a fait sienne la promotion de la langue, de la culture et de l'identité ukrainiennes. Forte de mes bons résultats, j'y ai été admise. Tamara, Bohdan et moi avons fêté la nouvelle avec du thé et des gâteaux : c'était tout ce que nous pouvions nous permettre. J'ai commencé mes études universitaires là-bas. Je venais d'avoir 17 ans.

Je n'ai pas obtenu de bourse d'État, alors Tamara a payé mes frais universitaires. Cela coûtait 19 000 hryvnias par an, soit environ 2 800 € à l'époque. Une somme considérable pour notre famille, qui signifiait se serrer la ceinture sur la nourriture, et sur le reste. Mais Maman ne se plaignait jamais. « Tes études, c'est la seule chose que personne ne pourra jamais t'enlever », me disait-elle souvent.

Au lycée Leader où j'avais fait mes études secondaires, 95 % des élèves parlaient russe. À l'époque, parler ukrainien à l'école passait pour vulgaire et réactionnaire... Pour être juste, je dois préciser que le Leader est devenu plus patriote depuis, et je suis désormais en bons termes avec cette école que j'avais détestée en grandissant. Les professeurs nous envoient désormais des dessins de leurs élèves, avec lesquels nous décorons nos abris. J'en ai un qui représente un cœur, rempli de bleu en haut et de jaune en bas, comme le drapeau ukrainien. J'ai aussi un très beau pastel sur une bataille de chars, dans des tons ocre et kaki. Le Leader a même investi dans un drone pour ma section. Pour cela, les élèves ont peint les douilles vides que je leur avais envoyées et les ont mises aux enchères au profit des « Hellish Hornets ».

*

Je suis arrivée à l'Académie Kyiv-Mohyla après avoir toujours parlé et étudié en russe. Du jour au lendemain, je me suis retrouvée plongée dans un univers où tout le monde parlait ukrainien ! Il ne s'agissait pas de persécuter ceux qui parlaient russe, mais d'affirmer l'identité ukrainienne. L'université était un foyer d'idées et de pensée ukrainiennes, et cela m'enthousiasmait.

Je continuais de rêver de devenir interprète et j'ai décidé d'étudier la philologie anglaise, mais cette filière n'était plus proposée. Je me suis donc inscrite en philologie ukrainienne pour étudier la langue, l'histoire et la culture de mon pays. Un nouveau monde s'est ouvert à moi, un monde qui avait toujours vécu en moi, mais que j'ignorais. En vérité, le russe et l'ukrainien sont aussi proches que le néerlandais et l'allemand, ou l'espagnol et le portugais. La plupart des Ukrainiens parlent russe. Un Russe n'ayant jamais appris l'ukrainien pourrait probablement saisir 50 % d'une de nos conversations. (Il existe aussi le surzhyk, un pidgin russo-ukrainien parlé - mais non écrit - par de nombreux Ukrainiens, surtout dans le centre et l'est du pays.)

Le russe et l'ukrainien sont deux langues slaves, avec les mêmes cas et une syntaxe relativement libre - en d'autres termes, le nom n'a pas nécessairement à précéder le verbe, comme en anglais. La principale différence tient au vocabulaire. Les accents diffèrent aussi : les Ukrainiens remplacent le G dur par un H doux, et la lettre russe И par un Y.

En tant que philologue, je ne crois pas aux langues « laides » ou « belles ». Ma préférence pour l'ukrainien est davantage politique que linguistique, car la Russie a souvent utilisé la langue comme une arme. Tout comme Hitler considérait que toute personne parlant allemand était allemande, Poutine pense que toute personne parlant russe est russe.

Il a donc attaqué l'Ukraine sous prétexte de défendre la langue russe. Mais son stratagème s'est retourné contre lui : au lieu de défendre le russe, Poutine en a fait la langue de l'ennemi. Ainsi, je connais de nombreux Ukrainiens russophones qui ont changé de langue depuis l'invasion.

À l'instar de la Grande-Bretagne qui tenta d'éradiquer le gaélique irlandais, la Russie s'est efforcée pendant des siècles d'éliminer l'ukrainien. La circulaire Valouïev de 1863 a interdit la publication de manuels en « petit russe », comme on nommait alors l'ukrainien : « Une langue petit russe distincte n'a jamais existé, n'existe et n'existera pas, et la langue utilisée par les petites gens en Ukraine n'est rien d'autre que du russe corrompu par le polonais. » La joyeuse *Symphonie n° 2* de Tchaïkovski est ainsi appelée « Petite Russie » parce qu'elle intègre trois chants folkloriques ukrainiens.

Plus de cent cinquante ans après la circulaire Valouïev, Poutine redit que l'Ukraine n'existe pas et qu'il n'y a pas de langue ukrainienne, seulement un dialecte du russe.

En 1876, le tsar Alexandre II a interdit toute impression en ukrainien, sauf réimpressions de textes anciens. Le même décret a proscrit les conférences, la mise en scène de pièces de théâtre et l'importation de publications en ukrainien. Dans les années 1930, Staline a brutalement réprimé ce qu'on appelait la « Renaissance fusillée » en tuant ou en déportant au goulag des enseignants de langue ukrainienne ainsi que des prosateurs, poètes et dramaturges écrivant en ukrainien.

Depuis l'invasion de 2022, un débat agite la société ukrainienne sur la « dérussification » : les opposants les plus virulents à la Russie abattent des statues de Pouchkine et appellent à interdire les œuvres de Tchaïkovski. J'y ai beaucoup réfléchi, et pour moi, après avoir lu Shevchenko, Lesya

Ukrainka, Ivan Franko, Hrushevsky et Vynnychenko, on peut lire la littérature russe. Mais je ne serais pas contre de la retirer des programmes scolaires ukrainiens, car les mentalités se forment très tôt.

*

Je ne m'étais fait aucune amie au lycée, mes camarades aisées me considérant comme socialement inférieure. À Kyiv-Mohyla, la pauvreté de ma famille ne semblait pas compter et je m'épanouissais enfin. Olena, la fille d'un professeur de littérature médiévale, devint l'une de mes plus proches amies. Comme tous ceux que je connaissais à Kyiv-Mohyla, elle avait grandi dans un milieu intellectuel. C'était un univers compétitif, qui m'intimidait un peu. Je travaillais dur pour rattraper mon retard et être à la hauteur.

Grâce à Kyiv-Mohyla, j'ai appris que l'Ukraine possédait une véritable littérature médiévale, ce que la Russie n'avait pas. Je pouvais lire des textes en vieil ukrainien et je me passionnais pour la richesse de l'héritage européen de l'Ukraine. Par moments, je pensais même que la culture ukrainienne avait surpassé celle du reste de l'Europe.

Durant ces années d'études, j'ai appris que la Grèce antique avait fondé des colonies le long de l'actuelle côte ukrainienne de la mer Noire dès le Ier millénaire avant J.-C. Aux VIIIe et IXe siècles après J.-C., des conquérants vikings, les Varègues venus de l'actuelle Suède, s'étaient installés sur des terres qui sont aujourd'hui la Biélorussie, la Russie et l'Ukraine. Un groupe de Varègues mené par Rurik, connu sous le nom de Rus', s'était établi à Novgorod en 862. Vingt ans plus tard, Oleh, un parent de Rurik, avait fondé plus au sud, dans l'actuelle Kyiv, l'État dit de la Rus' de Kyiv, gouverné par les descendants de Rurik, la dynastie des Rurikides.

L'arrière-petit-fils de Rurik, Volodymyr - Vladimir pour les Russes - renonça au paganisme slave pour se soumettre au christianisme en 988. C'était la condition de son mariage avec Anna Porphyrogénète, fille de l'empereur byzantin Romain II et sœur de Basile II et de Constantin VIII. Volodymyr ordonna dès lors que toutes les idoles païennes fussent jetées dans le Dnipro et que le peuple de la Rus' soit baptisé en masse dans ce même fleuve par des représentants du patriarcat de Constantinople (qui se sépara de Rome et devint l'Église orthodoxe en 1054).

Certains historiens regrettent que Kyiv ait embrassé le christianisme oriental, car ce choix nous a finalement éloignés du courant européen dominant. Avant de mourir dans un camp de travail soviétique en 1985, le poète Vasyl Stus écrivait dans *Tvory* - publié à titre posthume à Kyiv - que Constantinople « nous a fait basculer, nous, l'extrémité la plus orientale de l'Occident, vers l'Orient. Notre esprit occidental individualiste fut marqué par l'orthodoxie byzantine despotique ».

Aujourd'hui encore, près des trois quarts des Ukrainiens se déclarent orthodoxes. Poutine prétend que cette foi partagée prouve que l'Ukraine et la Russie ne forment « qu'un seul peuple », alors que l'Église orthodoxe russe a été, pendant des siècles, un instrument de colonisation. Une partie de son clergé s'est rangée du côté des séparatistes russes dans le Donbass lorsque la guerre a éclaté en 2014-2015. Certains prêtres ont refusé de bénir ou de baptiser des soldats ukrainiens fidèles à Kyiv et ont entreposé des armes dans des églises.

Le patriarche orthodoxe Kirill, idéologue du poutinisme, a soutenu l'invasion de 2022. Il a écrit que « les peuples de Russie et d'Ukraine sont issus d'un même baptistère » et présenté l'invasion comme le résultat d'une confrontation entre l'Occident et la Russie. Tandis que Moscou prétend « protéger » les chrétiens orthodoxes en Ukraine, elle en tue des milliers et frappe des lieux saints - notamment la laure de Sviatohirsk, sur la rive droite du Siverskyï Donets, l'un des trois sites les plus sacrés d'Ukraine pour les croyants orthodoxes.

Ukraine et Russie revendiquent toutes deux l'héritage de la Rus' de Kyiv. Mais celle-ci n'était pas russe : c'était une dynastie médiévale européenne distincte, détruite par la horde mongole au XIIIe siècle. Les Russes d'aujourd'hui descendent de la principauté de Moscovie, fondée dans la seconde moitié du XIIIe siècle, environ quatre siècles après l'établissement de la dynastie de la Rus' de Kyiv. La Horde d'or mongole a mis Kyiv à sac en 1240 ; les Mongols ont aussi soumis la Moscovie, mais les Moscovites ont fait preuve d'un zèle de collaborateurs et se sont transformés en vassaux des Mongols. Ce ne fut qu'en 1721 que Pierre Ier - dit « le Grand » - rebaptisa la Moscovie « Empire russe », s'appropriant le nom de la Rus' de Kyiv. Voilà pourquoi les Ukrainiens disent que la Russie a volé notre histoire.

Nos origines vikings et l'alliance conclue au début du XVIIIe siècle entre Cosaques et Suédois ont créé une affinité durable. Ce n'est pas un hasard si les pays scandinaves comptent parmi nos plus fervents soutiens dans la guerre contre la Russie. Pierre Ier vainquit le roi de Suède Charles XII et son allié cosaque, l'hetman Ivan Mazepa, à Poltava en 1709. Les couleurs bleue et jaune communes aux drapeaux suédois et ukrainien sont peut-être un vestige de cette alliance. Pierre s'empara d'ailleurs de larges portions de l'Ukraine actuelle et emporta des trésors de Kyiv en Russie.

Nos liens avec l'Europe se sont poursuivis bien après qu'Oleh le Varègue eut fondé la Rus' de Kyiv en 882. Sous Iaroslav le Sage, grand prince de Kyiv dans la première moitié du XIe siècle, la ville était tenue pour la seconde plus belle après Constantinople : perchée sur des collines, ceinte de deux murailles et parée de centaines de coupoles dorées surmontées de croix. Il est difficile d'imaginer une telle opulence aujourd'hui. Les routes commerciales d'Europe occidentale, d'Arabie, d'Asie et d'Asie mineure convergeaient vers elle. La dynastie de la Rus' contrôlait le Dnipro, colonne vertébrale du réseau fluvial reliant la Baltique aux mers Noire et Caspienne.

Iaroslav épousa Ingegerd, fille du roi de Suède - connue chez nous sous le nom d'Iryna - et fit bâtir la cathédrale Sainte-Sophie où ils reposent ensemble. Lorsque son tombeau fut ouvert près de neuf cents ans plus tard, on découvrit à ses côtés les restes d'une grande femme aux traits nordiques. Leurs filles Élisabeth, Anne et Anastasia épousèrent respectivement les rois de Norvège, de France et de Hongrie ; une quatrième, Agatha, aurait rejoint la famille royale anglaise. Voilà pourquoi Iaroslav est surnommé « le beau-père de l'Europe ».

La benjamine, Anna Iaroslavna - Anne de Kiev chez les Français - est la plus connue. Devenu veuf en 1044, le roi Henri Ier de France, qu'un décret pontifical empêchait d'épouser une parente, chercha partout une nouvelle épouse avant d'arrêter son choix sur Anna. La cour de Kyiv était alors un haut lieu de culture, célèbre pour ses soirées littéraires et musicales. Iaroslav accordait une grande importance à l'éducation, et Anna parlait probablement la langue suédoise de sa mère, le vieux slave oriental, le latin, le grec et le français.

Henri envoya deux fois des ambassadeurs à la cour de Iaroslav, en 1048 pour solliciter la main de sa fille, puis en 1050 pour conduire la mariée en France, puissance alors moindre que la Rus' de Kyiv. Pour convaincre Iaroslav, il offrit des brocarts de Flandre, des pourpoints en cuir d'Étampes, du lin de Reims et des dentelles d'Orléans. Anna fit le long voyage en remontant le Dnipro, en traversant le lac Ladoga et la Baltique, puis en longeant la côte frisonne. Dans sa dot figuraient peaux d'ours et zibelines, soies persanes, parfums d'Arménie, caviar, vodka. Le couple se maria à Reims, où Anna fut couronnée reine de France.

Malgré la différence d'âge, le mariage fut heureux. Anna administra la maison royale à Senlis et mit au monde quatre enfants, donnant à l'aîné le prénom grec de Philippe - futur Philippe Ier à la mort d'Henri en 1060. Corégente du jeune roi, elle épousa ensuite Raoul de Crépy, comte de Valois, qui se vantait d'être à la fois conseiller et beau-père du jeune roi.

La conquête mongole mit fin à l'apogée de Kyiv, mais n'interrompit pas les relations entre les puissances européennes et ce qui est aujourd'hui l'Ukraine. Le prince Danylo Romanovytch, fondateur de Lviv, tenta de défendre Kyiv lors des invasions mongoles de 1240-1241. Il sollicita ensuite du pape Innocent IV une croisade contre les Mongols. Danylo tint sa part du marché et se convertit au catholicisme, mais Innocent n'envoya jamais l'armée promise.

Quand la Russie a attaqué l'Ukraine le 24 février 2022, beaucoup d'Ukrainiens ont qualifié les envahisseurs de « horde venue de l'Est ». Certains voient dans l'incapacité de l'Europe et de l'OTAN à défendre l'Ukraine une répétition de la trahison de Danylo par l'Occident, huit siècles auparavant.

*

La république de Gênes domina les rivages de la mer Noire, alors un carrefour commercial prospère, jusqu'au milieu du XIVe siècle. De 1569 à 1795, la république des Deux Nations polono-lituanienne administra une large part de l'Ukraine, surtout à l'ouest, jusqu'à ce que l'Empire austro-hongrois prenne la Galicie - qui couvrait l'essentiel de l'Ukraine occidentale -, et ce jusqu'à la Première Guerre mondiale.

Les Mongols n'ont pas réussi à couper l'Ukraine de l'Europe : tous les courants artistiques, littéraires, philosophiques et scientifiques du continent ont irrigué ces terres. La Russie, en revanche, resta isolée pendant deux cent quarante ans sous domination mongole et en conserva des habitudes agressives et belliqueuses. C'est alors que les princes de Moscovie prirent goût à l'expansion territoriale, qu'ils baptisèrent « rassemblement des terres russes ».

L'est de l'Ukraine fut industrialisé grâce aux capitaux européens jusqu'au début du XXe siècle. Belgique, France, Grande-Bretagne, Allemagne et Suisse investirent massivement le Donbass, alors province de l'Empire russe. La Belgique fournit à elle seule les deux tiers des investissements dans le charbon ; un train direct reliait Bruxelles au bassin minier, et parce que le plat pays comptait alors neuf provinces, on surnommait le Donbass « la dixième province ». La France a investi massivement dans nos usines de sidérurgie. Les Britanniques transformèrent le village de Yuzivka en ville industrielle de Donetsk, bâtie autour d'une aciérie fondée par John Hughes, ingénieur gallois du sud du pays. Les trois quarts du fer de l'Empire russe y étaient produits. À Louhansk, l'industriel allemand Gustav Hartmann construisit une usine de locomotives à vapeur.

Ces investissements européens considérables furent nationalisés par les bolcheviks lors de la Révolution de 1917. Le Donbass, comme le reste de l'Ukraine, fit partie de l'Union soviétique pendant l'essentiel du XXe siècle. Mal entretenus, les équipements industriels installés par les Européens il y a plus d'un siècle fonctionnent encore, pour une bonne part.

Nous, Ukrainiens, avons des racines grecques, suédoises, génoises, polono-lituaniennes, autrichiennes, belges, britanniques, françaises et allemandes. Nous sommes européens de cœur, même si notre histoire est aussi mongole, cosaque, russe, slave et turque. Depuis un millénaire, nous sommes ballottés entre l'Est et l'Ouest.

*

Sous l'impulsion du père d'Olena, professeur de littérature médiévale, nous nous étions lancées, elle et moi, dans l'étude de la littérature apocryphe ukrainienne - ces récits jamais reconnus par l'Église chrétienne ni admis dans la Bible, jugés hérétiques, autour desquels se sont tissées de fortes traditions populaires. Ils contredisent l'enseignement de l'Église, mais ont profondément influencé la littérature ukrainienne. Mon mémoire portait sur les descentes en enfer dans les textes apocryphes - sur l'expérience même d'un voyage en enfer. Tandis que j'écrivais sur l'enfer, Olena travaillait sur les voyages au paradis. Dix ans plus tard, je lui ai dit en plaisantant à moitié que nos sujets étaient prémonitoires : j'ai arpenté l'enfer du Donbass, tandis qu'elle a connu le paradis – la sécurité et la prospérité de l'Allemagne, où elle se trouve en post-doctorat.

Fin août 2023, elle a soutenu sa thèse par visioconférence depuis l'Allemagne ; j'ai assisté à la soutenance sur Zoom depuis le camp de base de mon peloton, au Donbass. C'était important pour moi d'y assister, car je rêve de poursuivre mes recherches et de boucler mon master sur ces descentes infernales. La moitié des professeurs que je voyais sur l'écran avaient été les miens à Kyiv-Mohyla…

Contrairement à ce que l'apparence ésotérique de nos recherches pourrait laisser croire, Kyiv-Mohyla est un foyer d'activisme politique depuis la Révolution orange de 2004. En 2010, certains de mes camarades ont fondé Vidsich (« Riposte »), un collectif informel de personnes partageant les mêmes idées pour s'opposer à la ligne prorusse du président Viktor Ianoukovitch. Le groupe affichait clairement son engagement en faveur des droits humains et de l'identité ukrainienne. J'ai participé à ma première manifestation avec Vidsich en décembre 2012, quelques mois après mon entrée à l'université. Nous avons fait le piquet devant le bureau d'Ianoukovytch pour dénoncer les signes laissant penser qu'il pourrait arrimer l'Ukraine à l'Union douanière eurasiatique, fondée en 2010 par les dirigeants de la Russie, de la Biélorussie et du Kazakhstan – une structure qui a évolué vers 2014 en une imitation de l'Union européenne pour les États post-soviétiques, baptisée par Poutine UEE (Union économique eurasiatique).

J'ai été séduite par la philosophie non violente de Vidsich, inspirée de Gandhi. Nous organisions des marches, des sit-in et des tables rondes. En 2014, notre *sotnya* – unité d'autodéfense – est devenue l'une des principales de l'Euromaïdan. Contrairement à d'autres manifestants, nous ne lancions jamais de cocktails Molotov, et ne recourions à aucune forme de violence.

Mon antipathie pour Ianoukovitch était instinctive et profonde. Non parce qu'il était originaire de Donetsk, mais parce qu'il était visiblement inculte, stupide et corrompu. Deux fois condamné et emprisonné pour agression et vol, il était incapable de communiquer, de dialoguer et de représenter dignement l'Ukraine à l'étranger. La première dame, Lioudmyla, était un personnage tout aussi douteux.

Dès 2012, le choix était clair : la Russie ou l'Europe. Je voulais l'Union européenne, pas l'UEE de Poutine. Il était évident pour moi qu'un accord économique avec la Russie ouvrirait la porte à son ingérence dans la politique ukrainienne. Je croyais que l'Ukraine profiterait davantage d'une coopération avec l'Europe que de relations trop étroites avec la Russie.

Je suis convaincue que l'Ukraine est, historiquement, une nation européenne aux valeurs européennes, que l'Empire russe, l'Union soviétique puis la Fédération de Russie ont détournée de sa voie. Je vois l'Union européenne comme un phare de civilisation dans un monde brutal. Nous, Ukrainiens, voulons nous libérer du joug terrifiant de Poutine et rejoindre une union qui garantit la démocratie, des élections libres et équitables, la liberté d'expression, la prospérité et l'État de droit.

Nous voulons simplement rentrer chez nous, en Europe.

CHAPITRE VI

Éloignez-vous de Moscou !

N'êtes-vous pas enthousiastes aujourd'hui
en songeant que votre nation va renaître ?

Mykola Khvylovy, *Les Bécasses*, 1927.

9, rue Kultury, Kharkiv, Ukraine orientale. Avril 2013

Avec mes camarades de classe Olena et Viktoria, nous avons profité des vacances de printemps de l'Académie Kyiv-Mohyla pour effectuer un pèlerinage littéraire. Nous sommes allées directement depuis la gare de Kharkiv au bâtiment Slovo, un immeuble gris de cinq étages conçu, à la fin des années 1920, comme une colonie d'artistes.

Nous sommes restées longtemps devant une plaque de granit en forme de livre ouvert pour lire les 122 noms des premiers habitants. Beaucoup m'étaient familiers grâce à *La Renaissance fusillée : anthologie 1917-1933 – Poésie, prose, théâtre et essai*. C'était une lecture obligatoire de notre cours de littérature ukrainienne, et je l'avais ce jour-là dans mon sac à dos. Cette anthologie réunissait les œuvres de ces écrivains ukrainiens qui avaient été détruites sous Staline ou interdites jusqu'aux derniers jours de l'Union soviétique. Elle comprenait aussi d'autres textes publiés clandestinement.

Certains noms étaient suivis de la mention « fusillé à Sandarmokh » : c'est une forêt en Carélie, à la frontière russe avec la Finlande, où près de 300 représentants de la Renaissance ukrainienne ont été exécutés lors de la Grande Terreur contre les ennemis présumés de Staline, en 1937-1938. De nombreux Ukrainiens figuraient parmi les 1 111 prisonniers fusillés à Sandarmokh entre le 27 octobre et le 4 novembre 1937, pour marquer le vingtième anniversaire de la révolution d'Octobre.

– Tant d'entre eux assassinés…, dit Olena en secouant la tête, tandis qu'elle parcourait la liste.

Olena, la plus douce de notre bande d'amies, était plus à l'aise au Moyen Âge que dans la sauvagerie des XXe et XXIe siècles.

– Et dire qu'ils ont tous vécu ici…

Il y avait un nom que je voulais voir plus que les autres. Mes yeux ont dévalé les colonnes jusqu'à s'arrêter sur lui : « Mykola Khvylovy (1893-1933, suicidé) ».

– Regardez ! ai-je dit à mes compagnes de voyage en suivant de l'index les lettres gravées.

Sur la photographie en noir et blanc qu'on connaît le mieux, Khvylovy avait de noirs cheveux épais et des sourcils fournis, de grands yeux doux, un visage pâle, une expression sensible. Il aurait séduit n'importe qui n'importe quand, et je ne m'étonne pas que son premier mariage ait pris fin à cause de son infidélité…

La prose de Khvylovy pouvait paraître presque aussi difficile que celle de James Joyce. Je peinais, pour un autre cours à Kyiv-Mohyla, sur la traduction ukrainienne d'*Ulysse*. Joyce avait été le contemporain de Khvylovy, bien qu'ils vinssent de mondes très différents. Chacun, à sa manière, avait fait éclater sa langue. La nouvelle de Khvylovy *Moi (Romance)* tentait d'entrer dans l'esprit d'un membre de la police secrète soviétique : c'était troublant. L'agent de la Tchéka y condamnait sa propre mère à mort, par obsession de la pureté révolutionnaire.

La citation la plus célèbre de Khvylovy - « Éloignez-vous de Moscou ! En avant vers l'Europe ! » - avait retenu l'attention de notre groupe de désobéissance civile, Vidsich, qui visait à desserrer l'étreinte de nos anciens colonisateurs russes sur l'Ukraine. Entre autres mesures, nous préconisions le boycott des produits russes.

Je trouvais ses pamphlets politiques plus accessibles que sa poésie et sa fiction. Fasciné par le rapport entre l'art et la politique, Khvylovy accusait la Russie d'utiliser la langue et la culture pour coloniser l'Ukraine. Il disait que les romans du XIXe siècle étaient infectés par le « dostoïevskisme », qui faisait des « petites gens grises » des héros. Il reprochait à nombre d'écrivains qu'on nous apprenait à admirer leur « épigonisme », c'est-à-dire l'imitation servile des œuvres des générations précédentes. Il voulait que les écrivains modernes soient des révolutionnaires à la volonté forte et à l'esprit curieux, le regard tourné vers l'Europe pour trouver l'inspiration.

À quelques mètres, une femme aux cheveux auburn s'était arrêtée, écoutant la fin de mon exposé improvisé sur Khvylovy.

– Vous devez être les filles de Kyiv-Mohyla ? Madame Onyschchenko est manifestement une excellente professeure. Je suis votre guide, Tetiana. Bienvenue à la Maison Slovo.

– Nous ne sommes pas des filles. Nous sommes des femmes, a corrigé Viktoria, avec humour, et nous avons ri toutes les trois avec Tetiana.

Elle était universitaire, conservatrice de musée et amie de notre professeure de littérature qui avait organisé la visite. Tetiana détenait les clés du bâtiment Slovo, au sens propre comme au figuré.

– Allons-y, mesdames, a dit Tetiana en nous invitant à entrer.

Nous avons gravi l'escalier pendant qu'elle nous racontait l'histoire de l'immeuble.

Les écrivains ukrainiens avaient afflué à Kharkiv quand la ville était devenue la capitale de la République socialiste soviétique d'Ukraine, en 1919 : Lénine voulait alors encourager les langues minoritaires et patrimoniales. La Russie impériale avait réprimé la culture ukrainienne pendant des générations, et les écrivains s'enthousiasmaient pour l'ukrainisation. Mais ils étaient pauvres : certains dormaient dans leurs bureaux, d'autres vivaient de charité. Au milieu des années 1920, un écrivain nommé Ostap Vyshnia s'était adressé aux autorités locales au nom de l'Union des écrivains pour demander au gouvernement soviétique de loger les intellectuels. Les fonctionnaires avaient saisi l'occasion de regrouper de potentiels fauteurs de troubles dans un seul immeuble : plus simple à surveiller. La police secrète pouvait mettre leur téléphone sur écoute et soudoyer des voisins pour qu'ils s'espionnent les uns les autres.

Nous nous sommes demandé comment les écrivains avaient pu être assez naïfs pour accepter l'offre. Tetiana a rappelé qu'ils n'avaient littéralement nulle part où dormir. Ils rangeaient leurs manuscrits dans des bocaux pour que les souris ne les grignotent pas. Dans ces conditions, il était impossible de refuser. La police secrète était active, mais l'Union soviétique n'avait pas encore montré son visage le plus laid. L'architecte Mytrophan Dachkévytch fut chargé du projet. Quand l'argent vint à manquer en cours de chantier, Ostap Vyshnia se rendit à Moscou et fit remonter sa plaidoirie jusqu'à Staline, qui approuva l'augmentation du budget sur-le-champ.

Dachkévytch conçut l'immeuble en forme d'un immense « C », la lettre cyrillique correspondant à « S », initiale de *Slovo*, « le Mot ». Tetiana nous a montré une photographie aérienne qui révélait son dessin singulier. C'était l'un des beaux exemples kharkiviens du constructivisme, né du futurisme russe et associé au bolchevisme. En peinture, le constructivisme était abstrait et cubiste ; en architecture, il s'appuyait sur la technique et l'ingénierie et évitait toute ornementation.

Les écrivains et artistes de la Maison Slovo formaient une élite, ce qui n'avait pas empêché les Soviétiques de les arrêter, de les déporter et de les assassiner. Les 66 appartements étaient luxueux pour l'époque : hauts plafonds, salles de bains et toilettes séparées, cuisines spacieuses, chauffage central et téléphone. Il y avait même un solarium et des douches sur le toit.

Tetiana nous a menées à l'appartement du troisième étage qu'avaient occupé Khvylovy, sa seconde épouse, Yulia Umantseva, et la fille de celle-ci, Lyubov.

Khvylovy était né à Trostianets, à environ 150 kilomètres au nord-ouest de Kharkiv, dans l'oblast de Soumy. Sa mère était une institutrice ukrainienne, son père un ouvrier russe - que Khvylovy décrivait comme un ivrogne et « une personne extrêmement négligente ».

J'étais une jeune femme de 18 ans impressionnable, et je ressentais une parenté avec Khvylovy. Moi aussi, j'avais un père peu fiable, dont le prénom, Mykola, était le même que celui de Khvylovy. L'épouse de l'écrivain s'appelait Yulia, comme moi. Khvylovy utilisait d'ailleurs « Yulia » comme pseudonyme.

Pendant que Tetiana parlait, j'observais l'appartement. Il était spacieux et lumineux, mais ses murs de béton lui donnaient quelque chose d'oppressant. Le mobilier moderniste et parcimonieux devait ressembler à celui de Khvylovy et de Yulia. Il avait dû voir, par la fenêtre, les arbres bourgeonner, tout comme nous les voyions ce jour-là.

Avant la révolution bolchevique, Khvylovy avait été expulsé de deux lycées pour activisme de gauche. Enrôlé en 1914, il avait combattu pendant la Première Guerre mondiale. À partir de 1915, écrivait-il, il avait enduré « trois ans de marches, de faim, d'horreurs terribles que je n'oserais pas décrire ». À la fin de la guerre, il avait organisé une unité volontaire de Cosaques libres pour combattre les Allemands et les Russes blancs. Époque de grands bouleversements : il avait aussi combattu d'autres groupes ukrainiens.

En 1921, quand la situation se fut un peu stabilisée après la guerre et la révolution, Khvylovy était monté à la capitale, Kharkiv, jurant de la « conquérir », comme bien des jeunes ambitieux. Il avait rencontré d'autres écrivains, signé des manifestes littéraires et publié de la poésie - notamment *À l'ère électrique*. Il croyait avec ferveur à la Renaissance ukrainienne et fonda des cercles modernistes tels que Vaplite et Prolitfront. Un groupe d'artistes nommé Urbino se réunissait chez lui.

Khvylovy n'avait cessé d'affirmer que l'Ukraine devait avoir une identité distincte de la Russie. Staline avait remplacé le multiculturalisme de Lénine par la centralisation, le réalisme socialiste et la russification. Il s'était plaint de Khvylovy auprès du chef du Parti communiste d'Ukraine. À une époque où les partis communistes européens regardaient Moscou avec une adoration quasi religieuse, Staline écrivait : « Le communiste ukrainien Khvylovy (...) appelle les dirigeants ukrainiens à s'éloigner de Moscou aussi vite que possible. »

Khvylovy était très lu en Russie et, comme tous les dictateurs, Staline était paranoïaque. Après l'avoir pris pour cible dans leurs critiques, ses sbires à Kharkiv rendirent la vie de l'écrivain insupportable. Khvylovy tenta alors d'écrire des ouvrages prosoviétiques, mais ne put s'empêcher de dénoncer la dépendance de l'Ukraine vis-à-vis de la Russie. Il publia finalement un pamphlet intitulé : « Ukraine ou Petite Russie ? »

Les arrestations commencèrent à la Maison Slovo en 1931. La première victime fut l'actrice Halyna Mnevska, emprisonnée et envoyée en exil permanent pour avoir refusé de dénoncer son mari, Klym Polishchuk, qui fut plus tard fusillé à Sandarmokh. D'autres arrestations suivirent, sur fond d'Holodomor, alors que des victimes de la famine agonisaient dans les rues de Kharkiv.

Le meilleur ami de Khvylovy, Mykhailo Yalovy, avec qui il avait cofondé le mouvement littéraire Vaplite, fut arrêté par la police secrète pour espionnage et complot en vue d'assassiner un responsable communiste. Khvylovy et deux autres écrivains, Mykola Kulish et Oles Dosvitnyï, se réunirent dans l'appartement de Khvylovy pour tenter de trouver une issue. Dans un désespoir absolu, Khvylovy gagna la chambre et écrivit ses derniers mots : « L'arrestation de Yalovy, c'est le meurtre d'une génération entière... Pour quoi ?... Aujourd'hui, il fait un beau soleil. J'aime la vie - vous ne pouvez pas imaginer à quel point... »

Ses compagnons de plume entendirent une détonation, se précipitèrent dans la chambre et le trouvèrent mort. « Il a peut-être appuyé sur la détente du revolver, écrivit plus tard le nationaliste ukrainien Dmytro Dontsov, mais c'est Moscou qui a mis l'arme dans sa main. »

Khvylovy s'est considéré bolchevique et communiste jusqu'au bout, mais ces convictions entraient en conflit avec son patriotisme ukrainien et sa méfiance envers la Russie. Les représentants de la Renaissance fusillée n'avaient que six options : répéter la propagande soviétique, garder le silence, s'exiler, être fusillés, dépérir au goulag ou se donner la mort - comme le fit Khvylovy. À la Maison Slovo, la Renaissance fusillée avait ainsi brièvement fleuri avant d'être étouffée par Staline.

Près de neuf ans après notre visite, la Maison Slovo a été endommagée par des tirs russes, aux premiers jours de l'invasion à grande échelle. L'écrivaine Viktoria Amelina y a fait une résidence d'une semaine à l'été 2022. Elle a plus tard déterré le journal de son confrère Volodymyr Vakoulenko, assassiné par les Russes pendant l'occupation d'Izium d'avril à septembre 2022. Vakoulenko avait enfoui son journal sous des cerisiers, dans son jardin. Amelina l'a publié et écrit, en préface : « Ma pire crainte est en train de se réaliser : je me trouve au cœur d'une nouvelle Renaissance fusillée. Comme dans les années 1930, des artistes ukrainiens sont tués, leurs manuscrits disparaissent, leur mémoire est effacée. » Amelina elle-même fut tuée par un missile russe qui a coûté la vie à 13 personnes dans le restaurant très fréquenté Ria Pizza, à Kramatorsk. C'était le 27 juin 2023.

En octobre 2023, Le PEN Ukraine a rapporté qu'au moins 65 figures culturelles ukrainiennes étaient mortes en raison de l'invasion. La roue de l'histoire est revenue à son point de départ : comme Staline avant lui, Poutine laisse à ses opposants le « choix » du silence ou de la collaboration, de l'emprisonnement ou de l'exil, du suicide ou de l'exécution. Les adversaires de Poutine, comme ceux de Staline, sont assassinés ou arrêtés sous de fallacieuses accusations de complot, d'espionnage et d'extrémisme.

*

Mus par le désir de « s'éloigner de Moscou », des centaines de milliers d'Ukrainiens sont descendus dans les rues de Kyiv du 21 novembre 2013 au 22 février 2014. Le refus du président Viktor Ianoukovitch de signer l'accord d'association - négocié depuis six ans entre l'Ukraine et l'Union européenne - a déclenché ce qu'on a appelé la révolution du Maïdan.

Beaucoup d'Ukrainiens se sont laissé convaincre par la propagande anti-UE colportée par l'organisation Ukrainiskiy Vybor, fondée par l'oligarque prorusse Viktor Medvedtchouk. Le nom signifiait « Choix ukrainien », mais c'était, en réalité, le choix de la Russie. Cette organisation diffusait des publicités télévisées grotesques en français et en anglais fortement accentués, sur fond de tour Eiffel ou de Big Ben. On y voyait de mauvais acteurs prédire que notre entrée dans l'Union ferait grimper les prix et le chômage, et introduirait en Ukraine le mariage entre personnes de même sexe.

À la fin de chaque spot, une voix grave tonnait en russe : « Vous n'avez rien compris ? C'est une langue étrangère et une union étrangère ! Nous [l'Union économique eurasiatique de Poutine] parlons la même langue. » Argument absurde, puisque l'Arménie, le Kazakhstan et le Kirghizstan sont membres de cette union tout en parlant des langues totalement différentes du russe.

Je voyais dans ces spots une propagande anti-ukrainienne aberrante, mais certains de mes proches ont adhéré à cette idéologie. J'entendais : « Pourquoi avons-nous besoin de l'Europe ? C'est la Russie qu'il nous faut, car nous sommes des nations sœurs. Mais l'Europe ne nous comprendra jamais. »

L'argument anti-LGBT a été particulièrement efficace au début des années 2010. Depuis, l'Ukraine est devenue plus tolérante sur les questions de genre, tandis que la Russie s'est radicalisée. Poutine a fait adopter en 2013 une loi contre la « propagande gay ». En novembre 2023, la Cour suprême russe a interdit ce qu'elle appelle « le mouvement LGBTQ international », qui n'existe même pas en tant qu'organisation. Chaque fois que Poutine agit ainsi, cela renforce mon impression qu'il tire la Russie en arrière, et qu'il finira par régner sur la population ignorante d'un pays en déclin économique. Le peuple russe choisit de ne pas protester contre ces absurdités ? Je le dis : qu'ils souffrent. Nous avons protesté contre Ianoukovitch et nous l'avons chassé. S'ils acceptent la domination de Poutine, ils sont pour moi responsables de ce qui leur arrive.

Medvedtchouk, le fondateur d'Ukrainiskiy Vybor, était député à la Verkhovna Rada lorsque lui et sa femme, l'animatrice de télévision Oksana Marchenko, ont été assignés à résidence en mai 2021, accusés de trahison et de pillage de ressources publiques en Crimée occupée.

La mauvaise réputation de Medvedtchouk était de longue date établie en Ukraine. Avocat commis d'office du poète dissident Vasyl Stus lors de son procès en 1980, il énuméra au lieu de le défendre ses prétendus crimes contre l'Union soviétique et déclara qu'il méritait d'être puni. On ignore si la mort de Stus dans un camp de travail soviétique fut due à la famine consécutive à sa grève de la faim ou à un assassinat. Vingt ans plus tard, Stus reçut à titre posthume la médaille de Héros de l'Ukraine. Son héritage allait prendre pour moi une grande importance, par l'intermédiaire de mon père.

Lorsque le leader de l'opposition russe Alexeï Navalny est mort dans une colonie pénitentiaire du cercle arctique, le 16 février 2024, j'ai pensé à Stus. Il est généralement impossible d'établir la cause exacte d'un décès dans une prison russe, mais je tiens les dirigeants russes pour systématiquement coupables de la mort des prisonniers politiques.

Chef de l'administration présidentielle de Leonid Koutchma de 2002 à 2005, Medvedtchouk a publié des mémorandums secrets, les *temniki*, à l'attention des rédactions de télévision ukrainiennes, dictant ce qu'elles pouvaient - ou non - dire. Poutine est par ailleurs le parrain de sa fille. Lorsque l'invasion de 2022 a commencé, les services ukrainiens ont soupçonné Medvedtchouk de faire transiter l'argent de Poutine vers les collaborateurs prorusses en Ukraine. Si l'invasion avait réussi, Poutine l'aurait probablement installé comme dirigeant fantoche.

L'Ukraine a emprisonné Medvedtchouk et Marchenko d'avril à septembre 2022, date à laquelle ils ont été échangés contre les défenseurs de l'aciérie Azovstal, à Marioupol. Ils sont partis vivre en Russie, où Medvedtchouk a tenté de mettre sur pied un « gouvernement ukrainien en exil ». C'est la méthode standard de Poutine, pratiquée en Crimée, à Donetsk, à Louhansk, dans les zones occupées des oblasts de Kherson et de Zaporijia - et, plus tôt, dans les territoires tchétchènes et géorgiens saisis. Il fabrique un gouvernement de paille, puis se livre à la mascarade de conclure des accords avec lui. Après l'invasion, le yacht de Medvedtchouk - *Royal Romance*, évalué à 180 millions d'euros - fut saisi dans le port croate de Rijeka. Son hélicoptère privé et son jet d'affaires ont également été confisqués et remis à l'armée ukrainienne.

Medvedtchouk n'a pas changé. Le 27 mars 2024, le gouvernement tchèque a gelé ses avoirs, ainsi que ceux d'Artem Marchevskyï, binational ukraino-israélien qui animait pour lui un site d'information, Voice of Europe. Le ministre tchèque des Affaires étrangères, Jan Lipavský, a déclaré que Medvedtchouk pilotait l'opération depuis la Russie afin de diffuser « des récits prorusses sapant la souveraineté de l'Ukraine tout en infiltrant le Parlement européen ».

*

Le mouvement Vidsich n'était pas très imposant - 10 ou 15 étudiants tout au plus - mais nous étions à l'avant-garde de la contestation contre l'influence russe en Ukraine. Dans les semaines précédant Euromaïdan, nous restions aux aguets : tout indiquait que Ianoukovitch pouvait renoncer à l'accord d'association avec l'UE pour rejoindre l'Union économique eurasiatique voulue par Poutine. Nous avons imprimé des centaines de milliers de tracts et les avons distribués partout. Leur message tenait en une alerte : l'Ukraine risquait de passer sous domination russe pour des décennies. Nous demandions pourquoi la marionnette Ianoukovitch vendait l'Ukraine à la Russie. Nous ne disions pas aux Ukrainiens de voter pour tel parti ou tel politicien : on ne pouvait donc pas nous accuser de manifester pour le compte de qui que ce soit. Nous nous contentions d'exposer les avantages et les inconvénients d'être en Europe plutôt que dans une union douanière avec la Russie.

Je me levais à 5 heures du matin pour distribuer des tracts aux entrées des stations Khreshchatyk et Maïdan, à l'heure de pointe. J'y retournais chaque soir. Nous faisions aussi du porte-à-porte et confiions de gros paquets de tracs à des gens d'autres quartiers. Je rencontrais beaucoup d'hostilité. « Qui vous paie pour faire ça ? » m'a lancé un matin un homme d'une cinquantaine d'années, issu de la classe moyenne. Il a attrapé le tract, y a jeté un œil, l'a froissé et jeté par terre. « Je parie que vous êtes à la solde de Soros ! » a-t-il crié en dévalant les escaliers. Le milliardaire hungaro-américain George Soros avait en effet monté une organisation en Ukraine avant l'indépendance ; il a reconnu qu'elle avait joué un rôle dans la révolution de Maïdan. Ses fondations prodémocratie, les Open Society Foundations, sont interdites en Russie depuis 2015.

D'autres usagers m'ont accusée de travailler pour les libéraux occidentaux, pour les États-Unis ou pour des partis d'opposition ukrainiens. « Pourquoi protestez-vous alors que tout va bien dans ce pays ? m'a demandé un autre matin une femme d'un certain âge. Les routes sont réparées. Le métro se construit. Vous, les jeunes, vous ne savez pas la chance que vous avez. »

La plupart du temps, je ne répondais pas : les gens se pressaient vers leur travail. Ils voulaient lancer une vacherie et filer. Nous n'avions pas le temps pour un échange raisonné.

La police a fini par sévir. Un après-midi, alors que nous collions des tracts sur un panneau d'affichage, Katya, l'une des responsables de Vidsich, a crié : « Attention ! La police arrive ! Dispersez-vous ! »

Olena et moi avons fourré les tracts dans nos sacs à dos et refermé à la hâte nos pots de colle. Nous avons laissé tomber nos pinceaux poisseux et sommes parties à toutes jambes ; au bout de la rue, nous nous sommes retournées : la police embarquait plusieurs de nos camarades.

Une autre fois, nous n'avons pas entendu les policiers arriver dans notre dos.

– Donnez-moi ces tracts ! a hurlé l'un d'eux.

J'ai cherché des yeux une échappatoire, mais la foule de l'heure de pointe était compacte et au moins deux flics nous barraient la route. J'ai adressé à l'agent un grand sourire candide.

– Qu'est-ce qui se passe, monsieur l'agent ?

– Vous distribuez un document subversif.

– Ce n'est pas subversif du tout ! J'aime l'Ukraine et je veux un avenir meilleur pour mon pays. Pas vous ?

Le policier, assez jeune, paraissait presque amusé.

– D'accord, a-t-il dit. Mais donnez-moi tous vos tracts.

– S'il vous plaît, monsieur l'agent, j'ai payé leur impression de ma poche. Vous n'avez pas d'enfants ? Un jour, ils pourraient se retrouver à ma place.

À mon grand soulagement, j'ai vu le policier lever les yeux au ciel, hausser les épaules et s'éloigner avec ses collègues. Certains de mes camarades n'ont pas eu cette chance et ont fini au commissariat. Le secret, leur répétais-je, c'était d'être doux et poli. Jamais frontal.

Nous avons recommencé, une troisième fois. Nous avons empilé plus d'un millier de tracts sur une table pliante dans un centre commercial. Deux policiers s'apprêtaient à tout confisquer quand, à quelques mètres, un homme a crié :

– Au voleur ! Au voleur ! À l'aide ! Police !

Les flics se sont rués vers lui. Il tâtait ses poches vides et désignait un escalator.

– C'était un jeune avec un sweat à capuche. Je l'ai vu. Il m'a volé mon portefeuille. Un sweat bleu. S'il vous plaît, monsieur l'agent, vous pouvez l'attraper ?

Tandis que les policiers grimpaient l'escalator à la poursuite du pickpocket imaginaire, le bon Samaritain nous soufflait :

– Vite. Fichez le camp !

Nous avons plié la table, ramassé en vitesse nos tracts.

*

Je me suis souvent demandé comment on pouvait avaler la grotesque propagande de Medvedtchouk. D'expérience, c'étaient surtout les gens qui regardaient la télévision et ne lisaient pas de livres qui gobaient ces sornettes. Au début, mon père n'était pas favorable à l'adhésion de l'Ukraine à l'UE, mais il a changé d'avis pendant Euromaïdan. Ma mère a respecté ma décision de rejoindre les manifestations pro-européennes, mais je ne peux pas vraiment dire qu'elle me soutenait. Dans ma famille, l'opposition la plus virulente venait de ma tante maternelle, Svitlana, et de mon oncle paternel, Dima.

– Pourquoi sors-tu dans la rue ? Pourquoi distribues-tu des tracts ? m'a demandé Tante Svitlana un soir où elle passait la nuit chez Tamara et moi.

– Titka, je manifeste parce que je veux un avenir meilleur, pour moi et pour l'Ukraine, ai-je répondu.

Tamara, sentant la dispute monter, s'est levée et affairée dans la cuisine.

– Si tu veux un avenir meilleur, concentre-toi sur tes études, a dit Svitlana.

– Essaie de comprendre, Titka. L'Ukraine est du côté de l'Europe, pas de la Russie. Tu te souviens de ce que c'était, de faire partie de l'Union soviétique ? Tu ne peux pas dire que les Russes nous ont bien traités. En Europe, on croit aux droits de l'homme, à la démocratie, à la liberté et à la prospérité. Je veux ça, moi aussi, pour l'Ukraine.

– Mais nous avons déjà tout cela ! Tu n'as que 18 ans. Qui es-tu pour juger ? Tais-toi et occupe-toi de tes affaires. Si tu te fais arrêter, ton casier en portera la trace. Tu vas ruiner ton avenir, pas l'améliorer.

J'ai compris que je ne la ferais pas changer d'avis. Je l'ai remerciée pour ses conseils et lui ai dit que j'y réfléchirais, alors que mon opinion était faite. Le lendemain soir, une fois Svitlana rentrée à Tchernihiv, j'ai demandé à Tamara si elle pouvait m'expliquer pourquoi, douze ans après l'indépendance, des gens comme ma tante n'avaient pas évolué.

– Mama, tu te souviens comme Tato et toi vous vous énerviez contre les publicités en ukrainien ? En grandissant, je vous entendais dire que tout était plus simple quand l'Ukraine faisait partie de l'Union soviétique.

– Je l'ai pensé longtemps. Je ne le pense plus. Je n'aime pas Ianoukovitch pour autant, mais on dit que Poutine offrira 15 milliards de dollars à l'Ukraine... L'Union européenne me paraît du vent. Peut-être que la Russie nous comprend mieux.

– Mama, tu crois vraiment que tu verras un jour la couleur de ces 15 milliards ? Ils iront directement dans la poche de Ianoukovitch ! Je me souviens de tes histoires de files interminables pour acheter des produits de première nécessité à l'époque soviétique, de l'argent économisé pour des bottes et un manteau qu'on ne trouvait pas, et de l'hiver passé avec une vieille veste trouée et des bottes en caoutchouc. Non seulement l'économie était désastreuse, mais vous n'aviez aucune liberté d'expression, ni même aucune autre liberté. Comment peut-on être nostalgique de ça ?

– C'est peut-être plus sentimental qu'économique ou politique, a répondu Tamara. Une forme de nostalgie, pas très différente de « l'ostalgie » allemande. Oui, c'était dur alors. Je ne pense pas que les gens soient nostalgiques de l'Union soviétique, mais plutôt de leur jeunesse perdue. Ils pensent que tout était meilleur avant, parce qu'avant ils étaient jeunes...

– Merci d'être si calme et rationnelle. Merci d'être toi, Mama, ai-je dit en la serrant dans mes bras.

*

C'est avec le frère cadet de mon père, Dima, que j'ai eu l'altercation la plus vive. Il avait servi dans les forces antiémeutes Berkut pendant la Révolution orange de 2004, où ses supérieurs lui avaient clairement ordonné de frapper des manifestants. Dima avait pris sa retraite en 2013, mais lorsque les manifestations du Maïdan ont commencé en novembre et décembre, il est devenu fou furieux.

– Vous provoquez la police. Si elle est violente, c'est votre faute ! m'a-t-il dit un soir où je l'ai croisé chez Baba Lyuba.

– Nous sommes en démocratie, la police n'est pas censée tabasser des manifestants. Je croyais que c'était du passé.

– Les jeunes ne sont jamais contents, a dit Dima. Pourquoi voulez-vous toujours tout changer ? Vous allez empirer une situation déjà mauvaise.

– Ianoukovitch est la marionnette de Poutine. Il nous ramène en arrière, vers l'Union soviétique.

– On est peut-être mieux avec les Russes qu'on connaît qu'avec des Européens qu'on ne connaît pas ! À la longue, les Européens nous laisseront tomber, de toute façon. Vous jouez à un jeu dangereux, vous autres étudiants, Yulia. Des gens vont être blessés, et ce sera votre faute.

Je devais être fatiguée, car j'ai perdu mon sang-froid.

– Tu n'es pourtant pas si vieux, Oncle Dima. Pourquoi cette mentalité soviétique dépassée ? Pour toi, l'individu n'a aucun droit : ce n'est qu'un minuscule pixel qui ne compte pas.

– Ce n'est pas une question de droits ni d'individus, c'est une question d'ordre public. L'anarchie, c'est le pire. Toi et les tiens, vous semez le désordre sans raison. Ianoukovitch a gagné la dernière élection à la régulière. Des gens comme toi l'ont renversé il y a neuf ans et...

Je l'ai coupé.

– Il y a neuf ans, Ianoukovitch a volé l'élection ! Des gens comme toi tabassaient les manifestants pour le protéger !

– Je ne protégeais pas Ianoukovitch. Je faisais mon devoir de policier et je protégeais l'État de droit.

– L'État de droit ? Tu veux dire la loi de la jungle ! Tu sais bien qu'il a volé ces élections.

– Peut-être. Mais le remplacer par Iouchtchenko n'a rien réglé. L'économie n'a fait que se dégrader.

– Arrêtez. Ça suffit, a tranché Baba Lyuba. Je ne vous laisserai pas vous chamailler chez moi.

Je me suis rappelée qu'elle avait travaillé des décennies à la section médico-légale de la police, et j'ai soupçonné qu'elle était du côté de Dima, bien que j'aie toujours été sa petite-fille préférée.

Mon oncle et moi nous sommes souhaité poliment bonne nuit, par égard pour Lyuba, mais nos relations sont demeurées glaciales pendant des années.

*

Le 21 novembre 2013, le gouvernement annonça que Ianoukovitch ne signerait finalement pas l'accord d'association avec l'UE.

Il déclara qu'il rejoindrait plutôt l'Union économique eurasiatique de Poutine, conçue comme une organisation rivale de l'UE. Deux mois plus tôt, Poutine avait contraint l'Arménie à prendre la même décision. Au cours des trois mois qui suivirent, probablement quand la police antiémeute Berkut se mit à tirer à balles réelles sur les manifestants, l'Euromaïdan se transforma en notre Révolution de la dignité. Le mouvement ne porta plus sur l'échec de Ianoukovitch à signer un accord commercial, mais sur les droits les plus fondamentaux - la vie et la liberté - incompatibles avec la domination russe.

*

« Berkut » signifie « aigle d'or », et cette police spéciale, aux ordres du ministre de l'Intérieur, s'était taillé une sinistre réputation en terrorisant les opposants de Ianoukovitch. Elle fut tenue pour responsable de la plupart des 108 morts civils à l'Euromaïdan ; 13 policiers furent également tués dans les violences. Peu après la fin des manifestations, le 22 février 2014, la Berkut fut dissoute et remplacée par la Garde nationale.

Mes camarades de Vidsich et moi nous trouvions sur la place Maïdan le 21 novembre, lorsque le gouvernement a annoncé qu'il « suspendait » les préparatifs de signature de l'accord d'association. Il pleuvait, et nous nous sommes rassemblés pour discuter de la stratégie.

– Quel salaud, ce Ianoukovitch ! s'est exclamée Katya. Je me demande si Poutine l'a acheté... ou s'il l'a menacé de le tuer.

– Probablement les deux, a dit Viktoria.

– Alors, qu'est-ce qu'on fait maintenant ? ai-je demandé.

– Écoute. Le sommet de Vilnius, où Ianoukovitch est censé signer l'accord, n'aura lieu que les 28 et 29 novembre. On peut peut-être encore le convaincre.

Ce soir-là, le journaliste ukrainien Mustafa Nayyem a publié sur Facebook une invitation à venir « boire une tasse de thé » sur la place Maïdan. (Nayyem est devenu député à la Verkhovna Rada de 2014 à 2019 et a dirigé l'agence de reconstruction de l'Ukraine de janvier 2023 jusqu'à sa démission, le 10 juin 2024, apparemment sur fond de luttes politiques internes.)

Des centaines de personnes ont alors afflué vers la place centrale, beaucoup drapées de drapeaux bleu et jaune. Pendant trois mois, le Maïdan a alterné entre une sorte de foire permanente - on riait, on parlait, on mangeait sur des tables de fortune, on se réchauffait aux braseros - et une zone de guerre, avec barbelés, barricades, gaz lacrymogènes et snipers. Des manifestations annexes ont eu lieu dans d'autres villes. Elles ont rassemblé hommes et femmes de tous âges, professions et classes, issus tant de la gauche que de la droite, unis dans leur détermination de renverser Ianoukovitch, qu'ils jugeaient tous corrompu et violent. Les sondages montraient que la plus forte proportion de manifestants venait de l'ouest du pays - de tradition plus européenne, plus antirusse -, suivi de près par le centre ; un peu plus d'un cinquième venait de l'est.

*

Nous passions nos journées à distribuer des tracts au centre de la place, où se trouvait notre tente. Le mouvement se structurait vaguement en « sotni », terme utilisé pour les troupes de combat de l'UPA, l'Armée insurrectionnelle ukrainienne de la Seconde Guerre mondiale qui combattit Soviétiques et nazis. Les Cosaques l'employaient bien avant pour des unités d'une centaine d'hommes. Notre sotnya était loin d'atteindre cet effectif, mais peu importe : nous voulions nouer un lien symbolique avec les guerriers de l'UPA.

Militantes de Vidsich, nous étions l'escouade féminine du 16e régiment de la force d'autodéfense du Maïdan. Katya en était la cheffe ; son mari, Mykhailo, commandait tout le régiment. Nous portions des casques de cyclistes et des boucliers en contreplaqué, sans autre arme. Notre sotnya était chargée de protéger un secteur autour de la porte Lyadski, monument érigé en 2001 pour commémorer les portes médiévales de Kyiv. Elle était surmontée d'un archange Michel, symbole de la ville.

Juste avant le début des manifestations, plusieurs mouvements d'extrême droite se sont unis sous la bannière de Praviy Sektor (« secteur droit »). Eux et le parti Svoboda disposaient de leurs propres sotni et revendiquaient eux aussi l'héritage de l'UPA. En 2013-2014, et jusqu'à aujourd'hui, les Russes n'ont cessé d'exploiter le fait qu'une petite fraction de l'UPA s'était brièvement alliée aux Allemands, dans l'espoir de chasser les Soviétiques : cela leur permettait de dépeindre tous les Ukrainiens en nazis.

Je déplorais que des groupes nationalistes instrumentalisent l'histoire pour se légitimer, et je craignais que les Russes n'exagèrent la présence de l'extrême droite pour salir le mouvement antirusse. Certains députés de Svoboda avaient joué un rôle au Parti communiste et travaillé pour le KGB. Et Praviy Sektor comptait lui aussi des personnages louches.

Après l'invasion à grande échelle de 2022, Praviy Sektor a été intégré à l'armée ukrainienne : cette féroce formation militaire a beaucoup œuvré à l'effort de guerre, prouvant sa valeur par les actes. Tous ses membres n'étaient pas à rejeter. Je respecte les soldats de Praviy Sektor qui ont combattu dans l'armée. Mais, sur le Maïdan en 2013, il s'agissait davantage de politique que de défense, et je craignais que leur radicalité ne desserve les intérêts de l'Ukraine.

Les étudiants de l'Académie Kyiv-Mohyla étaient surnommés les *Mohyliantsi*. Au début du Maïdan, j'ai fait le tour de beaucoup d'autres universités avec des responsables de Vidsich pour recruter des étudiants. Autour du 21 novembre, nous avons mené une grande procession vers la place. J'étais l'une des cinq jeunes femmes qui marchaient en tête, avec un tambour.

La chanteuse Ruslana marchait avec nous. Elle a escaladé la clôture de la faculté de médecine et parlé au doyen pour le convaincre de laisser partir ses étudiants. Lauréate de l'Eurovision 2004, Ruslana était célèbre en Ukraine et dans toute l'Europe de l'Est. Elle est restée sur le Maïdan durant les trois mois de protestation et a chanté chaque jour notre hymne national, *L'Ukraine n'est pas encore perdue*. La foule reprenait en chœur, et Ruslana nous demandait d'allumer les lampes de nos téléphones pour montrer à tous combien nous étions. C'était exaltant de voir l'immense place constellée de milliers de petites lumières tandis que montait le refrain. Nous sentions alors notre unité et notre force, tandis que nous chantions :

La gloire de l'Ukraine n'a point péri, ni sa volonté.
Le destin nous sourira encore, jeunes frères.
Nos ennemis s'évanouiront comme rosée au soleil.
Nous aussi régnerons, frères, en notre pays.
Âme et corps, nous les donnerons pour notre liberté,
Et nous prouverons, frères, que nous sommes une nation cosaque !

Cette chanson peut encore me tirer des larmes. Les paroles furent écrites par le poète et ethnographe Pavlo Chubynskyi en 1862. Mykhailo Verbytskyi, prêtre gréco-catholique, composa la musique l'année suivante. La chanson elle-même fut interprétée pour la première fois à Lviv en 1864. Elle devint notre hymne officiel après l'indépendance, en 1991. Quand on l'entend chantée par des milliers de personnes, en plein air, elle a une puissance incroyable, comme un immense chœur chantant Alléluia. J'étais folle de fierté quand nous la chantions sur le Maïdan. Elle a encore plus de sens pour moi aujourd'hui : je comprends mieux le prix que nous avons payé pour pouvoir la chantonner. Le premier vers, sur la gloire de l'Ukraine, a inspiré probablement le slogan « Slava Ukraini », « Gloire à l'Ukraine », salut des membres de l'UPA devenu cri de ralliement depuis l'invasion russe de 2014.

Une nuit de décembre, alors que la Berkut avançait vers la place, Ruslana s'est adressée à eux depuis la scène, répétant : « Du calme. Pas de violence. » Ils étaient plus de 2 000, prêts à en découdre, et c'était comme si elle les hypnotisait. Ils ont renoncé à leur assaut. Cela m'a rappelé mes propres rencontres avec la police et a raffermi ma foi dans la non-violence.

Chaque après-midi, après les cours, j'allais au Maïdan, puis je rentrais dormir : il ne faut pas oublier que j'étais en deuxième année à l'Académie Kyiv-Mohyla, et que j'étais peu accoutumée à dormir à la belle étoile, surtout par un froid pareil. Dans la nuit du 29 au 30 novembre, j'ai donc pris le dernier train pour rentrer à Vyshneve. À 4 heures du matin, la Berkut a lancé sa première attaque violente contre le campement. Ce tournant a galvanisé l'opinion. Mon père s'y trouvait avec des amis, vétérans de la guerre d'Afghanistan

(1979-1989). Parce qu'il connaissait bien le centre de Kyiv, Mykola a pu indiquer aux étudiants piégés un passage secret pour s'échapper.

Un jour, rue Hrushevskyi, près du stade, des manifestants lançaient des cocktails Molotov. Mykola m'a raconté qu'ils avaient capturé un policier de la Berkut et commencé à le frapper. Il avait dû intervenir : « Ne le battez pas, vous pourriez vous retrouver un jour dans la même tranchée. » Il voulait dire : il pourrait changer de camp. Les manifestants lui ont confié le pauvre policier, que mon père a ramené à son unité. Sans cela, il aurait sans doute été lynché. Quand ils se sont retrouvés, quelques mois plus tard, dans les tranchées du Donbass, l'ancien Berkut a salué mon père comme un frère.

Le 8 décembre, mes sœurs de Vidsich et moi, en traversant la place Bessarabska, à quelques pâtés de maisons au sud du Maïdan, nous sommes tombées sur plusieurs centaines de jeunes hommes face à trois lignes de forces spéciales de l'armée. La plupart semblaient de Svoboda. Les forces spéciales gardaient la statue de Lénine en granit rose. Je trouvais étrange de mobiliser l'armée pour protéger une statue, mais telle était la mentalité de Ianoukovitch... J'ai pris une photo avec mon téléphone. Il y avait des conscrits parmi les forces spéciales, donc moins violents que la Berkut. Les gars de Svoboda ont avancé sans opposition, ont passé un câble autour du cou de Lénine et l'ont accroché à une grue montée sur un camion. Ils allaient renverser la statue - symbole classique de la chute d'un dictateur.

L'ambiance était tendue. Ne voulant pas nous retrouver prises entre forces spéciales et Svoboda, nous nous sommes frayé un passage vers le Maïdan. À l'autre extrémité de la place, un fracas s'est fait entendre, suivi d'acclamations et de chants. Lénine gisait en morceaux. Des jeunes s'acharnaient sur sa tête à coups de masses. Des manifestants ramassaient des éclats de granit en souvenir. Le rituel des « Leninopads », les « chutes de Lénine », allait se répéter partout dans le pays.

Les manifestations devenaient de plus en plus violentes, mais ma sotnya restait fidèle à l'idéal de résistance pacifique. Cela pouvait paraître naïf : dès le premier cocktail Molotov, il devint évident que la seule non-violence ne suffirait pas à faire partir Ianoukovitch.

Nous avons tenté une première médiation début décembre, alors que la violence montait. Avec Katya et Viktoria, nous avons préparé des plateaux : un samovar de thé, des gobelets en plastique, des sandwichs. L'une de nous a agité un drapeau blanc en approchant une colonne de Berkut, en noir, l'air farouche, casquée. Nous aurions dû avoir peur, mais ce n'était pas le cas.

– Qui va là ? a dit un officier à mon approche.

Son nez et sa bouche tressaillaient (signe de dédain, ai-je pensé).

– Ne nous frappez pas. Nous n'avons pas d'armes, a dit Katya.

– Nous ne frappons pas les dames qui apportent des cadeaux.

– On peut vous parler ?

– Bien sûr.

Viktoria et moi avons distribué thé et sandwichs, que les antiémeutes ont engloutis.

– Ici, la situation devient incontrôlable. S'il vous plaît, cessez d'attaquer les manifestants, a dit Katya. Nous sommes tous ukrainiens. Notre président est corrompu. Il vaudrait mieux pour le pays qu'il démissionne.

Le nez de l'officier s'est crispé de nouveau. Il a refusé les rafraîchissements et n'a plus rien écouté. Pendant que Katya parlait, il regardait par-dessus son épaule, jaugeant les rangs de manifestants armés de pavés, de bâtons et de cocktails Molotov. Les deux camps voulaient se battre.

– S'il vous plaît, arrêtez la violence, a insisté Katya une dernière fois.

L'officier a grogné. Nous avons fait demi-tour et retraversé le no man's land jusqu'à notre sotnya, toujours en agitant notre petit drapeau blanc.

*

Le Bâtiment des syndicats était devenu le quartier général des groupes du Maïdan. Praviy Sektor occupait le cinquième étage.

Quelques minutes après notre retour de cette mission de paix ratée, un visiteur se présentait à notre tente près de la porte Lyadski : un grand type sec, un revolver coincé à la ceinture. Nous avons jeté un regard désapprobateur au revolver.

– Je vous ai vues aller vers les lignes de la Berkut. Qu'est-ce que vous croyez faire ?

– Et vous, qu'est-ce que vous croyez faire à nous parler ainsi ? Vous êtes qui, d'abord ? a répliqué Katya.

– Pardon, j'ai oublié : moi, c'est Viktor.

– Je parie que vous êtes de Praviy Sektor.

Viktor a acquiescé.

– Nous essayons de faire la paix, ai-je dit.

Viktor ricanait.

– Écoute, ma belle, c'est une révolution ; les révolutions sont violentes. Vous êtes naïves. Vous allez vous faire prendre entre deux feux.

Katya tenait bon :

– On sait que les révolutions sont violentes. On a étudié la révolution bolchevique, comme vous. Elle a tué 10 millions de personnes en deux ans. C'est ça que vous voulez pour l'Ukraine ?

– Ianoukovitch et la Berkut sont des ordures. Faites attention.

Il n'était pas le seul à désapprouver notre médiation. Nous avons retenté une ou deux fois encore, sans samovar ni sandwichs, pour le même résultat : un bel échec.

Les semaines devenaient des mois. Je perdais la notion du temps. Le Maïdan était le centre de ma vie ; je me souvenais à peine des jours d'avant. L'après-midi du 18 février, notre sotnya s'est jointe à une grande colonne en marche vers le parc Mariinskyi. Les manifestants ont attaqué les lignes de police, la Berkut a tiré des gaz lacrymogènes. Nous ne participions pas à l'assaut, car nous avions décidé de nous replier sur la place. Nous avions remplacé notre tente par une cahute près du monument à l'ange. J'ai levé les yeux vers la colline, du côté du palais Zhovtnevyi et de l'horloge fleurie - là où l'Allée des Cent Célestes commémore aujourd'hui les civils tués durant l'insurrection. J'ai vu des gens dévaler la pente, fuyant la Berkut. Les policiers antiémeutes étaient rangés comme des légionnaires de cinéma, le soleil se reflétant sur leurs boucliers. Cela allait tourner très mal.

– Vous avez le choix, a dit Katya. Bientôt, vous ne pourrez plus quitter le Maïdan. Soit vous partez, soit vous restez. Mais si vous restez, soyez prêts à mourir.

Personne n'est parti. Avec nos casques de cyclistes pour dérisoire protection, nous avons traîné tout ce que nous trouvions - poubelles, tronçons de grille, panneaux, sacs de sable remplis de neige, pneus en feu - pour dresser une barricade autour de notre secteur, porte Lyadski.

La nuit tombait, la fumée et les lacrymogènes nous brûlaient les yeux et la gorge. Les tirs crépitaient sans discontinuer. Un homme passait devant moi, poussant un caddie rempli de cocktails Molotov. Il s'est contracté soudain, d'un mouvement brutal, portant la main à son biceps. Le sang coulait entre ses doigts : un tireur l'avait touché. Des gens se sont précipités pour l'aider. C'était la première fois que je voyais quelqu'un se faire tirer dessus si près de moi. J'ai pensé que le sniper l'avait visé lui, pas moi, parce qu'il transportait les cocktails Molotov. Je me suis dit : « C'est à cause de Ianoukovitch et de Poutine que des Ukrainiens tirent sur des Ukrainiens. »

La Berkut escaladait des immeubles adjacents et mettait le feu aux étages supérieurs du Bâtiment des syndicats. Fumée et flammes jaillissaient des fenêtres.

– Apportez des couvertures, des bâches, des matelas, des canapés... n'importe quoi de mou pour que nos camarades puissent sauter ! a crié un responsable depuis la scène au centre de la place.

Notre cahute faisait face au Bâtiment des syndicats ; je voyais des gens glisser à des cordes ou sauter des fenêtres, leurs silhouettes découpées par les flammes. Les souvenirs de cette nuit-là sont comme un diaporama : une image chasse l'autre. Je suis incapable d'en restituer la chronologie.

Je n'étais pas paralysée par la peur ; je ressentais le choc et la décharge d'adrénaline. Je savais que j'assistais à l'Histoire et que je ne me serais jamais pardonnée de ne pas être là. Si un jour j'ai des enfants, ils me demanderont ce que j'ai fait pendant le Maïdan ; je saurai quoi leur répondre.

Mon téléphone a sonné. Tamara était au bord de l'hystérie, comme je ne l'avais jamais entendue.

– Yulia, je sais ce qui se passe. Je suis venue en ville et je t'attends dans la voiture, à deux pâtés de maisons. Tu ne dois pas rester là. C'est trop dangereux. Laisse-moi te ramener à la maison. Je ne rentrerai pas sans toi.

J'étais tentée de refuser, de protester, mais une part de moi était soulagée ; j'ai cédé. Je ne m'étais pas remise du choc du type aux cocktails Molotov atteint à côté de moi. La prochaine fois, ce pouvait être moi. J'ai dit au revoir, penaude, à mes camarades, mais ils étaient trop absorbés par l'incendie du Bâtiment des syndicats pour remarquer mon départ. J'ai couru jusqu'à la voiture de Tamara et dormi toute la journée suivante. Le 20 février, je suis retournée au Maïdan.

Poutine était formel : le fait que la secrétaire d'État adjointe américaine Victoria Nuland ait distribué des biscuits aux manifestants du Maïdan, lors de sa visite à Kyiv en décembre pour voir Ianoukovitch, « prouvait » que la révolution était un coup d'État fomenté par les Américains. L'expression « des biscuits du Département d'État » était même devenue, immédiatement, synonyme de l'aide américaine à l'Ukraine. Je n'exclus pas que certaines personnes aient reçu des financements occidentaux, mais personne, dans mon entourage, n'a jamais été payé... Poutine parlait de « coup d'État » parce qu'il refusait de reconnaître qu'il s'agissait d'un soulèvement populaire et national, qui avait rassemblé des gens de toute l'Ukraine.

La guerre russo-ukrainienne a commencé lorsque des forces armées russes - les fameux « petits hommes verts » - se sont emparées du parlement de Crimée, le 27 février 2014. Les manifestants du Maïdan ont été les premiers à s'engager dans l'armée. S'ils avaient été stipendiés, comme ceux qu'on avait amenés en bus au début pour brandir des pancartes pro-Ianoukovitch, je ne crois pas qu'ils auraient risqué leur vie pour partir à la guerre.

Je ne comprenais pas vraiment ce qui se passait en Crimée ni ce qui allait advenir dans le Donbass, car je me concentrais sur Kyiv et sur la formation de notre nouveau gouvernement. Près de dix ans plus tard, alors que j'étais en service dans la zone de combat, j'ai lu le roman d'Anastasia Levkova, *There Is Land Behind Perekop*, situé en Crimée en 2014. (Perekop était une ancienne ville située sur l'isthme de la péninsule de Crimée, détruite par l'Armée rouge en 1920.) Le personnage principal, une femme pro-ukrainienne, y explique que, lorsque la Russie a envahi la Crimée, Kyiv a oublié la péninsule de la mer Noire et s'en moque. Cela me fait mal et me fait honte, parce que c'est vrai. Nous n'avons pas assez prêté attention à l'invasion initiale de la Crimée et du Donbass.

La révolution du Maïdan a peut-être précipité le déclenchement de la guerre, mais je suis convaincue qu'elle aurait eu lieu de toute façon. Je pense que Poutine préparait son invasion depuis longtemps, et que le lendemain immédiat des manifestations était le meilleur moment pour attaquer, le pays étant à son nadir. Sans le Maïdan, si Ianoukovitch était resté au pouvoir, Poutine aurait pu occuper l'Ukraine sans recourir à la force militaire - culturellement, politiquement et économiquement - comme il occupe la Biélorussie. Le Maïdan lui a fait comprendre que la force était le seul moyen de contrôler notre pays.

Je ne partageais pas les convictions de Praviy Sektor et de Svoboda quant à la nécessité de la violence, mais ils avaient probablement raison d'affirmer que Ianoukovitch n'aurait pas cédé sans cela. Notre révolution trouvait un équilibre en recourant à une violence limitée : juste assez pour effrayer Ianoukovitch et le convaincre qu'il était en danger physique, mais sans tout détruire ni imposer un régime de terreur.

Je ne sais pas ce qui se serait passé si Ianoukovitch était resté, et s'il avait réprimé les manifestants à la manière de Poutine en Russie, en les tuant et en jetant des milliers de personnes en prison. Mais je crois que, contrairement aux Russes, nous ne nous serions pas dispersés. Nous n'aurions pas quitté le Maïdan. Nous n'aurions jamais abandonné.

Maïdan Nezalezhnosti.
Le matin du 22 février 2014

« Il est parti ! Ianoukovitch a raflé tout ce qu'il a pu et il est parti en hélicoptère ! »

Ianoukovitch s'était en effet enfui à Moscou, en passant par la Crimée. La nouvelle se répandait sur le Maïdan. Nous avions gagné ! Cela a été un immense soulagement, et nous aurions dû nous sentir victorieux, mais des cadavres gisaient au sol, recouverts de couvertures. Cent huit civils avaient trouvé la mort entre le 18 et le 20 février. Les cloches des églises sonnaient pour eux, et la foule entonnait une chanson triste, *Plyve Kacha*. Le titre signifie « le caneton nage », mais il s'agit d'une mère disant adieu à son fils qui part à la guerre.

– Ma chère mère, que m'arrivera-t-il si je meurs en terre étrangère ?

– Eh bien, mon très cher fils, tu seras enterré par des étrangers.

Les funérailles collectives, les cloches et les chants ont offert un bref répit, un moment de deuil et de recueillement après la bataille. Ce n'était vraiment pas l'euphorie. Oui, nous avions gagné, mais tant d'entre nous étaient morts. Les troupes russes avaient déjà commencé à s'infiltrer en Crimée, nous n'avons donc pas célébré longtemps notre victoire.

Les manifestants ont afflué vers Mejyhiria, le somptueux domaine de 139 hectares que Ianoukovitch avait fait aménager à 23 kilomètres au nord de Kyiv. Nous voulions voir ce qu'il avait fait de l'argent du peuple ukrainien. La résidence principale, appelée Honka, était un amalgame absurde de chalets en rondins et de palais, avec de fausses ruines dans le parc, un zoo peuplé d'animaux exotiques, des serres pour cultiver des fruits tropicaux, une collection de voitures de sport hors de prix, et même un faux galion espagnol. Il y avait des statues jusque dans les salles de bains, une sculpture en or représentant une miche de pain et un portrait absolument grotesque de Ianoukovitch... nu. L'ensemble était d'un goût si incroyablement mauvais qu'il donnait un sens nouveau au mot kitsch. Une chapelle dorée séparait les chambres de Ianoukovitch et de sa maîtresse. Je me suis demandé s'ils priaient juste après les rapports sexuels, pour obtenir le pardon avant de s'endormir. J'avais toujours considéré Ianoukovitch comme quelqu'un de faible, corrompu et répugnant, mais après avoir vécu une semaine dans son palais - oui, j'ai vécu une semaine dans son palais -, je peux dire qu'il était surtout extrêmement bizarre.

Andriy Paroubyï, député à la Verkhovna Rada, coordinateur des sotni et futur chef du conseil de sécurité du prochain président (Petro Porochenko), a convoqué une réunion pour décider du sort du palais. Tout le gouvernement avait fui, y compris le ministre de l'Intérieur. Le système judiciaire, le parquet et la police avaient cessé de fonctionner. Il n'y avait personne pour prendre en charge ce palais, et le gouvernement naissant de l'Ukraine craignait qu'il ne soit pillé et détruit si rien n'était fait pour le protéger.

Paroubyï a déclaré que l'escouade féminine du 16e régiment de la force d'autodéfense de l'Euromaïdan, notre sotnya, était le groupe de manifestants le plus jeune, le plus structuré idéologiquement et le plus honnête. Quand nous avons appris que nous avions été choisies pour protéger Mejyhiria, Katya a demandé : « Pourquoi n'a-t-il pas simplement dit : "parce qu'elles sont vierges" ? » Nous avons ri aux éclats pour la première fois depuis des mois. Paroubyï voulait que nous et une autre sotnya habitions le palais tape-à-l'œil de Ianoukovitch jusqu'à ce que le gouvernement puisse le mettre sous scellés et en faire un musée de la corruption. Parce que nous étions d'honnêtes étudiantes qui ne volaient rien, nous avons été invitées à passer une semaine à patrouiller dans le complexe, à nous prélasser sur les tapis de Ianoukovitch, à nous baigner et à dormir dans son linge brodé. Nous avons dû renvoyer l'autre sotnya qui commençait à piller...

J'avais 18 ans et demi à la fin de la révolution de l'Euromaïdan. J'avais mûri pendant ces trois mois ; c'est peut-être là qu'est née ma vocation de soldat. Mon adolescence touchait à sa fin, et l'Ukraine aussi avait mûri. Je me sens chanceuse d'avoir participé à un moment si fondamental de l'histoire moderne de mon pays, mais j'y repense avec des sentiments mitigés car je réalise maintenant que c'était la bataille d'ouverture de la guerre russo-ukrainienne, le premier acte d'une décennie de douleur, de chagrin, de mort et de destruction.

CHAPITRE VII

L'amour d'un soldat

Accorde-moi, ô Dieu, sur cette terre,
Le don de l'amour, ce paradis agréable,
Et rien d'autre !

Taras Shevchenko, « Prière », 1860.

12 mars 2015

J'étais dans le métro, sur le chemin du retour depuis la bibliothèque de l'Académie Kyiv-Mohyla, quand mon téléphone a vibré.

« Juste pour que tu le saches : ton père nous a encore envoyé un soldat. Bises, Maman. »

Tamara était généreuse ; elle estimait qu'il fallait soutenir l'armée. Je savais qu'elle avait raison, mais l'agacement l'emportait.

– Seigneur, encore un soldat ! ai-je gémi.

Je ne voulais pas de visite ; j'espérais me reposer.

C'était au moins la cinquième fois que mon père nous demandait de loger l'un de ces soldats qu'il recueillait comme d'autres des animaux errants. Il ne résistait pas à l'envie de parler aux gens, surtout aux soldats du front de l'Est. Avec son exubérance habituelle, il voulait aider tout le monde. Ces hommes se remettaient de blessures de guerre ou ne faisaient que passer par Kyiv en permission. Ils avaient besoin d'un lit pour une nuit ou deux, et cela ne coûtait rien à mon père d'offrir l'appartement de son ex-femme et de sa fille.

Quand j'ai tourné la clé dans la serrure, le dernier protégé de Mykola s'est levé du canapé du salon et s'est avancé vers moi, la main tendue.

– Je m'appelle Illia, a-t-il dit.

– Moi, c'est Yulia, ai-je rétorqué en fronçant les sourcils.

Le jeune homme était beau. Il m'a serré chaleureusement la main droite. J'ai fait un inventaire rapide : cheveux blonds, yeux bleus, barbe rousse de Viking. Il me dépassait d'une demi-tête, avait les épaules larges et, à en juger par la coupe de son t-shirt kaki à manches longues, un corps musclé. Cette fois, Mykola a déniché un soldat intéressant.

Il était tard ; j'étais fatiguée et anxieuse à l'idée du séminaire du lendemain matin, que je n'avais pas assez préparé. J'ai à peine parlé au soldat souriant. Bohdan était chez Baba Lyuba ; Tamara avait donc installé Illia dans sa chambre, devenue récemment la mienne. J'ai dû dormir dans le lit jumeau, à côté de celui de ma mère.

Le lendemain matin, je suis sortie tôt en prenant soin de ne faire aucun bruit. La porte de la chambre de Bohdan était entrouverte ; j'ai aperçu le soldat endormi. Pendant quelques secondes, j'ai regardé son torse nu se soulever et s'abaisser, en me maudissant d'avoir été si peu affable la veille. Je me sais introvertie et souvent maladroite avec les gens.

Je rentrais tôt ce vendredi après-midi. Dans le train, j'avais vu qu'Illia Serbin m'avait envoyé une demande d'ami sur Facebook ; cela m'avait fait sourire. Je me demandais s'il serait encore là à mon arrivée.

Tamara était au centre d'appels de Kyivstar. Je sentais la présence d'Illia derrière la porte close de la chambre de Bohdan. Je me suis assise, ai accepté son invitation sur mon téléphone, puis je lui ai écrit : « On se retrouve dans la cuisine pour discuter, boire du thé et jouer aux échecs ? »

Illia est apparu quelques minutes plus tard.

– Tu restes combien de temps ? ai-je demandé sans détour.

– Tu es si pressée de me voir partir ? a-t-il répondu, faussement vexé.

– Désolée, ce n'était pas ce que je voulais dire.

Je pesais en silence le plaisir de sa compagnie contre la nécessité de rattraper mes devoirs du week-end.

– Je dois rejoindre mon unité à Marioupol dimanche soir, a-t-il expliqué. Je suis éclaireur volontaire au 131e bataillon spécial de reconnaissance. J'aimerais rester cette nuit et demain, si ça ne dérange ni ta mère ni toi.

– Bien sûr, reste autant que tu voudras, ai-je balbutié.

J'ai apporté l'échiquier du salon et l'ai posé au bout de la table de la cuisine. Nous nous sommes installés face à face, les mains autour de tasses de thé fumantes.

– Où as-tu rencontré mon père ? ai-je demandé, davantage pour lancer la conversation que par curiosité.

– Au service de neurologie de l'hôpital central de Kyiv. On comparait nos blessures au dos.

Mon père s'était engagé dans la Garde nationale juste après Maïdan ; trois mois plus tard, il était tombé la tête la première d'un blindé près de Sloviansk, et il était toujours en rééducation.

– Et toi ? Qu'est-ce qui t'est arrivé ?

– Oh, pas grand-chose. Les terroristes pilonnaient notre base et je me suis fendu une vertèbre en répétant mon double saut périlleux arrière, a-t-il dit en riant, comme si c'était drôle.

Ici, presque tout le monde appelait « terroristes » les séparatistes prorusses de Luhansk et de Donetsk. Les zones sécessionnistes du Donbass formaient ce qu'on appelait l'« ATO », pour « opération antiterroriste ».

– Tu souffres ?

– Ça va de mieux en mieux, lentement mais sûrement.

– Et la vie à Marioupol ? Tu as vu beaucoup de combats ?

Illia éludait les questions tactiques. Il préférait raconter le quotidien de son unité, souvent avec un humour très noir, et considérait le front du Donbass comme un travail ordinaire plutôt que comme une expérience héroïque. Il n'employait jamais des mots comme « héroïsme » ou « courage ».

– Je suis avec une sacrée bande de types. Quand on ne se bat pas, on plaisante beaucoup. Mon meilleur ami est infirmier ; son nom de code, c'est Javier. Nous dormons dans des lits superposés à la caserne. Javier s'en sert comme agrès pour faire des tractions et des acrobaties. Un jour, il s'est laissé tomber du lit du haut vers celui du bas sans voir que le chat de la section y dormait, recroquevillé. Il a atterri dessus et l'a écrasé. Le chat était encore vivant, mais il souffrait beaucoup. On a perdu des hommes au combat, mais c'est la seule fois où j'ai vu Javier pleurer. Il a fait l'injection létale au chat, les larmes aux yeux. On était tous tristes, alors on a essayé de rendre l'histoire drôle : si tu arrives à en rire, la peine fait moins mal. On a enterré le chat sur le terrain d'entraînement, avec les honneurs militaires, et on a rebaptisé Javier « l'Infirmier-qui-tue-les-chats ».

– Ce n'est pas drôle du tout, ai-je dit.

J'adore les chats. Mais je me suis surprise à rire aussi.

Illia haussait les épaules, désolé.

– Il n'y a pas grand-chose qui prête à sourire, en ce moment. Au moins, on essaie.

– Depuis combien de temps es-tu soldat ?

– Je me suis engagé il y a un an, juste après l'annexion de la Crimée par les Russes.

– Et avant ?

– Avant, j'étais agriculteur. Ma mère et moi cultivions des fraises et des framboises sur nos terres, en bordure de Kyiv. Nous avions un verger de pommiers et d'autres arbres fruitiers, et nous vendions nos récoltes au marché. J'aimais conduire le tracteur. Mes parents dirigent aussi une petite entreprise de rénovation d'appartements. Ils voulaient que je travaille avec eux, mais je brûlais d'envie de partir. Je... - il cherchait l'expression juste, ni trop dure ni trop légère - je ne m'entends pas avec mon père.

– Pourquoi ?

– Il joue aux jeux d'argent, et je déteste ça... Mes parents sont pauvres malgré la bonne santé de leur entreprise. Leur maison tombe en ruine. Je ne vois pas pourquoi je devrais gagner de l'argent pour que mon père le perde au casino. Je suis bien plus proche de ma grand-mère maternelle et de mon oncle, en Amérique. Avant la guerre, j'avais envisagé de les rejoindre, mais mes parents voulaient que je reste près d'eux et que je gagne de l'argent. Ils vivent en banlieue de Kyiv et refusaient que je devienne soldat. Je leur ai menti en m'engageant : je leur ai dit que je partais travailler dans le bâtiment en Allemagne. C'est pour ça que j'avais besoin d'un toit quand je suis sorti de l'hôpital.

– Mon père aussi est compliqué, ai-je compati. Mais nous avons bien plus en commun que toi et le tien, on dirait. Nous sommes d'accord sur presque tout quand il est sobre ; je ne le supporte simplement pas quand il boit.

– Mon père n'est *jamais* agréable, a tranché Illia. Nous n'avons *rien* en commun.

– Mon père et moi faisions partie des sotni d'autodéfense pendant Maïdan. J'ai failli m'engager avec lui, mais je voulais d'abord terminer mes études. Si tout se passe bien, je serai diplômée dans quinze mois.

– Tu as eu raison. Qu'est-ce que tu étudies ?

– La philologie.

– C'est-à-dire ?

– L'histoire et l'évolution de la langue ukrainienne.

– Ma famille a toujours parlé ukrainien.

– Moi, j'ai grandi en parlant russe, jusqu'à mon admission à Kyiv-Mohyla. Ces trois dernières années, j'ai appris à aimer l'ukrainien. On pourrait dire que c'est ma langue maternelle, même si je l'ai apprise à 17 ans... Pourquoi voulais-tu devenir soldat ?

– Depuis l'enfance, je me sens appelé à être guerrier. C'est une vocation. Je veux défendre les personnes sans défense, civils, femmes, enfants. Je veux me battre pour la justice. S'il n'y avait pas de guerre en Ukraine, j'en trouverais une ailleurs.

– Hier soir, je t'ai trouvé un air de Viking.

Illia a ri.

– Mon nom de code, c'est justement « Viking ».

– Quel âge as-tu ?

– J'aurai 22 ans le mois prochain. Et toi ?

– J'en aurai 20 en juillet.

*

Nous n'avons pas cessé de discuter, tout le week-end. Le dimanche soir, Tamara a préparé un casse-croûte pour Illia, et je lui ai proposé de l'accompagner à la gare centrale de

Kyiv. À la sortie du métro, nous avons traversé le terminal bondé. Illia m'a alors fourré son sac à dos kaki dans les mains.

– Tiens-moi ça une seconde, a-t-il lancé avant de disparaître.

Il est revenu presque aussitôt, avec à la main un petit bouquet de marguerites aux tiges enveloppées de papier aluminium, acheté à un vendeur de gare. On aurait dit un écolier offrant un cadeau à son institutrice.

Nous sommes descendus jusqu'au quai, où des soldats faisaient leurs adieux à leurs proches. Nous avons bavardé jusqu'à ce que l'Ukrzaliznytsia[1] annonce le départ du train de nuit pour Marioupol. Illia a effleuré ma joue du revers de la main, m'a serrée dans une étreinte d'ours, puis a grimpé les marches métalliques. Il s'est retourné pour me sourire et me saluer avant de disparaître dans le couloir.

En le voyant s'éloigner, j'ai ressenti une douleur presque physique, comme si une corde invisible tirait mon cœur derrière lui. J'ai baissé les yeux vers son bouquet : mon Dieu, fais qu'il ne lui arrive rien. Une larme est tombée sur le cœur jaune d'une marguerite.

*

« Bye-bye, Symirochka », m'écrivait Illia quelques minutes plus tard. *Symirochka* était le nom de notre chatte - celle avec laquelle Illia jouait dans notre appartement - et aussi celui d'une héroïne du dessin animé *Fyksyky*, qui passe son temps à sauver un garçon de ses bêtises.

« Merci d'avoir été mon amie à Kyiv, ajoutait-il. Je ne t'oublierai pas. »

1. Réseau ferroviaire ukrainien.

« Bon voyage, guerrier », lui ai-je répondu.

Dès lors, nous nous sommes envoyé des messages presque sans arrêt. Rien de profond : la plupart étaient légers, parfois idiots. Notre amitié glissait naturellement vers la romance ; aucun de nous n'a dit « Soyons ensemble ». C'est arrivé, tout simplement.

Une semaine plus tard, Illia écrivait : « Je veux te voir, Symirochka. Quand est-ce possible ? »

« Et si on se retrouvait pour le week-end de Pâques ? Tu peux venir à Marioupol ? »

« Oui ! »

J'ai réservé aussitôt mon billet : « Arrivée le Vendredi saint, 10 avril ! »

« Hourra ! a répondu Illia. On fêtera Pâques - et mon anniversaire avec deux semaines d'avance ! Je nous trouverai un appartement et je demanderai deux jours de permission. On me ménage depuis ma blessure. »

*

L'accord de Minsk II, censé instaurer un cessez-le-feu, un désarmement et des élections locales, avait été signé deux mois avant mon voyage de Pâques 2015 à Marioupol. Pourtant, les combats continuaient sur la côte, à l'est de la ville, où le régiment Azov, la Garde nationale et l'armée ukrainienne tentaient de déloger les « terroristes » qui avaient massé chars et artillerie à Chyrokyne, à seulement 11 kilomètres de là. Azov avait repoussé les séparatistes l'été précédent, et la ville portait encore les stigmates des affrontements : fenêtres barricadées, immeubles éventrés. La moitié des habitants de la tour anonyme où Illia avait loué un appartement pour le week-end étaient des réfugiés.

Je n'avais pas compris que le train Kyiv-Marioupol ne s'arrêtait plus qu'à Berdiansk, à cause du risque de bombardements et d'escarmouches sur la fin de la ligne. Illia m'avait conseillé de prendre un taxi pour le dernier tronçon. Les oblasts de Zaporijia et de Donetsk, que je devais traverser, m'étaient inconnus. Un an après le début de la guerre, j'en avais une vision de civile, exagérée et effrayée : comme beaucoup d'Ukrainiens de l'ouest et du centre, je supposais que tous les habitants de l'est étaient des séparatistes prorusses, des traîtres, des terroristes. J'ai appris plus tard que c'était faux. Mais ce 10 avril 2015 au soir, j'étais une étudiante de 19 ans, naïve et pétrifiée, en route pour un rendez-vous romantique dans une zone de guerre.

Le trajet d'une heure et demie en taxi entre la gare de Berdiansk et celle d'Azovstal, à Marioupol, m'a paru interminable.

– Pourquoi allez-vous à Marioupol ? a demandé le chauffeur, un quinquagénaire bavard.

Dans le rétroviseur, j'ai surpris son regard insistant et l'ai trouvé louche.

– Pour voir des amis, ai-je répondu sèchement.

– Quels amis ?

– Des amis.

– Combien de temps restez-vous ?

– Pas longtemps.

– Et que ferez-vous là-bas ?

– Du tourisme.

– C'est une drôle d'époque pour faire du tourisme à Marioupol, a lâché le chauffeur.

Je me suis tue. Et s'il travaillait pour les Russes ? Et s'il m'enlevait ? Illia saurait-il me retrouver ? Viendrait-il me sauver ? Jusqu'ici, j'avais pensé la guerre en termes d'obus et de rafales, simple mécanique de destruction. Je découvrais qu'elle empoisonnait aussi les relations ordinaires, distillant méfiance et suspicion.

J'ai soupiré de soulagement en voyant Illia m'attendre à l'aire de taxis d'Azovstal. Le chauffeur a déposé mon sac, lancé à Illia un regard désapprobateur et est reparti. Je me suis jetée dans les bras d'Illia.

– Quel type épouvantable ! J'ai cru qu'il voulait me kidnapper.

– Ce n'était qu'un chauffeur de taxi, non ?

– Il posait trop de questions.

Illia m'a enveloppée de son étreinte d'ours, puis tenue à bout de bras, un large sourire aux lèvres. Son expression a changé. « Symirochka », murmurait-il. Notre premier baiser a eu lieu là, sur le parking : lent, maladroit, hésitant, comme si nous avions un peu peur.

*

La guerre durait depuis plus d'un an, mais je l'avais peu ressentie à Kyiv. À Marioupol, l'air était différent : saturé de tension, salé et corrosif, venu de la mer d'Azov. Trois mois plus tôt, en janvier 2015, un tir de roquettes avait tué 30 civils ici même. La gare grouillait de soldats en armes. Aux premières détonations, même lointaines, j'ai sursauté.

– Qu'est-ce que c'était ? ai-je demandé, nerveuse.

– Rien, a répondu Illia. L'artillerie des terroristes, à l'est.

Prenant exemple sur lui, j'ai ignoré les explosions lointaines, les intégrant au paysage sonore de la ville.

Marioupol voulait vivre. Ville de culture, fière de son théâtre néoclassique blanc et de ses mosaïques soviétiques, elle se drapait dans le déni du danger. Illia m'a montré le château d'eau emblématique, avec ses fenêtres à petits carreaux. Nous avons flâné dans les parcs, nous nous sommes attardés dans les cafés. Les quartiers détruits l'année précédente étaient en rénovation, et l'on évoquait même un parc d'attractions baptisé « Mariland ». La plage de sable blanc adoucissait le brutalisme des aciéries Illich et Azovstal, cerclées de terrils et crachant leur fumée.

*

Nous traînions au lit, heureux dans notre bulle éphémère. La guerre, les fusils, les explosions semblaient irréels. De simples décors de théâtre. Le matin de Pâques, appuyée sur la rambarde du balcon, je contemplais les immeubles gris d'en face. Illia a passé ses bras autour de ma taille ; je me suis retournée pour l'embrasser, le bas du dos contre le fer froid. J'ai ôté la bague de ma grand-mère, la brandissant pour le taquiner.

– Que se passerait-il si tu me demandais en mariage ?

– Excellente idée ! s'est exclamé Illia. Oui, absolument. Marions-nous !

Il a fait glisser l'anneau à mon doigt, m'a embrassée et portée jusqu'à la chambre.

– Ta peau est si douce, a murmuré mon Viking, en laissant courir ses doigts sur mon corps avec une sorte d'émerveillement. *Pukhnastyk* (mot ukrainien pour dire « duveteuse »). Tu es *pukhnastyk*, comme un chaton.

Désormais, j'avais deux surnoms. Devant les autres, j'étais Symirochka - le nom du personnage de dessin animé qui deviendrait plus tard mon nom de code dans le Donbass. Entre nous, Illia écourtait *Pukhnastyk* en « Pooka », après avoir appris que, dans le folklore celte, un *pooka* est un esprit farceur, de bon ou de mauvais augure, qui peut prendre forme humaine ou animale. Le folklore et la mythologie le passionnaient.

Nous avons fêté nos fiançailles en décorant des œufs de Pâques - des *pysanky* - avec la cire et les teintures que j'avais rapportées de Kyiv.

– Je veux un mariage très simple, ai-je dit. Pas d'invités, pas de famille ; juste toi et moi.

– Parfait, a approuvé mon fiancé. Nous aurons deux enfants, a-t-il poursuivi, concentré sur l'œuf qu'il peignait. D'abord un garçon, puis une fille. Et nous accueillerons aussi des enfants placés ; ils sont l'avenir du pays et doivent être éduqués. Je construirai une grande maison, tu enseigneras aux enfants - tu seras une excellente professeure.

Quatre jours passés ensemble en un mois, et pourtant nous n'avons pas hésité une seconde. Je savais que nous étions faits l'un pour l'autre. Depuis Illia, je crois au destin. Nous avons arrêté une date : samedi 30 mai 2015. Puis j'ai repris un taxi pour Berdiansk, et le train de nuit pour Kyiv.

*

Illia m'a laissée tout organiser. J'ai acheté nos alliances et, sur une brocante en ligne, j'ai déniché d'antiques *vyshyvanky* - ces chemises brodées qu'on porte en signe de patriotisme depuis que les Soviétiques ont voulu les éradiquer. J'en ai choisi une pour lui, et pour moi une robe, une jupe et un kiptar. Ma robe blanche, ornée de fleurs rouges sur les manches, avait bien soixante ans. Dans l'Ouest, les familles gardaient ces pièces de génération en génération ; chez nous, dans le centre, peu avaient survécu aux bolcheviks. Je n'avais rien reçu en héritage ; j'ai à ce moment-là décidé de commencer une collection pour nos enfants.

Illia a obtenu quatre jours de permission fin mai. Tamara, un peu vexée de ne pas participer aux préparatifs, s'y est faite ; elle connaissait ma ténacité et appréciait Illia. Mykola jubilait à l'idée d'avoir joué les entremetteurs.

J'ai réservé un chalet de bois au-dessus de Yaremche, dans les Carpates. À peine arrivés, nous sommes allés au bureau d'état civil.

– Revenez dans un mois, a annoncé la greffière.

– Mais nous voulons nous marier demain ! ai-je protesté.

– Désolée, impossible : le délai légal est d'un mois.

J'étais abasourdie. Illia m'a serré la main.

– Mon fiancé sert sur le front Est. Il a fait le trajet depuis Marioupol pour m'épouser. Il n'a que quatre jours de permission avant de repartir combattre les terroristes. Je vous en prie.

Ses yeux allaient de lui à moi. Elle semblait nous apprécier, ou peut-être avions-nous touché une corde patriotique chez elle. Elle a eu un pâle sourire, a haussé les épaules :

– C'est contraire aux règles, mais nous sommes en guerre. D'accord. Revenez demain matin.

Le lendemain, j'ai enfilé ma robe brodée et le bandeau rouge orné d'une fleur en soie écarlate et violet que Viktoria, ma nourrice, m'avait confectionné en cadeau de mariage. J'ai donné à Illia la chemise brodée que j'avais choisie pour lui, il l'a enfilée par-dessus un pantalon bleu marine.

– Tu es superbe ! lui ai-je dit.

Illia a haussé les épaules.

– Quand je suis en civil, je porte généralement des pantalons cargo, des vestes avec beaucoup de poches. J'ai toujours un couteau sur moi, et pour ça, il faut des poches.

Il m'a tendu un petit paquet enveloppé dans du papier brun.

– C'est un couteau suisse. L'outil le plus précieux que tu auras jamais. Tu ne dois jamais t'en séparer.

– Quel cadeau de mariage romantique ! ai-je dit en le taquinant.

Notre logeuse s'est proposée pour nous conduire au bureau d'état civil dans sa vieille Lada soviétique. Elle nous a servi de témoin, et a même pris des photos avec son smartphone. Après la brève cérémonie, nous avons flâné, Illia et moi, à la foire artisanale du marché central de Yaremche. Il y avait toutes sortes de vêtements brodés, particulièrement prisés dans les Carpates. Des paysans vendaient du pain maison, des fromages, du miel, des saucisses. La plupart des produits étaient chers et nous avons surtout goûté les échantillons gratuits. Les vendeurs voyaient bien que nous n'achetions pas, mais ils semblaient heureux de partager notre bonheur et voulaient nous faire plaisir. Un vieil homme vendait, depuis le coffre de sa voiture, du vin rouge de son propre vignoble, conditionné dans des bouteilles en plastique. Nous en avons acheté une pour la boire le soir, dans notre chalet.

– Attention, a plaisanté le vigneron. Ce vin a le goût du nectar et se boit très facilement. La tête reste claire, mais les jambes, elles, sont vite ivres.

Notre dîner de noces a été un pique-nique fait de vin, de pain et de fromage. Même dans une bouteille en plastique, ce rouge des Carpates a été le meilleur vin que j'aie jamais goûté. Nous jouions aux jeunes mariés.

– Où va-t-on vivre ? a demandé Illia.

Nous avons parlé de Lazarivka, le village de l'oblast de Jytomyr où Baba Lyuba avait sa datcha, ou de Vyshneve, la banlieue au sud-ouest de Kyiv où Tamara et Lyuba avaient toutes deux un appartement. Par un heureux hasard, Illia avait hérité d'un terrain à Vyshneve.

– Je suis une citadine, ai-je dit. Je préférerais rester près de la ville. En fait, je crois que je préfère vivre en appartement. C'est tellement plus pratique. Tu n'imagines pas tout le travail qu'il y a à faire dans le jardin de Baba Lyuba.

– Mais, Pooka, il nous faut une maison pour nos enfants, et pour les enfants qu'on nous confiera ! On mettra des panneaux solaires sur le toit, et on produira notre électricité avec une éolienne. (Nous étions en 2015 et, au sud, à Kherson, où les fermes solaires se multipliaient, on ne parlait quasiment que de l'énergie verte.) Je veux une maison autonome, a-t-il continué. Avec un sous-sol : cuisine, salle de bains, salle de jeux. On aura une table de ping-pong, des jeux vidéo, un grand écran et une parabole pour les communications. Elle sera assez grande pour qu'on puisse tous y dormir ; si les Russes utilisent un jour l'arme nucléaire, elle servira d'abri anti-atomique.

– Pensée déprimante.

– Après un an au front, tout soldat sait qu'on est plus en sécurité sous terre, a dit Illia. Tu n'as jamais joué à Fallout ?

– C'est quoi, Fallout ?

Illia m'a parlé de cette série de jeux vidéo post-apocalyptiques situés aux États-Unis aux XXIe, XXIIe et XXIIIe siècles. Les épisodes se déroulent en Californie, à Washington DC, à Boston, dans le Midwest et le désert de Mojave. Tout le monde vit sous terre, pour échapper aux retombées nucléaires. Les habitants des abris doivent repousser des mutants, ainsi que les vestiges du gouvernement d'avant-guerre. Parfois, ils s'aventurent dans le « Wasteland » en tenue de protection. Ils survivent comme ils le peuvent aux famines et à la sécheresse, et ont pour monnaie des capsules de bouteilles d'un soda appelé Nuka-Cola Quantum. Le héros est l'Élu, le Vagabond solitaire, le Seul Survivant. Parfois, il part à la recherche d'amis ou de parents disparus. Les premiers jeux avaient une bande-son jazz (notamment Louis Armstrong) ; les plus récents penchent vers le heavy metal.

– Tout tourne autour de la vie dans l'abri, des menaces à écarter, de la protection des siens, de la survie, a dit Illia. On y jouera un jour. Ça te plaira.

Même si nous n'avions que quatre jours dans les Carpates, nous avons très vite adopté une routine : randonnée le matin, descente en ville l'après-midi. Un matin, en marchant dans la forêt, j'ai failli poser le pied sur un gros lézard répugnant - une salamandre noire tachetée de jaune. Elle était laide, primitive, et j'y ai vu un mauvais présage. Je n'en avais jamais vu et j'ai cru qu'elle était venimeuse.

– Pooka, ce n'est qu'un lézard, a dit Illia.

La bête a glissé le long de la berge du ruisseau. J'ai eu honte d'avoir crié. Je savais que ma peur était irrationnelle. J'avais été militante féministe à Vidsich, à Kyiv-Mohyla et sur le Maïdan, et voilà que je hurlais après un lézard, en pleine forêt, pendant ma lune de miel dans les Carpates. Malgré la gêne devant un tel stéréotype, je me suis sentie comblée, en sécurité, quand mon mari m'a serrée très fort dans ses bras.

*

Depuis l'accord de Minsk II du 12 février 2015, la ligne de front s'était stabilisée. Illia a été démobilisé lors de la première vague, en juillet, après seize mois de service. Il a emménagé avec moi chez Tamara, dans son appartement à Vyshneve. Nous y avons vécu ensemble, comme une famille, pendant un an – une des périodes les plus heureuses de ma vie. J'ai tenu cette joie pour acquise et je n'ai compris que plus tard combien ces mois partagés avaient été précieux.

Il me restait encore une année d'université. Illia développait, avec son oncle Oleksandr, aux États-Unis, une application pour aider à rénover des appartements. Elle indiquait notamment la quantité de peinture ou de matériaux de construction à acheter. Kyiv-Mohyla m'avait accordé une bourse, parce que d'autres étudiants avaient décroché et que mes professeurs louaient mes travaux. Nous vivions sobrement, avec les revenus modestes d'Illia et ma bourse. Il y avait beaucoup de choses que nous ne pouvions pas nous permettre.

Illia m'a soutenue dans mes études en organisant notre quotidien. Il cuisinait pour Tamara et moi et m'appelait souvent pour savoir à quelle heure j'arrivais, afin que mon dîner soit chaud. Son plat fétiche : du porc, des pommes de terre et des légumes, cuits au four dans des pots en terre.

Dans mon cours d'écriture créative, on m'a proposé un devoir qui emballait Illia : rédiger un texte de fiction situé dans le futur. Son expérience militaire et son goût pour Fallout nous ont aidés à inventer toute une série d'histoires sur des ados luttant pour survivre dans une Ukraine post-apocalyptique. Illia ne parlait jamais des combats à l'est, mais je savais qu'il y avait vu mourir des hommes. Je crois que les scènes que nous avons imaginées – des jeunes se battant, au milieu des ruines, pour la nourriture, le territoire, la domination – ont été sa manière, détournée, de révéler ce qu'il avait vécu. Nous avons essayé d'y glisser de l'amour, de l'amitié, des moments heureux, mais la narration revenait sans cesse vers la noirceur. Illia voulait que nous publiions le livre comme un manuel de survie pour nos futurs enfants. Nous étions d'accord, il était irresponsable d'avoir des enfants maintenant : pas d'argent, pas de maison...

En dehors de mes heures de fac, nous étions inséparables. Amants, âmes sœurs, meilleurs amis, frère et sœur. Nous marchions beaucoup. Parfois, nous allions à des concerts de jazz ou de musique classique. Nous nous entraînions ensemble à la salle de sport. Illia savait que je détestais le lait, mais il me faisait boire son mélange lait-banane-protéines – « pour te rendre forte », disait-il.

Juin 2016

Je porte une toge noire et une toque pour ma remise de diplôme à l'Académie Kyiv-Mohyla. Avant la cérémonie, mes camarades et moi nous sommes rassemblés devant le bâtiment en rotonde, jaune pâle, aux colonnes corinthiennes hautes de trois étages. Après l'indépendance, en 1991, la Confrérie étudiante avait instauré une tradition désormais suivie par toutes les promos. Au pied de la statue de cinq mètres du poète et philosophe du XVIIIe siècle Hryhorii Skovoroda, face à l'académie, place Kontraktova, nous attendaient des seaux d'eau savonneuse, des balais et une échelle.

Skovoroda avait étudié à Kyiv-Mohyla, puis était devenu un philosophe-mendiant itinérant dont l'œuvre n'avait été publiée qu'après sa mort, en 1794. En Ukraine, on le compare souvent à Socrate, pour avoir renoncé aux tentations de la vie en société. « Le monde a tenté de me piéger, mais il a échoué », telle est l'épitaphe qu'il avait choisie.

En grimpant à l'échelle, les diplômés tenaient d'une main l'ourlet de leur toge pour ne pas buter sur les barreaux et, de l'autre, maniaient un balai trempé d'eau savonneuse.

Chacun donnait un coup de brosse sommaire sur la tête de Skovoroda. D'autres, restés au sol, astiquaient les plis de son manteau ou ses pieds nus. La plupart d'entre nous étions trempés, mais nous riions, nous étions heureux, et nos toges séchaient vite avec la chaleur estivale.

Skovoroda a été un pont entre la période baroque et le siècle des Lumières, dont il a épousé les idéaux. Il a parcouru l'Ukraine, partageant son savoir avec les gens du commun. En tant que diplômés de Kyiv-Mohyla, on nous a appris que c'est notre devoir d'en faire autant. Skovoroda écrivait en ukrainien, en slavon, en russe, en latin et en grec, et puisait largement dans les idées et expressions d'Europe occidentale. Son adhésion aux Lumières est souvent brandie comme preuve que l'Ukraine appartient à l'Europe. Bien que Skovoroda soit né, près de Kyiv, dans une famille cosaque ukrainienne, la Russie affirme qu'il était russe… L'appropriation de nos écrivains, peintres et figures culturelles est une pratique courante. Depuis l'invasion à grande échelle, la Russie a régulièrement pris pour cible ce qu'elle prétend pourtant être « sa » culture. En mai 2022, un missile russe a détruit, dans l'oblast de Kharkiv, le bâtiment du XVIIIe siècle où Skovoroda avait travaillé et était mort ; il abritait un musée qui lui était consacré.

Après la cérémonie, Illia et moi avons marché dans Podil, le plus vieux quartier de Kyiv où se trouve l'académie, en mangeant une glace et en bavardant. Podil a brûlé en 1811 ; la plupart de ses jolies maisons colorées, longtemps habitées par des artisans et des marchands, datent du XIXe siècle. Il est mentionné pour la première fois au milieu du Xe siècle, et neuf siècles d'artefacts dorment sous ses rues. Le quartier dévale une colline qui se termine sur la berge de la rivière

Pochaina. Du haut de la colline, on a une vue spectaculaire sur Kyiv.

Illia prenait parfois le métro pour me retrouver après les cours, et nous arpentions souvent Podil. Nous aimions particulièrement un petit pré - intact morceau de nature en pleine ville. Il est blotti entre deux collines, Shchekavytsia et Khoryvytsia, où, dit-on, ont vécu Shchek et Khoryv, deux des trois frères qui ont fondé Kyiv en 482 après J.-C. Le troisième, Kyi, qui a donné son nom à la ville, vivait ailleurs.

Allongés dans l'herbe, nous regardions les étoiles apparaître dans le ciel au crépuscule. Je portais encore ma toge noire. Ma toque était posée dans l'herbe à côté de nous.

– J'adore cette ville ! me suis-je exclamée. Lviv et Odessa sont magnifiques, mais je n'ai pas besoin de vivre ailleurs. Il y a quelque chose dans l'immensité du ciel et des perspectives, comme si, à Kyiv, les proportions étaient plus grandes qu'ailleurs. Je suis toujours heureuse d'y revenir... Pourquoi on n'appellerait pas notre premier enfant Khoryv ?

Illia a ri.

– De ta ville préférée au prénom de notre fils... Tu sautes des étapes, ma chère Yulia. C'est une bonne idée. On l'appellera Khoryv, et il nous rappellera toujours ta remise de diplôme. Et notre fille ? Comment on l'appellera ?

– Je voudrais l'appeler Arianna, comme Ariane dans la mythologie grecque.

Illia a acquiescé. Nous trouverions des prénoms pour les enfants placés plus tard, à moins qu'ils n'en aient déjà.

– Ça t'a déjà gênée que je ne sois pas allé à l'université ? a-t-il demandé.

– Pas une seconde, ai-je répondu. Tu comprends les choses par intuition, quand moi je dois les apprendre. Tu es plus intelligent que moi. Tu es la personne la plus sage que je connaisse, et tu m'apprends tellement.

J'ai renvoyé la question :

– Et toi, ça te dérange que ta femme ait un diplôme et pas toi ?

– Pas du tout, Pooka, a ri Illia. (Il s'est redressé sur un coude et s'est penché pour m'embrasser, couchée dans l'herbe, sous les étoiles, dans la prairie de Podil.) Je suis tellement impressionné par toi, par tes connaissances, ton intelligence. Par tout ce que tu fais.

*

Après la remise des diplômes, nous sommes allés à la datcha de Baba Lyuba, à Lazarivka. J'étais agitée, incertaine de ce que j'allais faire, maintenant que j'avais terminé mes études. Je n'avais pas oublié qu'au début de la guerre, j'avais sérieusement envisagé de devenir soldate. Mykola et moi en avions souvent parlé.

La France et l'Allemagne tentaient encore de ranimer les accords de Minsk, mais Poutine jouait avec François Hollande et Angela Merkel comme un chat avec des souris. Il prétendait qu'il n'y avait pas de forces russes dans le Donbass, que la Russie ne faisait pas partie du conflit, que le mouvement séparatiste qu'il avait créé et qu'il contrôlait à distance agissait de lui-même. Il négociait non pour faire la paix, mais pour gagner du temps et renforcer ses troupes pendant que l'Europe s'abstenait d'armer l'Ukraine. Il lançait des énormités sur un « génocide » des russophones - absurde, puisque la plupart des Ukrainiens parlent russe et que le respect de toutes les langues est garanti par notre Constitution.

La guerre a continué à crépiter. Les victimes se sont accumulées. Illia regrettait la camaraderie, l'aventure, l'excitation, qui donnaient un sens à sa vie. Il a voulu retourner dans le Donbass.

– Au Maïdan, mes amis et moi, on admirait le Mahatma Gandhi, ai-je dit à Illia un après-midi. On prônait la résistance pacifique, on refusait les armes. Si tu crois à la non-violence, tu ne devrais pas être contre la guerre ?

– Presque tout le monde est contre la guerre, surtout ceux qui la font, a répondu Illia. Mais je ne crois pas une seconde que Ianoukovitch aurait lâché le pouvoir si notre camp n'avait pas eu recours à la violence à Maïdan. C'était facile pour toi et Vidsich d'être « purs » et de laisser le sale boulot aux gars de Praviy Sektor et de Svoboda. Vous auriez pu distribuer un milliard de tracts et faire des sit-in pendant des décennies : Ianoukovitch serait resté et Poutine contrôlerait aujourd'hui toute l'Ukraine.

Au fond, je savais qu'Illia avait raison, mais la question était importante et je voulais le provoquer.

– En tuant des Russes, on ne se met pas à son niveau ? Je ne dis pas qu'il ne faut pas se battre, mais j'essaie d'être cohérente. Si la violence et le meurtre sont un mal, la soumission à la dictature est-elle un moindre mal ?

– Tu as assisté à trop de séminaires de philo, a dit Illia en me taquinant. La désobéissance civile est peut-être une bonne manière de protester contre des problèmes sociaux ou des impôts trop lourds ; mais si je m'introduis chez toi, que je tue ta mère, que je vole tes biens et que je refuse de partir, tu as le droit de me tirer dessus. La Russie colonise l'Ukraine depuis le XVIIIe siècle. L'Union soviétique a affamé des millions d'Ukrainiens et en a déporté des millions d'autres en Sibérie. Tu le sais, Pooka ! Quand je tue un soldat russe, ce n'est pas un meurtre, c'est de la légitime défense. Si on veut que l'Ukraine survive comme pays indépendant, il faut se battre pour elle.

– Hmmm... Quand les Russes ont pris la Crimée, je voulais être soldate, ai-je dit, mais je crois que j'avais peur de partir seule à la guerre. Ce serait plus facile d'y aller avec toi.

– Voilà qui me plaît ! Viens avec moi dans le Donbass, Pooka ! Engageons-nous ensemble. Je sais comment l'armée fonctionne, et si on est forts, on pliera la bureaucratie. On peut monter notre propre unité, faire des raids commando contre les Russes. Je t'apprendrai à tirer et à te mettre à l'abri. On fera une équipe de choc.

J'ai ri de sa vision d'un commando mari-femme.

– On sera les Bonnie and Clyde du Donbass !

Illia n'a pas réagi à ma plaisanterie. Il est resté fixé sur son idée et a continué, à voix haute :

– L'armée régulière est pleine de carriéristes venus pour la paye, ou, pire, d'anciens de l'armée soviétique qui gardent une faiblesse pour la Russie. On ne peut pas leur faire confiance. Je fais confiance aux volontaires qui veulent défendre l'Ukraine. Leur moral est meilleur parce qu'ils sont motivés. Trouvons un bataillon de volontaires où nous engager.

L'amour, la guerre et le devoir formaient pour moi un cercle parfait. Je ne pouvais pas respecter un homme qui refusait de se battre pour son pays. J'aimais Illia, en partie parce que c'était un guerrier. Sans lui, je crois que je n'aurais jamais rejoint l'armée.

CHAPITRE VIII

Toujours

Dans chaque femme réside un cœur de soldat.
Condamnée à fouler les ténèbres, seule et isolée.
Et toute aide est superflue.
Et aucune épaule ne mérite qu'on y pleure.
Et toutes les choses lourdes sont portées par ses propres mains.
Et toutes les amours ont été vécues et perdues.
Et toute la solitude est sienne.
Et une nuit entière sur terre est aussi lumineuse
que toute la vie du soleil.

Yaryna CHORNOHUZ,
soldate de l'armée ukrainienne,
« Une tache trop rouge », 2021.

Lazarivka et Klynove. Juillet 2016

Illia et moi avons fait des recherches sur les unités de volontaires, et nous nous sommes arrêtés sur « la Rus' de Kyiv », le 25e bataillon de la 54e brigade d'infanterie mécanisée, baptisé ainsi d'après la dynastie. Nous nous rappelions l'histoire de l'Ukraine apprise à l'école primaire : comment les Scandinaves médiévaux naviguaient sur les grands fleuves d'Europe, le Danube et le Dniepr, et peuplaient des colonies de la Baltique à la mer Noire.

Nous avons trouvé l'officier qui faisait office de secrétaire pour ce bataillon ; il nous a envoyé des invitations *pro forma* pour nous engager. Nous nous sommes rendus au quartier général du bataillon à Klynove, un village au sud-est de Bakhmout, dans le Donbass. Dans un petit bureau étouffant, au coin d'un vieux bureau métallique, nous avons signé nos contrats avec les Forces armées ukrainiennes. C'était le 17 juillet 2016, la veille de mon vingt et unième anniversaire. C'était presque un second mariage.

Je ne m'attendais pas à être payée pour du volontariat et j'avais été surprise d'apprendre qu'en tant que simples soldats, nous recevions un salaire mensuel de 7 000 hryvnias, environ 165 € au taux de change d'alors. Nous dormions dans des sacs de couchage, au centre communautaire de la ville qui servait de quartier général, avec d'autres soldats. Nous prenions garde à ne pas montrer d'affection en public et, au début, nos camarades ignoraient même que nous étions mariés. Quand nos commandants l'ont appris, ils nous ont proposé une chambre. Illia a refusé : « Nous ne sommes pas venus ici pour vivre ensemble, mais pour combattre ensemble. »

Le commandant du bataillon nous a demandé d'effectuer du travail administratif jusqu'à ce qu'il nous trouve des unités séparées. « Si je voulais être comptable, je pourrais gagner bien plus à Kyiv », avais-je grommelé en privé à Illia. « Sois patiente, avait-il dit. Les officiers nous apprécient. Si nous faisons du bon travail, ça finira par payer. »

Nous avons vécu au quartier général du centre communautaire pendant quelques mois, jusqu'à ce qu'Illia soit transféré dans une unité d'infanterie. Ma demande pour rejoindre une unité de reconnaissance avait été refusée. « Vous êtes une femme, vous n'avez pas votre place là-bas, m'avait dit un officier. Vous avez fait des études universitaires, vous serez plus utile en administration. D'ailleurs, les femmes sont interdites dans les unités de combat. »

Cela allait changer avec la « Loi sur l'égalité des droits et des chances pour les femmes et les hommes pendant le service militaire », pour laquelle j'ai milité avec ardeur avec mes sœurs d'armes de Veteranka.

Pour ma première année dans l'armée, en 2016-2017, j'ai été contrainte de travailler comme secrétaire et comptable. Cela m'exaspérait, mais je n'avais pas le choix. Je réalise aujourd'hui à quel point cela m'a été utile : je sais comment fonctionne « l'armée de papier ». J'ai très vite fait connaissance avec la plupart des membres du bataillon.

Illia était ravi d'être affecté à la Légion géorgienne, une unité au sein du 25e Rus' de Kyiv composée principalement d'exilés géorgiens. Quelques Ukrainiens et d'autres étrangers y servaient aussi : des Arméniens, au moins un Britannique et un Allemand. Tous, y compris mon mari, portaient l'emblème de la Légion : une tête de loup aux crocs découverts et aux yeux rouge sang. Le loup arborait un drapeau géorgien rouge et blanc sur le front comme un bandana.

Le commandant de la Légion était un colosse au nom magnifique, Mamuka Mamoulachvili, connu dans toute l'Ukraine simplement comme Mamuka. « Nous avons été les premiers étrangers à rejoindre l'armée ukrainienne en 2014 », s'était-il vanté un soir devant Illia et moi, autour d'une bouteille de vin. Nous conversions en russe, la seule langue que nous avions en commun. Mamuka avait commencé à combattre les Russes à 14 ans, aux côtés de son père Zurab, ancien général de l'armée géorgienne. « C'est une affaire de famille, comme vous deux ! » nous avait-il lancé.

Mamuka disait que Géorgiens et Ukrainiens se comprenaient, bien que l'Ukraine fût presque neuf fois plus grande que la Géorgie : les deux pays avaient été colonisés par la Russie et avaient déclaré leur indépendance à quelques mois d'intervalle. Nous étions désormais coincés dans la même salle d'attente pour rejoindre l'OTAN et l'Union européenne. La Géorgie avait combattu des séparatistes soutenus par la Russie en 1992-1993, puis à nouveau en 2008 - cette seconde guerre avait été le prélude à nos ennuis.

Le *modus operandi* de Poutine était toujours le même, disait Mamuka : attirer des oligarques et des politiciens russophones avec des promesses d'argent et de pouvoir, les pousser à proclamer l'indépendance pour que la Russie reconnaisse leur pays fantoche. La Géorgie avait perdu ainsi l'Abkhazie et l'Ossétie du Sud - 20 % de son territoire -, et la même chose arrivait à la Crimée et au Donbass ukrainiens. Poutine avait négocié des années avec la Géorgie en toute mauvaise foi sans jamais conclure d'accord, ajoutait Mamuka. Il avait fait de même avec l'Ukraine de 2014 jusqu'à l'invasion de 2022.

*

L'Ukraine s'est portée candidate à l'Union européenne en juin 2022. La Géorgie a suivi en décembre 2023. Cinq mois plus tard, en avril 2024, la police antiémeute à Tbilissi s'est heurtée chaque nuit à des manifestants pro-UE. Ils s'opposaient à la « loi russe », calquée sur une loi moscovite qui voulait classer comme « agents de l'étranger » toute organisation recevant 20 % ou plus de son financement de l'étranger. Cette loi a détruit les ONG prodémocratie en Russie et devait faire de même en Géorgie.

Je pense aux camarades d'Illia dans la Légion géorgienne. Leur pays a subi l'invasion russe et des pertes territoriales avant nous. Ils semblaient répéter notre révolution de Maïdan. Nous tournons en rond, mais, pour moi, la leçon de la Géorgie est que Poutine ne se contentera pas de gains territoriaux : il est déterminé à contrôler la politique de nos pays. Il utilise l'oligarque géorgien Bidzina Ivanichvili comme il a utilisé Medvedtchouk et Ianoukovitch en Ukraine, pour affirmer son influence et éloigner nos pays de l'Occident. Si Poutine n'est pas vaincu en Ukraine, je suis convaincue qu'il tentera à nouveau d'imposer sa volonté à l'ensemble du pays.

Klynove. 2016

L'armée ukrainienne m'avait très peu entraînée. Tout ce que je savais de la guerre, je l'avais appris d'Illia. Comment nettoyer et assembler une arme, choisir l'équipement approprié, me protéger. Nous allions au stand de tir presque tous les jours. Illia m'enseignait les nuances de l'étiquette militaire, comment me comporter dans un environnement masculin. « Ne montre jamais de faiblesse, Pooka. Si tu veux être traitée comme un soldat professionnel, comme une égale, tu dois être meilleure que les hommes. »

Le triptyque allemand « Kinder, Küche und Kirche[1] » lui était étranger. Il ne m'avait jamais dit : « Tu es une femme. Reste à la maison. Cuisine. Fais des enfants. » Il était peut-être mon mentor pour tout ce qui touchait à l'armée, mais notre relation restait d'égal à égale. C'était important pour nous deux de combattre ensemble.

Les autres soldats devaient assurer la garde au quartier général de Klynove. Je demandais pourquoi mon nom n'apparaissait jamais sur la liste. « Parce que tu es une femme », me répondait mon commandant. Je protestais, en vain, et je commençais à remonter la chaîne de commandement. « Je me suis engagée de bonne foi, en tant que citoyenne loyale de l'Ukraine, disais-je à chaque officier. Je mérite d'être traitée à égalité. Je veux monter la garde. »

Je ne sais pas quel officier a cédé, mais un matin, le nom de la soldate Yulia Mykytenko est enfin apparu sur la liste de garde. Cela a été un petit triomphe pour moi, même si les femmes qui sont venues après n'ont jamais su que je leur

1. « Enfants, cuisine, église ».

avais ouvert la voie. Un journaliste de Kyiv a pris l'une des premières photos de moi en uniforme, en service de garde. Je portais un bandeau rouge et je serrais contre moi un fusil. Mes longs cheveux noirs étaient tressés.

En janvier 2024, un ami m'a envoyé la photo d'une série commémorative de six timbres, émise par la poste du Liberia et intitulée « Femmes dans la guerre russo-ukrainienne ». J'ai ri en voyant sur un timbre libérien cette photo de moi, prise huit ans plus tôt, avec mon bandeau rouge. La jeune femme de la photo avait l'air si innocente que j'aurais voulu la saisir, la secouer et lui dire : « Comme tu es stupide et naïve ! » J'étais entrée dans l'armée avec l'idée que tous les guerriers étaient honnêtes et déterminés à défendre la patrie. Les choses ne se sont pas passées comme je le pensais, mais je crois toujours aux guerriers qui servent avec moi en première ligne.

*

J'ai goûté pour la première fois à la réalité de la guerre fin 2016, alors que je travaillais à l'administration du quartier général du bataillon. Les Russes et leurs alliés séparatistes ukrainiens avaient lancé un assaut féroce de cinq jours contre nos forces à Svitlodarsk, une ville du district de Bakhmout. Ils avaient utilisé des missiles Grad, de l'artillerie lourde et des tirs de chars. Près de 3 000 obus avaient été tirés le premier jour. C'était la plus grande bataille depuis cinq mois. Neuf soldats de ma brigade avaient été tués et 35 blessés. Le plus jeune, Mykyta Yarovy, un commandant d'escadron de 21 ans, avait été abattu par un sniper. Sa fiancée était enceinte. Le plus âgé, Volodymyr Adreshkiv, 47 ans, participant actif de Maïdan, laissait derrière lui trois fils.

Je m'occupais des indemnités pour les soldats tués au combat - et c'était pour la plupart des noms et des visages qui m'étaient familiers. Une semaine, j'aidais Adreshkiv à régler un problème de paie. La semaine suivante, je préparais son certificat de décès. À l'époque, l'État versait un million de hryvnias en indemnité de décès - environ 24 000 € au taux d'alors -, répartis à parts égales entre les proches immédiats du soldat.

Illia n'avait pas participé à la première bataille de Svitlodarsk. Quand je lui ai parlé des indemnités de décès, il a dit : « S'il m'arrive quelque chose, je veux que tu prennes tout l'argent. Pas un sou ne doit aller à mes parents. »

Au printemps 2017, notre bataillon a été transféré sur une base d'entraînement près de Kharkiv. Mon commandant, chef des services financiers, était un ivrogne ; il avait oublié de me prévenir. Un peloton de reconnaissance fut le dernier à quitter Klynove. Ses soldats traversaient le village pour s'assurer qu'aucun homme ni aucun matériel n'avait été oublié.

– Qu'est-ce que tu fais ici ? m'avait demandé le sergent-chef du peloton.

C'était un Tatar de Crimée, petit et trapu, aux yeux bridés, connu sous le nom de code de Mongol. Je m'ennuyais à faire de la paperasse à Klynove, et je m'étais liée d'amitié avec des soldats de la reconnaissance qui vivaient dans un bâtiment voisin. Ils m'emmenaient parfois en patrouille.

– Comment ça ? avais-je répondu.

– Tu ne sais pas qu'on a été redéployés ? Tu es la dernière ici, avait dit Mongol.

– Tu veux dire que notre misérable commandant est parti sans moi ?

– On dirait bien !

Nous avions éclaté de rire.

– Dans ce cas, aide-moi avec tout cet équipement, ai-je dit. Nous avions chargé un classeur et un ordinateur de bureau à l'arrière de leur camion militaire GAZ-66 de fabrication soviétique, qui devint plus tard le mien. Le trajet jusqu'à Kharkiv a duré deux jours. Nous étions constamment ensemble, à chercher de la nourriture, à dormir dans des maisons abandonnées de villages détruits, à nous raconter des histoires.

*

J'avais appris qu'en tant que diplômée de l'université, j'avais droit à une formation d'officier à l'Académie nationale des forces terrestres Hetman Petro Sahaïdatchny, à Lviv.

– Excellente idée, m'avait dit Illia. Vas-y, et on pourra créer notre propre unité. On se battra ensemble.

Illia et moi nous parlions tous les jours pendant ma formation à Lviv et à Yavoriv. La situation était relativement calme à l'est, je ne m'inquiétais donc pas pour mon mari. Il prenait le train de nuit pour passer une journée avec moi.

Je suis revenue à Kharkiv en officier commissionnée, lieutenante, et j'ai été affectée au commandement d'un peloton d'infanterie motorisée. Entre-temps, Illia était devenu sergent-chef. Je voulais qu'il soit mon adjoint, non parce qu'il était mon mari, mais parce que c'était un bon sergent. Les supérieurs avaient refusé : on n'autorisait pas un soldat à servir sous les ordres de son conjoint. J'étais déçue, mais je gardais le moral. Mon commandant de compagnie, le capitaine Latysh, me traitait en égale. Je ne sais pas comment il avait reçu le nom de code de « Latysh » - qui signifie

« Letton » -, puisqu'il était ukrainien. Hélas, il est mort plus tard d'un arrêt cardiaque.

Sur la base d'entraînement, Illia vivait avec son peloton, et moi avec le mien, dans la même grande tente que le capitaine Latysh et ses subordonnés. J'étais assidue et Latysh me soutenait. Illia et moi prenions nos repas ensemble à la cantine. Quand notre travail était fini, nous allions nous promener en forêt. C'était presque comme si nous sortions ensemble, comme des ados.

En octobre 2017, le capitaine Latysh m'a appelée dans son bureau.

– Yulia, j'ai besoin d'un commandant pour le peloton de reconnaissance. Le poste est à toi si tu le veux. Ce sera davantage de responsabilité, parce que tu ne dépendras plus directement de moi. Tu auras plus de moyens, et tu devras prendre des initiatives. Le travail impliquera beaucoup de marche et il y aura des escarmouches avec l'ennemi.

Je lui ai dit que j'étais honorée et ai demandé quelques jours pour réfléchir. Je n'avais que 22 ans : seize mois plus tôt, j'étais encore étudiante. Je n'étais pas certaine d'être prête à porter la responsabilité de la vie de 20 hommes sur la ligne de front. Le simple fait que le capitaine me demande si j'étais prête me faisait douter. Avec le recul, j'aurais aimé ignorer tous ceux qui alimentaient mon incertitude en me disant que je manquais d'expérience ; j'aurais accompli davantage. En vérité, je faisais déjà beaucoup de choses correctement.

La rumeur s'est répandue que j'allais être promue à la tête du peloton de reconnaissance, la même unité avec laquelle j'avais voyagé de Klynove à Kharkiv six mois plus tôt. Je voulais croire qu'ils accueilleraient favorablement ma nomination, mais je savais combien les soldats pouvaient être machos, et j'entendais dire qu'ils résisteraient à l'idée d'être commandés par une jeune femme. Mongol était dans la cinquantaine et avait plusieurs enfants, dont certains plus âgés que moi ; d'autres commandants étaient sceptiques, voire hostiles. Je connaissais l'ambiance de l'unité et je me préparais à affronter l'opposition.

Illia et moi en avions parlé, et il m'a assuré qu'il m'aiderait, que je ferais une excellente cheffe de peloton de reconnaissance. Il avait un ami dans un peloton d'infanterie - un grand Ukrainien, bâti comme un athlète, connu sous le nom de code de « Sportik » - qui avait accepté d'être transféré dans mon peloton pour me soutenir moralement.

L'armée ukrainienne n'était pas diplomate. On disait parfois qu'elle était « anarchique et fougueuse ». Les bagarres et les coups de poing n'étaient pas rares. Les bataillons de volontaires comme le nôtre manquaient de la discipline rigide de professionnels habitués à une vie entière de subordination. Quand j'ai dit au capitaine Latysh que je voulais le poste, je savais que des défis m'attendaient : le premier était d'annoncer la nouvelle à mon peloton. Cela saperait évidemment mon autorité si mon mari m'accompagnait. Sportik s'est proposé pour m'escorter jusqu'à leur tente. J'allais leur présenter un nouveau camarade.

Un soir, après la cantine, Sportik et moi sommes entrés dans la tente de l'unité de reconnaissance. Certains soldats étaient en permission ; une dizaine étaient présents.

– Entrez. Asseyez-vous, lieutenante, a dit Mongol en désignant un lit de camp.

Nous nous sommes assis. Mongol et deux autres soldats, connus sous les noms de code Apostle et Fedot, se sont installés sur le lit en face. Les autres restaient en retrait, debout ou assis, mais nous fixant et écoutant attentivement.

– J'ai été nommée à la tête du peloton de reconnaissance, leur ai-je dit. Je veux votre pleine coopération. Je sais qu'il y a des choses que j'ignore : je suis prête à apprendre de vous. Je souhaite un dialogue.

– Toi ? Tu n'y connais rien en reconnaissance ! a ricané Apostle.

La trentaine, cheveux noirs, il jouissait d'une certaine autorité morale, car il servait dans le peloton depuis le début de la guerre, trois ans et demi plus tôt.

– J'ai fait de la recherche et de l'analyse militaires pour le SBU en 2013 et 2014, quand j'étais à l'université, ai-je dit.

J'ai aussitôt regretté cette justification, qui montrait ma faiblesse.

– « Quand j'étais à l'université... », a-t-il mimé d'une voix aiguë et geignarde.

C'était une erreur de leur rappeler que j'avais fait des études supérieures et pas eux.

– Toi ? Travailler pour le SBU ? Pour qui ? Qui était ton supérieur ? Je n'y crois pas ! a continué Apostle, en postillonnant.

À côté de moi, Sportik s'est tendu et j'ai craint qu'ils n'en viennent aux mains. Je le voyais jauger Mongol, Apostle et Fedot, ainsi que ceux qui restaient en retrait. Fedot, grand rouquin rusé de Kherson, suivait le troupeau ; il irait où le vent soufflerait.

– Tout est secret au SBU. Je ne peux rien vous en dire, ai-je répondu.

Moi aussi, j'évaluais l'alignement. À deux, nous ne ferions pas le poids contre dix. Je voulais désamorcer ce conflit sans perdre la face.

– Ma décision est prise. Je commanderai ce peloton, ai-je dit fermement en fixant Apostle. Je pourrais te sanctionner pour insubordination, mais je ne le ferai pas. Je vous donne à tous un jour ou deux pour y réfléchir. Si vous ne voulez pas servir sous mon commandement, vous n'y êtes pas obligés. Si vous voulez être transférés dans d'autres unités, vous le pouvez. Cela vaut pour vous tous.

Seize des 20 hommes de mon peloton sont partis dans d'autres unités, même si certains, dont Mongol et Fedot, ont demandé à revenir quelques mois plus tard. Par pure mesquinerie, ils avaient emporté presque tout notre équipement, y compris les outils et les objets ménagers. Il ne me restait que mon fusil d'assaut, un véhicule de combat chenillé BMP et le camion GAZ-66 avec lequel j'avais voyagé depuis Klynove. Le BMP et le GAZ-66 étaient en panne et nécessitaient de lourdes réparations.

J'étais dévastée, d'autant plus que je connaissais tout le peloton et que je les considérais comme des amis et des frères d'armes. Mais, dès que j'avais franchi leur territoire masculin, j'avais été cataloguée comme non professionnelle et indigne. S'ils avaient décidé après quelques semaines ou quelques mois qu'ils ne voulaient pas servir avec moi, je l'aurais peut-être accepté. Mais ils avaient supposé que la place d'une femme était dans les bureaux. Ils ne m'avaient même pas laissé une chance.

Cela a été la plus grande crise de ma carrière militaire. Quand Illia et moi en avons discuté, j'étais déterminée à garder mon sang-froid. Je craignais qu'il me respecte moins si je m'effondrais.

– Les salauds, ai-je dit. Tu te rends compte, un sexisme aussi flagrant, en pleine guerre, en 2017 ?

– Oublie, Pooka. Ils ne méritent pas de travailler avec toi. Tu feras mieux de trouver d'autres soldats.

*

Pendant les deux premiers mois, je n'avais que 4 hommes dans un peloton censé en compter 20 : 2 amis d'Illia et 2 pilotes de drones que j'avais recrutés. Les drones n'étaient pas encore largement utilisés pour la reconnaissance, mais je sentais à quel point ils allaient devenir essentiels. Je pensais que le manque d'effectifs, à commencer par ma propre unité, ne pouvait être compensée que par la technologie. Les effectifs de mon peloton augmentèrent peu à peu, pour atteindre un maximum de 15 hommes. Je n'ai jamais oublié la défection massive des soldats à l'idée d'être sous mon commandement, ni le soutien d'Illia quand j'en avais eu le plus besoin.

*

Un an après avoir traité les indemnités de décès des soldats tués lors de la bataille de Svitlodarsk, la ville est redevenue un point chaud. Notre bataillon est renvoyé dans ce qu'on appelait désormais le saillant de Svitlodarsk, un croissant de territoire qui s'avance au sud-est depuis Bakhmout et Svitlodarsk vers Debaltseve, que nous avions perdue en 2015 au profit des mercenaires de Wagner et des séparatistes prorusses.

Mon peloton de reconnaissance tenait un avant-poste en haut d'une colline, avec une vue plongeante sur le saillant de Svitlodarsk. Plus tard, quand nous aurions des drones, être sur une éminence deviendrait un désavantage, car cela ferait de nous une cible facile pour l'artillerie ; mais avant les drones, nous avions juste nos yeux.

Notre position comprenait un abri assez grand pour deux personnes, relié par une tranchée à un trou d'homme[1] au point culminant, d'où nous surveillions les mouvements ennemis avec des jumelles et des appareils de vision nocturne. D'ordinaire, un soldat se reposait pendant que l'autre montait la garde.

Comme je n'avais que 4 hommes, il m'arrivait de les remplacer à l'avant-poste pour la nuit afin qu'ils puissent rentrer à la base. Cet avant-poste aurait dû être tenu par deux soldats, mais j'aimais être seule sur le flanc de la colline, et les hommes m'étaient reconnaissants de souffler un peu.

Nous ne pouvions pas acheminer de véhicules jusqu'à l'avant-poste, trop exposé aux tirs ennemis, alors nous parcourions 3 ou 4 kilomètres à pied, souvent avec des munitions et des rations dans nos sacs. Un soir d'hiver, j'y suis allée tôt pour relever mes deux soldats, qui promettaient de revenir à 7 heures du matin. La neige couvrait le sol et une pluie glacée tombait. J'étais trempée en arrivant. L'abri était couvert de bois et de plusieurs couches de feuillage ; il était sec et étonnamment chaud. J'ai fait du thé dans une tasse en aluminium, sur un réchaud de campagne.

Chaque heure, je me frayais un passage par la tranchée jusqu'au poste d'observation - en réalité un simple trou d'homme au point le plus élevé. De là, je rendais compte par talkie-walkie au quartier général du bataillon, à 10 ou 15 kilomètres. Dans notre code, 4-5-0 signifiait « calme », 4-5-1,

1. Pour se mettre à l'abri ou pour tirer, l'armée ukrainienne privilégie des tranchées recouvertes par de la végétation plutôt que les simples trous de la taille d'un seul homme. En anglais, on distingue le « *dugout* », aménagé et habité par plusieurs soldats, et le « *foxhole* » (trou d'homme), qui ne peut abriter qu'un ou deux hommes et qui n'est pas recouvert.

« tirs d'armes légères », 4-5-2, « mortiers ou grenades », et 4-5-3, « artillerie lourde ».

Peu après 22 heures, j'ai entendu un tir. Il ne nous était pas destiné, mais il était proche. Depuis le poste d'observation, j'ai aperçu dans l'obscurité les gerbes lumineuses d'une mitrailleuse et prononcé à la radio : « 4-5-1. » J'ai déterminé l'emplacement de la mitrailleuse pour que le QG puisse diriger des tirs de mortier depuis une position d'infanterie. J'ai fait l'observatrice, donnant « dix mètres à gauche, trente mètres à droite » sur la fréquence. La mitrailleuse a fini par cesser de tirer sur nos positions. Nos mortiers l'avaient peut-être touchée.

J'étais encore dans le trou d'homme, plus exposé que l'abri, quand j'ai entendu de violentes explosions, tout près : des mortiers et des lance-grenades venus des lignes russes. Ils avaient repéré ma position et voulaient la détruire. « 4-5-2. 4-5-2 », ai-je répété à la radio. J'étais sous les obus.

Le quartier général voulait savoir d'où venait le tir pour lancer une contre-batterie. Mais les explosions étaient quasi continues, et je ne pouvais pas en déterminer l'origine, clouée sous le feu. J'ai essayé d'en deviner la direction approximative. Les tirs ne cessaient pas.

Le bombardement a duré moins d'une heure, mais cela a été l'une des heures les plus longues et les plus assourdissantes de ma vie. Dans ma tête, je m'étais scindée en deux. Une Yulia rationnelle, presque robotique, tentait d'identifier la source des tirs et de maintenir le contact radio avec le QG ; l'autre Yulia, bien humaine, enregistrait les détonations tout autour, savait que du fer chauffé au rouge passait au-dessus d'elle, et que si elle ne s'accroupissait pas au fond du trou d'homme, il lui entaillerait la chair comme du beurre. Tout ce que j'avais accumulé sur les armes, la stratégie, la politique et l'histoire russes et ukrainiennes s'était évanoui en un instant. Je n'étais plus qu'une créature démunie, tourmentée par des furies vengeresses, obsédée par l'idée que si j'étais tuée ou blessée, personne ne viendrait me secourir ni récupérer mon corps.

*

Le nom *Svitlodarsk* signifie « don de lumière » en ukrainien, à cause de la grande centrale électrique de la ville. Il est devenu pour moi un mot sinistre. Je songeais aux soldats dont j'avais enregistré les décès l'année précédente. Ou à cette épreuve au sommet de la colline. « Svit », comme « gorge tranchée ». « Darsk », comme Dark Vador.

Mes camarades sont arrivés tôt le lendemain matin et ont découvert la terre retournée autour de notre position. Au fond d'un large cratère, à quelques mètres de mon trou d'homme, j'ai trouvé l'étui d'un obus de mortier de 82 mm qui avait explosé. J'avais frôlé la mort.

Cette nuit-là à Svitlodarsk a fait une exception à la poussée d'adrénaline presque agréable que procurait d'ordinaire le fait d'être sous les obus. Le temps soudain s'accélérait ; mon sort tenait à un fil. J'avais l'impression de jouer ma vie à quitte ou double : à qui le tour ? Le plus terrifiant restait le bombardement aérien. Avec l'artillerie, on entend l'obus, on devine à peu près où il éclatera, on a le temps de se mettre à l'abri. Avec un chasseur-bombardier, on n'entend pas la roquette ou le missile qui vous frappe. Même quand les jets volent très bas, tout près de la ligne de front, on ne dispose que d'une fraction de seconde avant l'explosion.

*

Les accords de Minsk avaient engendré toutes sortes d'ententes « entre gentlemen », si l'on peut dire cela en temps de guerre. Ils nous avaient empêchés d'employer toute notre force pour éliminer l'ennemi. La guerre était plus féroce cette fois-ci. Naguère, nous connaissions bien les lignes de front de l'autre. Nous pouvions voir les blindés adverses, mais, en général, nous ne tirions pas dessus. Depuis 2022, dès qu'un véhicule est détecté, il est détruit. En avril 2024, le général Yurii Sodol, commandant des forces ukrainiennes à l'Est, a indiqué aux parlementaires qu'un véhicule blindé serait pris pour cible et détruit dans les trente minutes après son arrivée à l'avant de la ligne de front.

Sous les accords de Minsk, nous ne menions pas de frappes préventives, mais répondions dès que l'ennemi ouvrait le feu. Les deux camps observaient un cessez-le-feu à partir de minuit, la nuit du Nouvel An, jusqu'à l'aube. Moscou étant dans un autre fuseau, leur minuit tombait une heure avant le nôtre : ils marquaient le début du cessez-le-feu par des gerbes de balles traçantes rouges à 23 heures, heure d'Ukraine.

Les hivers dans le Donbass descendent souvent sous zéro et, des deux côtés, les troupes coupaient du bois pour se chauffer. Au début des combats, il existait un accord tacite : les snipers russes et ukrainiens ne tiraient pas sur les soldats qui coupaient du bois pour se réchauffer. En dépit de ces petites politesses, 14 500 personnes ont été tuées dans le Donbass entre 2014 et 2022. Depuis l'invasion à grande échelle, tout soldat à portée d'une arme est voué à être abattu.

*

Fin janvier 2018, Illia et moi avons synchronisé des permissions de vingt-quatre heures. Nous n'étions plus stationnés sur la même base et nous nous manquions. Mais nous n'avions pas le temps d'aller plus loin que Svitlodarsk. Avec sa centrale au charbon et au gaz, et l'une des cheminées les plus hautes d'Ukraine, Svitlodarsk avait toujours été un endroit morne. Des 11 000 habitants d'avant-guerre, la plupart avaient fui. Pas de restaurants, pas de cafés, pas de jolies promenades. Nous nous sommes enregistrés dans l'unique hôtel de la ville, de style soviétique, ironiquement baptisé « Mir » - « paix ». On nous a donné la « suite familiale » : deux pièces infestées de cafards, papier peint moisi et lits jumeaux en métal rouillé et aux ressorts cassés. Nous avons acheté des fruits, du pain, du fromage et des saucisses au supermarché local, et nous nous sommes retirés dans notre chambre.

L'hôtel était affreux, mais il faisait chaud et il y avait un peu d'eau. J'étais avec mon mari qui m'aimait. Je me suis dit qu'il ne fallait rien de plus pour être heureuse.

J'ai raconté à Illia ma nuit d'effroi au poste d'observation voisin. Il secouait la tête devant ma folie d'y être allée seule, puis m'a régalée de son dernier exploit.

– Il y a trois semaines, un camarade et moi avions soif d'aventure. Une mitrailleuse russe PKM, sur la ligne de front, harcelait notre unité. Elle avait blessé plusieurs des nôtres. On a tiré des obus et des mortiers dessus, mais l'emplacement était niché dans une anfractuosité, impossible à atteindre. Alors, une nuit, on a décidé de la voler.

– Vous avez volé une mitrailleuse russe ?

– Oui.

– Il y a eu des morts ou des blessés ?

– On n'a pas eu une égratignure, mais je ne peux pas en dire autant des Russes. On a rampé les cent derniers mètres dans les fourrés gelés, à 3 heures du matin. Leur sentinelle s'était endormie. On a lancé des grenades sur les Russes et, dans la panique, on a saisi la mitrailleuse et filé comme des dératés vers nos lignes. Maintenant, on utilise la PKM contre eux.

Illia est passé rapidement sur les pertes ennemies. Il riait.

– Mon mari est un casse-cou, ai-je dit. Pourquoi c'est toujours toi qui t'amuses ? Tu aurais dû m'emmener.

– D'accord, a-t-il répondu. La prochaine fois, je t'emmènerai. On volera un véhicule de combat d'infanterie.

Dès mon retour au peloton, je me suis mise à collecter des données sur les BTR ennemis (véhicules blindés de transport de troupes) dans la zone de Svitlodarsk. Nous avons choisi deux complices pour le raid que nous préparions, que j'imaginais comme mon fait d'armes le plus audacieux - une histoire à raconter plus tard à nos enfants.

Illia a abordé le sujet avec le commandant du bataillon. « À strictement parler, c'est contraire au règlement », a-t-il répondu. Mais il fermerait les yeux et nous souhaiterait bonne chance. Si nous réussissions, nous serions récompensés. Si nous échouions, il dirait qu'il n'était au courant de rien.

Notre raid n'aurait jamais lieu.

*

Je ne dormais pas cette nuit-là à l'hôtel Mir, ruminant les derniers événements et notre nouveau plan. Le matelas bosselé et les ressorts qui piquaient n'aidaient pas. Illia a proposé de me raconter une autre histoire.

– Odin était le chef de tous les dieux vikings, a commencé mon mari. Il vivait dans une tour d'argent avec ses corbeaux de reconnaissance, Hugin et Munin. Ils volaient partout dans le monde comme des drones, puis revenaient au QG, à Valhalla. Hugin incarnait la pensée et se perchait sur l'épaule gauche d'Odin ; Munin représentait la mémoire et se perchait sur la droite. Les corbeaux murmuraient ce qu'ils avaient vu à l'oreille du Père de Tout. Pour ses expéditions, Odin utilisait un cheval à huit pattes nommé Sleipnir comme véhicule blindé de transport de troupes. Ses loups, Geri et Freki, ressemblaient au loup de l'emblème de la Légion géorgienne. Odin voyait tout, savait tout. Il avait donné un de ses yeux à Mímir, le gardien du puits Mímisbrunnr, pour en boire l'eau. Ainsi, tout ce qui était caché lui était révélé. Il s'était pendu à Yggdrasil, l'arbre de vie, neuf jours et neuf nuits, afin de visiter d'autres mondes et de déchiffrer le langage secret des runes. Odin guérissait les malades et apaisait les tempêtes. Il ensorcelait les femmes pour qu'elles tombent amoureuses de lui. Il pouvait prendre l'apparence de n'importe quel animal ou de n'importe quelle personne. La moitié des guerriers morts au combat vont à Valhalla, où ils mangent et boivent de l'hydromel et du vin avec Odin, a continué Illia. Si jamais il m'arrivait quelque chose, ma Pooka, sache que je rirai et festoierai avec Odin et les guerriers.

Illia voulait être drôle, mais c'était sérieux aussi. Nous étions entourés de morts violentes : l'idée d'une vie après la mort devenait attirante.

J'ai pris une photo d'Illia de biais. Il était allongé sur le lit ; on voyait son torse nu au premier plan. Sa barbe de Viking, touffue, remplissait une bonne partie du cadre. Ses yeux fixaient le plafond. L'horodatage sur mon téléphone indique que nous avons passé notre dernière nuit ensemble le 27 janvier 2018.

Saillant de Svitlodarsk. 22 février 2018

Trois semaines plus tard, les combats ont repris autour de Svitlodarsk. L'unité d'Illia était dans le secteur. J'ai demandé à mes pilotes de drones de reconnaître la zone et étudié leurs images pour résumer les mouvements ennemis. J'entendais sur la fréquence du bataillon qu'un bombardement entre Svitlodarsk et Louhansk avait blessé deux de nos soldats. On ne donnait ni noms ni pseudonymes à la radio, mais, sans savoir pourquoi, je pensais à Illia. J'ai regardé sur WhatsApp quand il avait consulté son téléphone pour la dernière fois.

« Ça va ? » ai-je envoyé à mon mari. Pas de réponse.

J'ai contacté l'ingénieure en communications. « C'est Illia, ton gars ? » a-t-elle demandé. L'un des hommes de mon peloton s'appelait aussi Illia, et je n'étais pas sûre de qui elle parlait. « Quel Illia ? »

Illia Serbin, mon mari, avait bien reçu un éclat dans la poitrine. « Prie pour lui », dit l'ingénieure.

J'ai couru chez l'officier commandant, cantonné dans un bâtiment voisin.

– Je dois y aller, tout de suite. Donnez-moi un véhicule. Blindé ou pas, peu importe. Je dois les sauver.

– Calmez-vous, lieutenante, a répondu l'officier d'une voix lasse et condescendante. Le peloton est cloué sous le feu. Je ne peux pas risquer un véhicule et un médecin tant que ça ne se calme pas. Avez-vous oublié que nous avons perdu une femme médecin et une ambulance près de Svitlodarsk le mois dernier ?

Mila, mon amie proche et médecin dans ma compagnie, avait entendu et s'est précipitée dans le bureau.

– S'il vous plaît, capitaine. C'est le mari de Yulia. Laissez-moi prendre un Humvee ou un BTR. Laissez-moi y aller tout de suite.

– J'ai dit non, a tranché le commandant, agacé.

Mila et moi avons échangé un regard désespéré avant de quitter la pièce.

Un véhicule a fini par partir, mais il est tombé en panne ; un second a été envoyé. Le sauvetage a pris deux heures. J'attendais à la clinique de Svitlodarsk. L'intervention a duré des heures, jusqu'à 22 heures ou minuit. Le temps se disloquait. Mon cerveau brûlait. Illia m'accueillait chez Tamara. Illia me faisait signe à la gare de Kyiv, scellait nos fiançailles avec la bague de ma grand-mère, me faisait l'amour dans notre cabane de lune de miel, m'apprenait à tirer... Il ne pouvait pas mourir. Il ne devait pas. S'il vous plaît, mon Dieu, ne le laissez pas mourir.

La médecin-cheffe est entrée dans la salle d'attente. Elle m'a regardée et j'ai su que mon mari était mort. Je le savais et ne le savais pas. Je me suis assise et ai tenté de raisonner. Il y avait deux blessés. La médecin s'était trompée. C'était l'autre qui était mort. Il restait un soldat vivant sur la table d'opération. Ce devait être Illia. Il devait survivre.

J'ai demandé à voir Illia avant qu'on ne l'emmène à la morgue. J'ai relevé le sac plastique noir. Ses yeux étaient clos. Il avait une entaille au menton et un tube de trachéotomie planté en haut de la poitrine. J'étais sidérée de voir mon mari, si fort et athlétique, ainsi nu et impuissant. Il avait été mon roc - une cascade me couvrant de vagues d'amour et de compréhension. J'ai glissé son alliance hors de son doigt et l'ai serré contre moi. Un aide-soignant se tenait à quelques pas, apparemment indifférent à mes sanglots. Quand j'ai eu fini, il a rabattu le sac noir sur la tête d'Illia et poussé le brancard dans le couloir.

Trois ans plus tôt, un fil invisible avait tiré sur mon cœur quand Illia Serbin était monté dans le train à Kyiv. Maintenant, j'imaginais ma propre poitrine éventrée, en miroir de la blessure de mon mari. Mon cœur arraché de sa cavité et jeté dans le sac noir à côté de celui d'Illia. Ma vie s'éloignant sur un chariot cliquetant.

Deux jours plus tard, un cercueil arrivait chez Tamara, près de Kyiv. Le thanatopracteur avait recousu la plaie d'Illia et l'avait revêtu de son uniforme. Son visage paraissait paisible. Il avait même un léger sourire. Mais l'image de lui, blessé et sans défense sur le brancard d'hôpital, me hantera toujours.

J'aurais dû désobéir, réquisitionner un véhicule, aller le sauver. Je n'ai rien fait. Lui, il serait venu me chercher sur le champ de bataille. Il m'aurait sauvée. C'est ma faute s'il est mort.

Les funérailles à Kyiv étaient bondées de soldats en uniforme, beaucoup de la Légion géorgienne. Les parents d'Illia ne savaient même pas où il servait, mais l'armée les avait prévenus, et ils sont venus. Je ne les avais vus qu'une fois. Illia était si mal à l'aise qu'il avait écourté la visite. Son père a insisté pour prononcer un discours stupide sur une guerre « politique ». Ils ont exigé les deux tiers des indemnités de décès d'Illia - qu'ils ont reçus -, contrairement à sa volonté.

Les camarades d'Illia ont commandé une plaque de bronze pour marquer l'endroit où il avait été mortellement blessé. Leur geste me touchait, mais je craignais que les Russes ne s'emparent du secteur ; je ne supportais pas l'idée qu'ils vandalisent la plaque ou urinent dessus. En 2020, j'ai demandé aux camarades de me l'envoyer. Je l'ai placée sous le noyer du jardin de Baba Lyuba - planté le jour de ma naissance -, là même où Illia et moi avions décidé de nous porter volontaires pour l'armée. Les Russes ont pris Svitlodarsk au printemps 2022, et l'occupent toujours.

J'ai fait crématiser Illia et emporté ses cendres à Marioupol, où il avait été heureux lors de son premier service. Son meilleur ami, Javier - le médecin-qui-tue-les-chats -, m'a rejointe à la gare. Nous avons dispersé ses cendres sur des rochers gris, au bord de la mer, près de Shyrokyne, où Illia avait servi.

*

Pendant les huit premiers mois qui ont suivi l'invasion de 2022, je n'ai eu ni le temps ni l'énergie de lire. À présent, je lis autant que possible : j'ai peur que mon cerveau ne ramollisse en zone de combat. Je dévore des fictions contemporaines, des romans policiers, des classiques ukrainiens. Javier et moi restons en contact en nous envoyant des photos des couvertures des livres que nous lisons.

Les romans d'*Harry Potter* ont le plus marqué mon enfance - et celle de ma génération. Depuis la mort d'Illia, je pense souvent à la scène où Dumbledore, le directeur de Poudlard, découvre le secret amour du professeur Rogue pour Lily, la mère de Harry, morte depuis des années.

Dans *Harry Potter*, quand on aime vraiment quelqu'un, on partage son Patronus, une aura animale unique et protectrice. Tandis que Dumbledore et Rogue se disputent l'avenir de Harry, une biche argentée, luminescente, traverse la pièce et les murs, et Dumbledore s'exclame, incrédule :

– Lily - après tout ce temps ?

– Toujours, répond Rogue.

Lily en avait épousé un autre - le père de Harry. Dix-sept ans avaient passé depuis sa mort. Rogue avait protégé Harry discrètement parce qu'il aimait encore sa mère. « Toujours » est un mot-clé dans *Harry Potter et les Reliques de la mort*, et il est devenu le mot-clé de ma vie. Quand on aime vraiment quelqu'un, on l'aime pour toujours.

Illia Serbin était l'homme le plus gentil, le plus intelligent et le plus digne que j'aie connu. Il m'a appris ce que peut être une vraie relation entre un homme et une femme : l'égalité des partenaires. Il m'a montré ce que signifiait être un vrai guerrier.

Je n'ai rêvé de lui qu'une seule fois après sa mort. Nous étions dans un hangar rempli de pneus et d'équipement, sur sa base près de Marioupol. Il portait un survêtement et fumait la pipe. Il s'est assis près de moi et m'a dit qu'il ne m'aimait plus.

– C'est un mensonge. Je ne te crois pas... Je peux venir avec toi ? ai-je demandé.

– Non, Pooka, c'est trop tôt. Tu ne peux pas, a-t-il répondu.

Puis mon mari s'est levé et s'est éloigné.

Je crois que ce rêve signifiait qu'Illia voulait que je le laisse partir, que je vive sans lui. La nuit, je prie pour qu'il me revienne en rêve, mais il ne revient pas. Je me console en pensant qu'il mange, boit et rit avec Odin à Valhalla.

CHAPITRE IX

Sœurs d'armes

Les récits des femmes ne contiennent rien ou presque rien de ce dont nous entendons parler sans fin [...], à savoir comment certains gens en ont tué héroïquement d'autres et ont vaincu. Ou bien ont perdu. Les récits de femmes sont d'une autre nature et traitent d'un autre sujet. La guerre "féminine" possède ses propres couleurs, ses propres odeurs, son propre éclairage et son propre espace de sentiments. Ses propres mots enfin. On n'y trouve ni héros ni exploits incroyables, mais simplement des individus absorbés par une inhumaine besogne humaine.

Svetlana ALEXIEVITCH,
La guerre n'a pas un visage de femme.

**Terrain d'entraînement
dans l'oblast de Kharkiv. Mai 2018**

L'armée avait reçu une subvention de l'OTAN pour mieux former les volontaires. Le commandant du bataillon, un lieutenant-colonel, avait convoqué les commandants d'unité à la dernière minute, afin de désigner ceux qui auraient la chance de participer à un cours sur de nouveaux systèmes d'armes. Assister à des réunions d'état-major avec les supérieurs figurait parmi les tâches que j'aimais le moins en tant qu'officière – je supportais mal la bureaucratie. Comme d'habitude, j'étais la seule femme à la réunion. Nous étions assis autour d'une table, dans une salle de conférence d'un bâtiment préfabriqué. On a rarement l'occasion d'exprimer des griefs dans l'armée, alors j'avais préparé mon intervention...

– Colonel, je serais ravie de discuter avec vous des candidats au programme de formation, une fois que mes hommes auront pu se reposer. J'ai demandé à plusieurs reprises l'autorisation de leur accorder une courte pause, mais je n'ai reçu aucune réponse. Il faudrait que nous remédions au manque de rotation et de congés en général.

Un silence gêné s'est installé.

– Lieutenante, ce n'est pas le sujet de la réunion d'aujourd'hui.

– Je le sais, colonel. Mais les canaux habituels de communication ne semblent pas fonctionner.

– Les Forces armées ukrainiennes manquent de personnel. Dois-je vous rappeler que nous sommes en guerre avec la Russie ? Les rotations et les congés sont accordés au cas par cas.

– Colonel, les hommes de mon peloton n'ont pas eu un seul jour de repos depuis des mois. Le moral est au plus bas. Ils ont besoin de voir leur famille. Après tout, c'est pour cela qu'ils sont dans l'armée : pour protéger leur famille.

L'armée est une institution, et les institutions n'ont pas de sentiments. Le manque de repos et de loisirs était un problème chronique, qui allait s'aggraver encore pendant l'invasion à grande échelle. Je pensais que l'armée saurait apprécier l'attention que je portais aux besoins de mes soldats, mais le lieutenant-colonel ne le voyait pas ainsi.

– C'est moi qui juge du moral dans mon bataillon, a-t-il dit.

Avant de marmonner :

– Quant à vous, ce qu'il vous faut, c'est surtout un homme.

Je ne pouvais pas croire qu'il ait dit cela. Je ne m'étais pas remise de la mort d'Illia, et la phrase m'a heurtée comme un coup de poing en plein visage. « Reste calme. Ne montre jamais ta faiblesse », j'entendais Illia murmurer à mon oreille. J'avais envie de pleurer et de crier en même temps, mais je suis parvenue à dire ce que je devais dire.

– Colonel, c'est la remarque la plus dégueulasse et la plus sexiste que j'aie jamais entendue.

J'ai résisté à l'envie de quitter la réunion en claquant la porte. *Tiens bon. Rien ne lui ferait plus plaisir que de te voir partir*. Le colonel est passé à l'officier suivant. À la fin de la réunion, plusieurs de mes collègues m'ont dit que c'était un porc. Ils se sont excusés, comme s'ils étaient collectivement responsables du sexisme dans l'armée.

*

Il fallut près de six ans pour que l'armée aborde sérieusement le problème que j'avais soulevé à maintes reprises. Le 14 mars 2024, le colonel-général Oleksandr Syrskyï, commandant en chef des Forces armées d'Ukraine, annonça enfin sur sa page Facebook : « Malgré la situation assez difficile sur toute la ligne de front, nous avons réussi à lancer le processus de rotation et de remplacement des bataillons et unités qui accomplissent des missions de combat sur la ligne de front depuis longtemps. Cela nous permettra de stabiliser la situation et d'influer positivement sur l'état moral et psychologique de nos soldats. »

*

Depuis la mort d'Illia, je ne me sentais plus à ma place avec le même bataillon dans le Donbass. J'ai demandé un transfert à Kyiv pour pouvoir vivre avec Tamara et, je l'espérais, mettre de l'ordre dans mes projets. On a fini par me proposer un poste de superviseure au lycée militaire Ivan-Bohun. Des cadettes devaient être admises pour la première fois à l'automne, et le directeur voulait que je m'en occupe, en plus de mes autres fonctions d'administratrice.

Quand je suis arrivée là-bas, le personnel du lycée discutait de l'arrivée imminente de 25 adolescentes de 15 et 16 ans, lors d'une réunion de fin d'été.

– Comment allons-nous les intégrer au corps étudiant ? a demandé le directeur, un général de division.

Le lycée était prestigieux. J'y ai passé trois années, où j'ai entendu beaucoup de rumeurs sur des pots-de-vin. De nombreux élèves venaient de familles de militaires.

Le directeur a d'abord proposé de répartir les filles uniformément dans les classes jusqu'alors entièrement masculines. « Vous ne pouvez pas mettre des garçons et des filles ensemble ! s'opposait un instructeur, officier de l'armée. Ce sont des adolescents. Leurs hormones sont en ébullition. Les filles vont distraire les garçons de leurs études. Ils vont se bécoter dans les tranchées pendant les jeux de guerre. Des filles tomberont enceintes et les parents rendront l'école responsable. Pensez au procès. »

Encore une fois, je n'en ai pas cru mes oreilles. Et ce n'était pas fini.

« Je ne sais pas pourquoi on a laissé entrer des filles, de toute façon, déclarait l'un des instructeurs les plus âgés. L'armée n'est pas un endroit pour les femmes. Tout le monde sait que, par tradition, les cadets[1] doivent être des garçons. »

*

Personne ne m'a regardée pendant la discussion. C'était comme si j'étais devenue invisible, et je pensais au bien nommé Invisible Battalion, le groupe de défense des droits des femmes avec lequel je travaillais sur mon temps libre. Quelques femmes ukrainiennes avaient produit un documentaire du même nom. Nous le projetions dans des villes et des bourgs de tout le pays, puis je discutais avec le public et les médias en tant que vétérane de la guerre du Donbass. Le film racontait l'histoire de 6 femmes dans la zone de

1. Élèves militaires.

combat : des infirmières, une tireuse d'élite et une soldate d'assaut, Andriana Arekhta. Elle et moi, nous sommes devenues amies grâce à ce projet, et grâce à Veteranka, le groupe de vétéranes qu'elle avait cofondé en 2015.

Pendant son temps dans le Donbass, Andriana était inscrite dans les registres de l'armée comme « couturière », parce que la loi interdisait aux femmes d'occuper des postes de combat. D'autres combattantes étaient répertoriées comme cuisinières, femmes de ménage ou comptables. En conséquence, elles et leurs familles n'avaient droit à aucune indemnité en cas de mort ou de blessure, ni aux prestations habituelles des anciens combattants. Andriana, moi et nos sœurs d'Invisible Battalion avions rencontré des membres de la Verkhovna Rada pour les exhorter à voter les « Amendements 2018 à certaines lois d'Ukraine garantissant l'égalité des droits et des chances pour les femmes et les hommes pendant le service militaire ». Nous leur disions que la guerre n'avait pas de genre, et qu'il était honteux de traiter ainsi les femmes soldats. La législation qu'ils approuvèrent ouvrit 63 postes de combat aux femmes.

Pour parvenir à une véritable égalité dans les forces armées, il nous faudra mener bien d'autres campagnes après cette guerre. Nous pourrons faire valoir que 5 000 des 62 000 femmes ukrainiennes au sein de l'armée et du ministère de la Défense ont servi dans des postes de combat. Cela ne représente peut-être qu'une infime fraction du près d'un million de soldats des Forces armées d'Ukraine, mais notre contribution mérite d'être reconnue.

Andriana était la seule Ukrainienne à avoir participé à un groupe d'assaut. Elle avait douze ans de plus que moi, mais nous avions beaucoup en commun. Plus jeune, Andriana voulait être traductrice de l'anglais. Elle avait obtenu un master en administration publique à l'Académie Kyiv-Mohyla, où j'avais fait ma licence. Comme moi, elle avait participé à la révolution du Maïdan.

Bien que j'aie été soldate la majeure partie de ma vie d'adulte et que j'aie passé des années en zone de combat, je ne m'étais jamais retrouvée face à face avec l'ennemi sur le champ de bataille, hormis ceux que nous avions faits prisonniers. C'était le seul aspect de la guerre que je n'avais pas encore vécu, et je voulais le vivre au moins une fois. Je n'oublierai jamais l'histoire qu'Andriana m'avait racontée avant l'invasion de 2022.

« Quand la guerre a commencé en 2014, j'ai demandé à rejoindre le bataillon Aidar. Il y avait si peu de femmes soldats que l'armée n'avait pas de bottes à leur taille ; alors j'ai porté des baskets pour aller au combat. Mon baptême du feu, ce fut l'assaut d'un village dans l'oblast de Louhansk. Au cours de l'assaut, je me suis retrouvée face à un soldat russe. Je tirais depuis l'angle d'un bâtiment, et il était à environ cinq mètres. Nos regards se sont croisés. Nous nous sommes mis en joue, mais aucun de nous n'a tiré ; le Russe parce qu'il était surpris de voir une femme face à lui ; moi parce que je n'étais pas moralement prête à tuer un être humain. Un autre soldat ukrainien a abattu le Russe et m'a sauvé la vie. »

Andriana était forte, intelligente, et une véritable source d'inspiration pour moi. Elle avait rencontré son mari, Max, officier de l'armée ukrainienne, sur le front, et ils avaient eu ensemble un petit garçon, Makar. Elle avait continué à combattre jusqu'au cinquième mois de sa grossesse, en 2015.

Depuis le début de l'invasion à grande échelle, Andriana s'était rendue deux fois au Capitole, à Washington, pour demander des armes pour l'Ukraine. Elle appelait cela la « guerre Toyota et Mitsubishi », parce que trop de soldats étaient contraints de conduire des véhicules non blindés au combat. Elle expliquait à des membres du Congrès américain que l'Ukraine perdait certains de ses meilleurs soldats parce que nous n'avions pas de transports de troupes blindés. « Nous conduisons des voitures et des camions civils sur la ligne de front, alors que les pays de l'OTAN ont des stocks de Humvees et de Bradleys. Les blindés que l'OTAN nous envoie ont vingt ans. Ils arrivent sans pièces de rechange et tombent en panne au bout de quelques jours. »

Les paroles d'Andriana étaient prémonitoires. En décembre 2022, on l'a retrouvée inconsciente, sans pouls, dans l'épave de la voiture civile qu'elle conduisait sur la ligne de front dans l'oblast de Kherson. Elle avait roulé sur une mine et se trouvait dans un état critique, avec un bras, une épaule, la mâchoire et des côtes cassés, des lésions à la colonne vertébrale, à l'estomac et aux poumons. Elle a été héliportée vers Odessa pour y être soignée. Depuis, elle fait des allers-retours à l'hôpital.

*

Au lycée Ivan-Bohun, il est vite apparu que les instructeurs, les cadets masculins et même les parents ne voulaient pas de classes mixtes. L'important, pensais-je, était que les filles soient exposées à la vie militaire. Elles décideraient plus tard si elles voulaient continuer. J'ai proposé d'organiser la première année comme une compagnie militaire composée de 4 pelotons de 25 personnes - 3 pelotons masculins et un féminin. Je n'aimais pas l'idée de séparer des adolescents par genre dans un lycée militaire, car l'armée ukrainienne n'était pas ségréguée. Mais cela semblait le seul moyen de sauver notre programme pilote. Mes collègues du lycée ont approuvé avec enthousiasme ma suggestion.

Une jeune fille prénommée Apollinaria, aux longs cheveux blonds, est venue me voir un après-midi dans mon bureau à Ivan-Bohun. Elle s'est adressée à moi en russe.

– Lieutenante, je veux devenir officier, comme vous. J'ai candidaté à Ivan-Bohun, mais ma candidature a été rejetée.

– Pourquoi ?

– J'ai échoué au test de langue ukrainienne. (Elle a baissé les yeux, comme honteuse.) Je viens de Sievierodonetsk, dans l'oblast de Louhansk. Nous avons toujours parlé russe dans ma famille.

Les forces russes s'empareraient de Sievierodonetsk en juin 2022, au terme d'une bataille de six semaines durant laquelle 90 % des bâtiments de la ville seraient détruits ou endommagés. C'est à deux pas du village de première ligne où j'étais stationnée en 2024.

Je l'ai regardée attentivement, me rappelant combien il m'avait été difficile de parler ukrainien quand j'avais commencé l'université à Kyiv-Mohyla.

– Pourquoi veux-tu devenir officier ? lui ai-je demandé.

– Je hais les Russes. J'ai vu ce qu'eux et leurs amis séparatistes ont fait à ma ville en 2014. Je suis ukrainienne et je veux défendre mon pays.

– Je vais voir ce que je peux faire.

Le mois suivant, une étudiante a été renvoyée pour mauvaises notes, ce qui a libéré une place. J'ai plaidé la cause d'Apollinaria devant la commission d'admission. Elle était très motivée et travaillait dur. En 2021, elle postulait pour étudier le renseignement à l'académie militaire d'Odessa. Sa candidature a été rejetée, au motif que la formation n'est pas ouverte aux femmes... Elle suit actuellement, à Lviv, une formation pour devenir commandante d'une unité d'infanterie mobilisée – la même que celle que j'ai suivie. J'ai été touchée quand Apollinaria a assuré que j'étais son modèle. Je ne doute pas de sa réussite, mais je sais que ce sera difficile pour elle.

Anzhelina, une autre étudiante que j'ai prise sous mon aile, étudie pour devenir officier des transmissions à l'université militaire de Jytomyr. Elle m'écrit de temps à autre pour me demander conseil. Je dis toujours à mes étudiantes, comme aux hommes sous mon commandement, qu'ils doivent défendre leurs droits face aux supérieurs. « Sois douce mais ferme, rationnelle et polie », lui ai-je rappelé récemment, quand un instructeur a critiqué son mémoire.

J'ai au moins sept ans de plus que mes étudiantes et je ne peux m'empêcher d'éprouver pour elles un sentiment de protection, surtout envers celles qui prennent la peine de garder le contact avec moi. Je suis fière d'elles, et j'apprends presque autant d'elles qu'elles apprennent de moi. Quand elles me demandent conseil, je leur répète ce qu'Illia m'a dit : ne montre jamais, jamais ta faiblesse. Si tu veux réussir dans l'armée, tu dois être meilleure qu'un homme. Parfois, elles me demandent s'il est « permis » d'être féminine. Je leur dis que je collectionne les *vyshyvanka* – ces chemises brodées qui sont non seulement magnifiques mais font partie de notre patrimoine – et que je me sens différente quand je porte des vêtements traditionnels, pas comme en tenue de camouflage. Je leur dis tout de même que, lorsque j'ai été déployée dans le Donbass, j'avais laissé derrière moi maquillage, vernis à ongles et vêtements civils. Cela peut paraître dur, et ce n'est peut-être qu'une coïncidence, mais les femmes que j'ai vues maquillées en zone de combat n'étaient pas de bonnes soldates.

Contrairement à ce que l'on pourrait croire, les cadettes tiennent tête et défendent leurs opinions davantage que les cadets, qui résistent rarement. Face à une injustice perçue, les jeunes hommes ont tendance à l'accepter, tandis que les jeunes femmes se rebellent toujours.

J'éprouve un faible pour Anya, une ancienne cadette de Lviv. Contrairement à Apollinaria et Anzhelina, elle a décidé de ne pas rejoindre l'armée, bien que son père soit soldat. Depuis l'invasion à grande échelle, Anya est une bénévole active : elle collecte des dons pour l'équipement de l'unité de son père.

Je me demande souvent pourquoi certaines jeunes femmes persévèrent et entrent dans une académie militaire après le lycée, tandis que d'autres choisissent la voie de la facilité. J'ai toujours choisi la difficulté, ce qui a rendu ma vie plus intéressante, quoiqu'éprouvante. Tout est plus difficile pour les femmes, surtout quand elles refusent de se plier aux stéréotypes : à cause du conditionnement social, des barrières invisibles, du sexisme. Quand j'ai présenté *Invisible Battalion* à travers l'Ukraine et à Ivan-Bohun, j'ai été frappée de voir que tout le monde aimait le film et adhérait à son message. Personne ne se pensait sexiste, pas même les officiers qui proféraient des remarques ignobles sur les femmes. Les gens ont de bonnes intentions, mais leur vision est biaisée. « N'as-tu pas peur ? » m'a-t-on demandé mille fois, comme si la peur au combat était une caractéristique féminine.

*

Un soir, le sergent Andriy et quelques gars de mon peloton philosophaient autour d'une bouteille de vin. Je leur ai demandé :

– Si vous pouviez avoir des pouvoirs extraordinaires, lesquels choisiriez-vous ?

– J'aimerais m'améliorer chaque jour, devenir meilleur qu'hier, a répondu Andriy.

Je crois que choisir la voie difficile, prendre les décisions les plus dures est la seule manière de devenir meilleur qu'hier. J'ai essayé de transmettre cela à mes protégées.

*

En novembre 2022, Veteranka avait recensé la mort de plus de 100 femmes soldats, et bien davantage de blessées. Parmi elles figurait Inna Derusova, médecin de combat depuis 2015, tuée lors d'un bombardement d'artillerie dans le nord-est de l'Ukraine alors qu'elle soignait des soldats, le deuxième jour de l'invasion. La sergente Derusova a été la première femme décorée à titre posthume du titre de Héros de l'Ukraine. Elle avait 51 ans.

En mars 2023, un rapport de la Fondation ukrainienne pour les vétérans établissait que seulement 8,9 % des officiers étaient des femmes, et qu'aucune n'occupait de hautes fonctions militaires.

Depuis l'invasion, pas mal de soldats ukrainiens ont été envoyés suivre des stages de formation très convoités aux États-Unis et en Europe ; je ne connais aucune femme qui y ait été envoyée. Certains postes de combat restent encore interdits aux femmes. Par exemple, nous ne sommes pas autorisées à être plongeuses de la marine, au nom d'un argument absurde : il serait nocif pour les femmes de retenir leur respiration, car il y aurait un risque d'hémorragie interne ! Plus de deux ans après l'invasion de février 2022, l'armée commence à peine à fournir des uniformes et des gilets pare-balles adaptés à notre morphologie.

Avant 2022, Invisible Battalion menait des recherches sur le harcèlement sexuel dans l'armée. Nous avions soutenu une législation pour lutter contre ce problème, en demandant des sanctions plus sévères pour les auteurs. Nous avions créé un chatbot anonyme pour permettre aux soldats, hommes et femmes, de signaler le harcèlement sexuel, et un cours de sensibilisation aux questions de genre pour les militaires. Des incidents continuent de se produire, mais nous avons suspendu nos recherches et nos actions de sensibilisation pendant la durée de la guerre. Car si nous perdons cette guerre, il n'y aura plus d'égalité pour personne en Ukraine.

Depuis octobre 2023, le gouvernement exige que les femmes ayant une formation médicale s'enregistrent dans les centres de recrutement. Les potentielles auxiliaires médicales militaires ne sont pas encore appelées, mais elles passent des examens médicaux et portent leur carte de conscription. C'est un pas dans la bonne direction. Je veux l'égalité des droits et l'égalité des devoirs : les femmes devraient être appelées sous les drapeaux, comme les hommes.

Quand la guerre sera finie, je continuerai à travailler avec Invisible Battalion, l'Institut pour les programmes de genre et Veteranka. Pourtant, je ne me considère pas comme féministe. Peut-être que l'étiquette convenait aux femmes de la génération de ma mère. Je ne suis pas radicale. Je veux simplement que chaque individu soit traité avec respect, quel que soit son genre, et que les hommes respectent les femmes. C'est si évident que je ne sais pas si on peut appeler cela du féminisme.

CHAPITRE X

Mon père

Comme il est bon de ne plus craindre la mort,
Et de ne pas s'enquérir du poids de sa croix.
De ne pas plier devant vous, juges,
Pressentant l'appel des lointains inconnus.
D'avoir vécu, aimé, sans jamais contracter
Souillure, haine, malédiction, repentir.
Mon peuple, vers toi je reviendrai,
Et dans la mort, je me tournerai vers la vie
Par mon visage meurtri mais sans venin.
En fils, je m'inclinerai jusqu'à terre,
Je regarderai droit dans tes yeux honnêtes,
Et dans la mort, à ma terre je m'allierai.

Vasyl Stus, « Comme il est bon », 1972.

Maidan Nezalezhnosti.
4 heures du matin, 30 novembre 2013

J'étais encore au lit, bien au chaud dans l'appartement de Tamara, quand les policiers antiémeutes du Berkut ont encerclé le campement étudiant installé depuis neuf jours sur le Maidan. Vêtus comme des Robocop, ils ont chargé les étudiants - dont beaucoup dormaient - et ont pulvérisé des gaz lacrymogènes. Des jeunes femmes et des jeunes hommes ont été plaqués au sol, frappés à coups de bottes militaires et de matraques. Même ceux qui étaient restés assis, les mains levées au-dessus de la tête en signe de reddition, ont été battus.

Tamara et moi avons appris cette nuit de violence dès notre réveil. Assise à côté d'elle sur le canapé, j'ai regardé des images terribles. Les larmes coulaient sur mes joues.

– Voilà à quoi ressemble la vie sous une dictature, ai-je dit à ma mère. On nous interdit de nous associer à l'Europe, on nous interdit de parler. Des manifestants innocents se font tabasser par le Berkut. Ianoukovitch paiera pour ça.

Je me suis précipitée sur le Maidan dès la fin des cours à Kyiv-Mohyla. La veille, quand j'étais partie, nous n'étions que quelques milliers d'étudiants sur la place. Le sommet de Vilnius, où Viktor Ianoukovitch avait officiellement renoncé à l'accord d'association entre l'Ukraine et l'Union européenne, venait de s'achever. Nous avions craint que les protestations ne s'essoufflent, mais ce jour-là notre nombre a été multiplié. Nous étions des dizaines de milliers, et d'autres allaient bientôt nous rejoindre. Le pays bouillonnait de colère contre Ianoukovitch pour avoir physiquement attaqué sa jeunesse - et, avec elle, son avenir politique et économique.

Soudain, j'ai aperçu un visage familier dans la foule.

– Tato ! Qu'est-ce que tu fais ici ?

Mykola paraissait à la fois fatigué et surexcité. Il m'a prise par la main à travers la cohue, et nous avons parlé, debout face à face, appuyés contre un mur.

– Ça va ? m'a-t-il demandé en me détaillant des pieds à la tête pour s'assurer que je n'avais pas été blessée lors de l'attaque.

– Ça va. J'étais chez Maman quand c'est arrivé. Je suis allée en cours ce matin et je viens d'arriver. Je suis presque désolée d'avoir raté l'action.

– Ne sois pas désolée. Estime-toi chanceuse, a dit Mykola. C'était choquant.

– Tu étais là ?

Mykola a hoché la tête, fier.

– Je suis venu hier soir avec mes amis « afghans ».

Il ne parlait pas de vrais Afghans, mais des *Afgantsy*, ces vétérans ukrainiens de la guerre soviétique en Afghanistan, précédés d'une mauvaise réputation - consommation de drogues et d'alcool, problèmes psy. Mykola avait de l'affection pour eux et jugeait cette image injuste. Il avait été appelé un peu trop tard pour être envoyé en Afghanistan et avait servi à la place dans l'armée soviétique en Hongrie en

1989-1990. Période charnière : les Soviétiques s'étaient retirés d'Afghanistan en février 1989 et l'URSS avait commencé à se déliter. La déclaration d'indépendance de l'Ukraine, en août 1991, avait été le coup de grâce : quatre mois plus tard, l'Union soviétique s'effondrait.

*

Je lui ai demandé ce qu'il faisait sur le Maidan. L'année précédente, quand j'avais rejoint la campagne de désobéissance civile avec Vidsich, il s'était disputé avec moi : j'avais du mal à croire que lui - entre tous - soit devenu manifestant.

– Je sais ce que tu penses, a dit Mykola. Ton vieux père, coincé dans ses habitudes post-soviétiques... Eh bien, Tato y a beaucoup réfléchi, et il a vu la lumière. Ianoukovitch est un voyou, un larbin de Moscou. L'Ukraine doit se libérer de la domination russe. Nous serons mieux avec l'Europe. S'il me restait le moindre doute, il s'est évaporé cette nuit, quand j'ai vu le Berkut s'acharner sur des gamins de ton âge et les réduire en bouillie.

– Ils ne t'ont pas fait de mal ?

– Pour je ne sais quelle raison, non, a répondu Mykola. À 42 ans, je dois être assez vieux pour passer pour un agent du SBU ou un fonctionnaire. J'ai aidé deux étudiants terrorisés qui ne savaient pas comment quitter la place. L'un saignait. Je connais tous les recoins de cette ville ; je les ai entraînés par une ruelle étroite, puis sur la colline jusqu'au monastère, où les moines les ont recueillis.

Je lui ai dit que j'étais fière de lui.

Mykola rayonnait. Je soupçonne que sa conversion à l'opposition politique découlait en partie d'un désir de se racheter. Je pense qu'il se sentait coupable d'avoir perturbé mon enfance et celle de Bohdan. Avec le temps, ses adultères ont cessé de me ronger. Je ne les lui pardonnais pas vraiment, mais je savais que ces choses arrivaient dans la vie, et cela n'avait plus d'importance. D'ailleurs, il avait rompu avec Larysa, la femme pour laquelle il avait quitté ma mère - même s'il essayait encore de la reconquérir. Je crois qu'elle en avait assez de ses beuveries et de sa vie de coureur...

– Je suis responsable de la 19ᵉ sotnya d'autodéfense, s'est-il vanté.

– Et je suis dans la 16ᵉ sotnya des femmes. Par conséquent, mon père volage et moi sommes en quelque sorte camarades !

J'étais surprise que nous ne nous soyons pas croisés plus tôt.

– Yulia, a-t-il repris plus gravement, j'ai vu ce qui s'est passé cette nuit. Je parle avec les gars de Pravyi Sektor et de Svoboda. Ils ont des armes et veulent renverser Ianoukovitch. Il y aura encore de la violence. Promets-moi d'être prudente.

J'ai promis et lui ai demandé de ne pas s'inquiéter. C'était pour la bonne cause.

Nous nous sommes souri, nous nous sommes étreints et sommes retournés à nos sotni, plus émus que nous ne voulions l'avouer par cette réconciliation improvisée sur le Maidan.

*

En février 2014, la violence a dégénéré. Un soir, j'étais à la maison avec Tamara quand le téléphone a sonné. C'était le frère cadet de Mykola, l'oncle Dima.

– Ton père a été blessé près du Maidan, a dit Dima. Si je l'emmène à l'hôpital, ils ne s'occuperont pas de lui. Je peux te l'amener ?

J'ai demandé à Tamara.

– Bien sûr, a-t-elle dit. Qu'est-ce qui s'est passé ?

Mes parents s'entendaient plutôt bien. Comme moi, Maman avait appris à n'attendre de Mykola... strictement rien, et à être agréablement surprise quand il assurait. Elle n'aurait jamais refusé d'accueillir le père blessé de ses enfants.

– Une grenade assourdissante a explosé tout près de lui, a dit Dima. Il est inconscient. Ils l'ont mis avec les corps des manifestants morts, mais quelqu'un a remarqué qu'il respirait et - Dieu sait comment - on m'a appelé. Essaie de faire venir un médecin à la maison si tu peux.

Tamara a appelé ma nounou d'enfance, Viktoria, qui, par chance, connaissait un généraliste par notre ancienne église. Le médecin baptiste est arrivé peu après que Dima eut franchi la porte en titubant, mon père à demi conscient appuyé lourdement sur son épaule. Nous avons allongé Mykola sur le lit de Bohdan.

– Il a subi une commotion cérébrale sévère. Il lui faut un mois de repos, a dit le médecin.

Le lendemain matin, Mykola s'est levé, a pris le petit déjeuner avec Tamara et moi, puis a pris le bus et le métro avec moi pour aller en ville. Il voulait retourner à sa sotnya.

Mars 2014

L'Ukraine est sortie de la Révolution de la Dignité dans le chaos, la confusion et l'incertitude. Ianoukovitch s'était enfui à Moscou ; la plupart des officiers ukrainiens avaient, eux aussi, fait défection vers la Russie ; nous avions un gouvernement intérimaire, en attendant de nouvelles élections législatives et présidentielles.

Vladimir Poutine a saisi l'occasion pour orchestrer la prise de la Crimée par la minorité prorusse. Le 27 février, des forces spéciales russes se sont emparées des bâtiments gouvernementaux à Simferopol et le drapeau russe a été hissé sur le Conseil suprême et le Conseil des ministres de Crimée. Les députés de l'assemblée, un pistolet sur la tempe, ont « élu » à la tête de la Crimée Sergueï Aksionov, chef d'un parti prorusse si impopulaire qu'il n'avait remporté aucun siège aux élections locales. Lors d'un scrutin truqué le 16 mars, la Crimée a « voté » la réunification avec Moscou. Poutine a annexé la péninsule ukrainienne dès le lendemain.

Pendant ce temps, des séparatistes prorusses ont commencé à s'agiter dans l'est de l'Ukraine. Lors d'un petit rassemblement à Donetsk, le 1er mars, un publicitaire nommé Pavel Goubarev s'est autoproclamé « gouverneur du peuple » et a déclaré une « République populaire de Donetsk » indépendante.

Mykola et moi nous sommes retrouvés dans un café près de l'Académie Kyiv-Mohyla. Je ne l'avais pas revu depuis l'épisode de la grenade assourdissante. Mon père a vitupéré contre l'iniquité des *Moskali* - terme péjoratif désignant les Russes - qui avaient englouti la Crimée en moins de trois semaines et s'attaquaient désormais au Donbass.

Il a dit avec passion que si nous ne réagissions pas vite, nous perdrions le pays entier - tout ce pour quoi nous avions combattu pendant trois mois sur le Maidan. Mais l'armée était en plein chaos : presque plus d'officiers et du matériel soviétique hors d'âge. Nous avons parlé des groupes de volontaires qui émergeaient : certains respectables, d'autres moins. Le gouvernement ne savait pas qui envoyer à l'est. La plupart des hommes du Berkut avaient suivi Ianoukovitch en exil. Les autorités avaient dû dissoudre ce qui restait de l'unité, vu la manière dont ils avaient attaqué les manifestants sur le Maidan. Le ministre de l'Intérieur avait remplacé le Berkut par une Garde nationale, et Tato s'était porté volontaire pour la rejoindre. On lui avait offert son propre peloton et le grade de sergent-chef, en raison de son expérience dans l'armée soviétique.

– C'est très bien, Tato. Tu fais ce qu'il faut.

(Je ne l'ai pas dit, mais j'espérais que la discipline militaire mettrait de l'ordre dans sa vie instable.)

– Et toi, Yulia, qu'est-ce que tu vas faire ? Pourquoi ne pas t'engager et venir au Donbass avec moi ? Ce serait la suite logique du Maidan. Si la Garde nationale ne te prend pas parce que tu es une femme, un bataillon de volontaires sera ravi de t'avoir. Ils essaient de combler le vide laissé par l'armée. Tout le monde est patriote ukrainien, maintenant. Le pays a besoin de nous.

Je lui ai répondu que je n'avais que 18 ans, que je devais terminer mes études. Je ne serais sans doute pas très utile à l'armée, et si je m'engageais, je ne retournerais peut-être jamais à l'université. J'ai dit à Mykola que je contribuais déjà à ma façon, en faisant du bénévolat pour le SBU, le service de renseignement.

Le SBU avait perdu beaucoup de monde quand Ianoukovitch avait fui, et essayait de se reconstituer avec trois bouts de ficelle. Un ami de mon ami Mykhailo, qui était avec moi sur le Maidan, travaillait au SBU. Ils avaient lancé un appel à des étudiants volontaires pour surveiller les Russes en ligne et sur les réseaux sociaux. Le soir, à la maison, je passais Google, Twitter et le réseau russe vk.com au peigne fin pour trouver des informations sur les Russes à Donetsk et à Louhansk : tout ce que je pouvais glaner sur les mouvements de troupes ennemies, leurs casernes, hôpitaux, etc. J'apprenais toute seule à chercher, à identifier des images satellites de casernes et de véhicules. J'avais le pressentiment que ces compétences me serviraient plus tard.

Mykola a voulu savoir comment je communiquais avec le SBU. Je lui ai dit que je n'avais qu'une adresse e-mail où j'envoyais tout - l'équivalent d'une « boîte morte » dans les vieux films. Ils ne répondaient presque jamais, mais quelques jours plus tôt j'avais reçu un message disant qu'ils avaient sauvé un avion ukrainien grâce aux infos que j'avais envoyées. Je savais donc que mes notes étaient lues.

– Ma fille, une espionne ! a dit Mykola.

– Tato... ce sont des sources ouvertes, disponibles sur internet !

– Tu viendras à ma cérémonie de prestation de serment ?

– Pour rien au monde je ne la manquerais.

Village de Novi Petrivtsi, près de Kyiv.
Avril 2014

La promotion de Mykola a été la première à achever deux semaines de formation à l'École de la Garde nationale. Les autorités ont organisé une cérémonie pour célébrer leur départ vers l'est, car stopper l'incursion russe dans le Donbass était la grande priorité du gouvernement intérimaire.

Il faisait soleil mais frais sur le terrain de parade. Le général Serhii Koulchytsky, officier charismatique, blond aux yeux bleus, originaire de Lviv, qui avait servi dans les forces armées soviétiques mais était devenu un patriote ukrainien - et avait refusé de fuir avec Ianoukovitch - avait été nommé à la tête de la direction de la formation militaire et spéciale de la Garde nationale. Koulchytsky était assis à la tribune officielle aux côtés de Petro Porochenko, « le roi du chocolat », oligarque et homme politique que tout le monde voyait déjà comme le prochain président, après les élections de mai. Porochenko possédait une chaîne de confiseries appelée Roshen - son nom de famille, amputé de ses deux premières et deux dernières lettres. Des fonctionnaires s'affairaient autour de lui, à la limite de la génuflexion.

Le sergent-chef Mykola Mykytenko a mené la colonne des gardes nationaux sur le terrain de parade. Chaque soldat a prêté serment d'allégeance devant le général et le futur président. Mykola est resté droit comme un I, sans remuer un muscle, pendant près de quatre-vingt-dix minutes. Je me suis dit qu'il avait peut-être enfin trouvé sa vocation. Peut-être que l'armée lui donnerait ce sens du devoir qu'il n'avait jamais trouvé dans ses petits boulots d'avant.

Après la cérémonie, les gardes et leurs familles se sont dirigés vers de grandes tentes ; les tables croulaient sous les hors-d'œuvre. Toute la famille de Mykola était là : sa mère Lyuba, son frère Dima et sa femme Halyna, son ex-femme, Bohdan et moi. Bohdan, en formation de cadet, fulminait qu'on lui ait ordonné de porter un uniforme trop grand. Malgré la guerre, l'ambiance était presque joyeuse, positive, exaltante. Mykola et ses camarades brûlaient d'envie de défendre leur pays sur le front de l'est. Personne n'imaginait que plus d'une décennie de guerre nous attendait, que des dizaines de milliers de personnes allaient mourir et que plus de 100 000 seraient blessées. Le jour de la prestation de serment de Mykola, la guerre était encore une aventure. Tout le monde était certain que nous chasserions les Russes du Donbass en un rien de temps.

29 mai 2014

Le général Serhii Koulchytsky pilotait un hélicoptère Mi-8 vers la base de la Garde nationale au mont Karachun, près de Slovyansk, dans l'oblast de Donetsk, quand des séparatistes prorusses l'ont abattu. Six gardes nationaux et 6 officiers des forces spéciales du ministère de l'Intérieur ont été tués avec lui. Koulchytsky était l'officier ukrainien le plus haut gradé tué dans la guerre jusqu'alors. Sa mort a été considérée comme une tragédie nationale.

Mykola était stationné au mont Karachun. Il a désobéi aux ordres et s'est rendu sur le site du crash avec 4 hommes de son peloton dans un BTR, un transporteur blindé. Le copilote était encore en vie. Mykola l'a tiré hors du cockpit fumant. Sous des tirs de mortier sporadiques des séparatistes et des Russes, ses hommes et lui ont récupéré dans l'épave les corps de Koulchytsky et des autres soldats morts, puis sont repartis vers la base. Comme le véhicule était plein de morts et de blessés, Mykola est monté sur le toit. Le BTR a heurté une mine et Mykola a été projeté au sol. Il est retombé sur la tête.

– Venez vite à l'hôpital, au cas où il ne survivrait pas, a dit le médecin qui m'a appelée de Kharkiv. C'est un miracle que son cou ne soit pas brisé.

L'oncle Dima, la tante Halyna, Bohdan et moi avons fait la route jusqu'à Kharkiv pour voir Mykola à l'hôpital militaire. Nous étions le même groupe qu'à sa cérémonie de prestation de serment quelques semaines plus tôt, sans Tamara ni Baba Lyuba.

Mykola était emmailloté de bandages à la façon d'une momie. Nous nous sommes pressés autour de son lit. Pour un homme qui avait failli mourir, il était étonnamment de bonne humeur. Je me suis dit qu'il devait être touché que nous ayons fait un aller-retour de 1 000 kilomètres.

– Comment tu te sens, Tato ? a demandé Bohdan.

À notre stupeur, Mykola s'est redressé et a fait quelques pas, les membres raides et bringuebalants comme ceux d'un robot. Il portait une minerve et ne pouvait pas bouger la tête.

– Je me sens super, a-t-il dit avec un rire sardonique. J'ai enfin pu monter dans un hélicoptère militaire, vu que j'étais blessé.

Nous l'avons aidé à se recoucher.

– Raconte-nous ce qui s'est passé, ai-je dit.

– Je vais tout vous raconter. Les terroristes sont entrés à Slovyansk le 12 avril. Ils ont pris la mairie et le siège du SBU. Leur chef est un salaud de Russe nommé Igor Girkin, qui se fait appeler Strelkov[1]. Girkin est un petit type chétif, moustache fine, sans aucune humanité. Colonel du FSB, il a dirigé la prise de la Crimée en mars, presque sans tirer un coup de feu, uniquement par l'intimidation. Quand Girkin et ses sbires ont pris Slovyansk, il a installé un maire fantoche, même *modus operandi* qu'en Crimée. Après un faux référendum le 12 mai, Girkin s'est proclamé « commandant suprême de la République populaire de Donetsk ». Nos agents à

1. « Le tireur ».

Slovyansk disent qu'il torture des prisonniers au sous-sol du bâtiment du SBU et qu'il a ordonné plusieurs exécutions.

*

Les forces ukrainiennes ont chassé Girkin et ses hommes de Slovyansk le 5 juillet 2014, après près de trois mois d'occupation. Il a été démis de ses fonctions après que les séparatistes qu'il commandait ont abattu le vol 17 de Malaysia Airlines au-dessus du Donbass, tuant 298 passagers et membres d'équipage. En novembre 2022, un tribunal néerlandais a condamné Girkin et deux autres hommes pour 298 chefs de meurtre et les a condamnés, par contumace, à la prison à vie.

Entre-temps, Girkin est devenu un partisan enthousiaste de l'invasion à grande échelle de l'Ukraine. En 2022, il a rejoint, pour un temps, une unité de volontaires radicale. À l'instar du fondateur de Wagner et putschiste avorté, Evgueni Prigojine, Girkin a vitupéré contre l'incompétence de l'armée russe. Milblogueur[1] *en vue, favorable à l'invasion mais jugeant l'approche militaire trop timorée, il a appelé à une mobilisation totale, a critiqué Poutine et a évoqué une candidature à la présidentielle de 2024. En juillet 2023, les autorités russes l'ont arrêté pour « extrémisme ». Dans un message sur Telegram en janvier 2024, Girkin a traité Poutine de « minable » et de « lâche paumé ». Le 25 janvier, il a été reconnu coupable d'incitation à l'extrémisme et condamné à quatre ans de prison en Russie. Sa peine lui interdit l'accès à internet.*

*

Mykola avait refoulé l'excitation et l'adrénaline de son déploiement dans le Donbass. À l'hôpital, face à la

1. Commentateur de guerre.

perspective de plusieurs mois de rééducation, il n'a pas pu s'arrêter de parler.

– Il est important pour l'Ukraine de libérer Slovyansk, a-t-il dit. C'est symbolique, parce que c'est la première ville que les terroristes ont prise. Nous les avons sous blocus et nous attaquons jour et nuit, avec l'artillerie et des assauts depuis la base du mont Karachun.

– Tato, à part Girkin, vous vous battez contre des Russes ou des Ukrainiens à Slovyansk ? Je veux dire, Girkin est-il le seul Russe ? Les Russes nient combattre dans le Donbass.

– Les officiers et les commandants sont tous des *Moskali*, a-t-il dit. Ils sont sur la deuxième ligne de défense et contrôlent l'artillerie. Les hommes dans les tranchées sont surtout des collaborateurs ukrainiens, donc ce sont eux que nous capturons. Les prisonniers prétendent toujours être ukrainiens, mais on sait les repérer à l'accent. Par exemple, tu sais que nous accentuons le *o* dans Slovyansk ; les Russes mettent plutôt l'accent sur *ansk*. Une autre astuce, c'est de leur demander de dire *palianytsia* - le pain rond ukrainien. Ils n'arrivent pas à le prononcer !

Mykola a continué. Nous voulions entendre l'histoire du crash de l'hélicoptère.

– Le général Koulchytsky apportait des vivres et des renforts à la base, a dit Mykola. Il aurait pu rester derrière un bureau à Kyiv, mais il risquait sa vie pour être avec nous, et nous, les gardes nationaux, on l'aimait pour ça. Il pilotait son propre hélicoptère. L'appareil n'était plus qu'à 1 ou 2 kilomètres de la base quand ils l'ont touché avec un missile sol-air. Les autres commandants n'arrivaient pas à se décider à envoyer une équipe d'évacuation sous le feu ennemi. On ne savait pas s'il y avait des survivants, mais il fallait y aller quand même. On ne pouvait pas abandonner le général sur le champ de bataille. Pendant que les supérieurs discutaient, j'ai pris quatre gars de mon peloton et nous sommes partis en BTR. Je risque la cour martiale… ou une médaille. Peu importe. J'ai dit au chauffeur d'aller aussi vite que possible, et on a dévalé la piste de montagne pendant que les mortiers explosaient autour de nous. On est arrivés dans une clairière où l'hélicoptère brûlait. Des corps gisaient partout. Certains étaient carbonisés, d'autres déchiquetés par l'explosion. On a sauté du véhicule et j'ai couru vers l'épave à la recherche de survivants. J'ai entendu le copilote gémir. Il était encore sanglé à son siège, couché à côté de la carcasse. J'ai défait les boucles, je l'ai soulevé sous les bras et mis à l'abri. Puis je suis retourné chercher les autres.

Un médecin militaire a passé la tête par la porte.

– Le sergent-chef Mykytenko a eu de la chance d'en réchapper. Cette chute du BTR aurait tué la plupart des hommes. Il récupère de façon étonnante, mais il s'est fêlé une vertèbre, ce qui lui fera mal très longtemps. Nous l'envoyons à Kyiv pour le suivi.

Avoir Mykola comme père avait toujours été un défi. Il était lunatique et imprévisible, mais ce jour-là, à l'hôpital de Kharkiv, j'ai éprouvé une immense fierté devant son sang-froid et son courage au mont Karachun.

Les quatre ans et demi suivants n'ont pas été cléments pour Mykola. Son cou et son dos l'ont fait souffrir et il a été réformé de la Garde nationale. En outre, il a très mal vécu la mort d'Illia. À plusieurs reprises, il a signé des contrats de six mois avec des unités moins regardantes sur l'état de santé des recrues. Comme beaucoup de vétérans du Donbass, Mykola voulait se battre en première ligne, et il a toujours évité les postes de bureau ou d'instruction.

*

Après sa blessure au mont Karachun, j'ai été forcée d'admettre que mon père était alcoolique. Bohdan était la seule personne à qui je pouvais en parler, et nous adoucissions notre jugement en disant que mon père était « borderline ». Après tout, Mykola fonctionnait encore. Hélas, les rares fois où je passais du temps avec lui, son haleine sentait presque toujours l'alcool.

L'été qui a suivi la mort d'Illia, Mykola, Bohdan et moi avons passé quelques semaines à la datcha de Baba Lyuba, dans l'oblast de Jytomyr. J'ai utilisé mon tiers des indemnités de décès d'Illia pour construire une petite épicerie à côté de la maison. Bohdan l'a gérée avec la femme dont il a divorcé plus tard. Au début de l'invasion de 2022, Tamara est allée à Lazarivka pour tenir la boutique avec Bohdan. L'autoroute étant extrêmement dangereuse, ils empruntaient des routes secondaires pour atteindre les grands supermarchés où ils achetaient des stocks à revendre aux gens du coin.

Lors de notre visite de l'été 2018, Mykola descendait plusieurs fois par jour, du placard situé au-dessus du frigo, une bouteille du whisky ukrainien Mykulynetsky. S'il se joignait à nous pour le petit déjeuner, il versait du whisky dans son café. Quand je faisais la vaisselle avec Bohdan ou que j'aidais Lyuba à préparer le repas, il renversait la tête en arrière et avalait une longue gorgée avant de revisser le bouchon et de remettre la bouteille en place. À chaque tour de courses, il glissait deux ou trois bouteilles dans le panier. Je protestais parfois, faiblement : « Tato, a-t-on vraiment besoin d'autant de bouteilles ? » Mais Mykola faisait comme s'il ne m'entendait pas. Bohdan et moi échangions des regards.

Mykola se comportait comme si nous ne remarquions pas sa consommation effrontée d'alcool, ou comme si c'était la chose la plus naturelle du monde. Par une étrange logique inversée, je lui offrais parfois un verre avant le dîner ou avant une promenade, parce que j'avais pitié de lui, que je voulais lui faire plaisir, ou que je pensais qu'il était anxieux ou souffrait. Il avait combattu sur le front est. Ne méritait-il pas un verre ? Ou bien je me disais qu'il était bouleversé par le général Koulchytsky, par Illia, ou par le nombre de ses camarades morts. Nous avions tous été abîmés par la guerre ; nous gérions tous cela différemment.

Je lisais sur le canapé du salon, par une chaude soirée d'été, après que Lyuba et Bohdan s'étaient couchés. Mykola a posé une bouteille de Mykulynetsky et deux verres sur la table basse avant de s'asseoir en face de moi. Il faisait chaud et les fenêtres étaient ouvertes. Des grillons chantaient dans le jardin.

– Tu prends un verre avec moi, Yulia ? a demandé Mykola.

– Non merci, Tato.

J'ai posé le roman que je lisais, ouvert à l'envers sur la table. L'image d'un professeur tatillon de Kyiv-Mohyla m'est revenue : « Respectez les livres ! » répétait-il en sermonnant, même pour les poches les moins chers. « Vous allez casser la reliure ! »

Mykola s'est servi un grand verre, s'est enfoncé dans le fauteuil et a fixé le plafond, serrant le whisky contre son ventre. Parfois, quand il buvait, il avait envie de ferrailler ; mais ce soir-là, il était d'une autre humeur : fermé, peu communicatif. Il devait vouloir de la compagnie, sinon il ne serait pas venu s'asseoir avec moi. Je ne voulais pas blesser mon père ni le faire fuir, mais je ne trouverais peut-être pas meilleure occasion de lui parler.

– Tato, il y a quelque chose dont je voulais te parler...

– Tu es bouleversée par Illia, hein ? Moi aussi, a-t-il dit. Je ne sais pas comment tu endures ça.

– Bien sûr que je suis bouleversée, mais ce n'est pas ça...

J'ai marqué une pause avant de lâcher :

– C'est à propos de ta consommation d'alcool.

Mykola a levé son verre à la lumière comme s'il évaluait un joyau.

– Et alors ? a-t-il demandé.

– Tu bois trop. Bohdan et moi, on s'inquiète pour toi.

– Ah bon ? a-t-il répliqué d'un ton narquois.

– Tato, je ne peux pas m'empêcher de compter les bouteilles. Tu en vides trois ou quatre par semaine. Tu vas te détruire la santé. Te bousiller le foie.

– Un obus d'artillerie russe me tuera avant.

– Franchement, Tato, ce n'est pas agréable d'être avec toi quand tu bois.

Les yeux de Mykola se sont embués. Sa mâchoire s'est durcie, et il a paru en colère.

– Mes amis ne pensent pas que je bois trop. Bohdan n'a rien dit. Ma mère ne se plaint pas.

– Peut-être que tes amis sont alcooliques. Peut-être qu'ils n'osent pas aborder le sujet, ai-je dit, me sentant plus sa mère que sa fille.

– Tu fais une montagne de rien, lieutenante.

– Ne me « lieutenante » pas. Tato, c'est parce qu'on t'aime. Essaie d'arrêter de boire, s'il te plaît. Ça te rend dépressif et ça t'empêche de dormir.

– Je dors très bien.

Je savais que c'était faux. Je l'entendais errer dans la datcha la nuit.

– Crois-moi, tu te sentiras mieux. Plus heureux, j'en suis sûre. Tu me promets d'essayer d'arrêter de boire ?

Mykola a fixé longuement le plafond.

– Je te le promets, a-t-il fini par dire, avant de vider son verre de Mykulynetsky d'un trait.

Hôpital central de Kyiv. Janvier 2020

Mykola a été hospitalisé en psychiatrie pour un trouble de stress post-traumatique. Comme il ne pouvait pas boire à l'hôpital, j'appréciais à nouveau sa compagnie. Il y avait un sapin de Noël à l'accueil de son service où j'avais pris un selfie de nous deux. Il faisait froid, même à l'intérieur, et nous étions emmitouflés. Je portais un appareil dentaire qui me faisait paraître plus jeune que mes 24 ans. Mykola portait un pull militaire vert foncé. Sa barbe grisonnait.

– Tu vas bien, Yulia, sans Illia ? m'a-il demandé.

J'ai fait le signe « OK » avec le pouce et l'index de ma main libre.

Près de deux ans avaient passé. J'étais superviseure au lycée militaire Ivan-Bohun, où je commandais, entre autres responsabilités, la première classe de jeunes femmes. C'était un rôle crucial, mais je me sentais à la dérive. Je sortais bien avec un cadet à Lviv, mais nous faisions semblant. C'était trop compliqué à expliquer à Mykola, qui avait ses propres problèmes.

– C'est dur, mais je continue, ai-je résumé. J'ai un petit ami. Il est plus jeune. Ce n'est pas pareil.

– Tu es très forte, Yulia. Une vraie soldate. Tu dis « ce n'est rien », mais je sens qu'il y a beaucoup derrière ton calme. Illia était un gars incroyable. Tu n'en trouveras pas un autre comme lui.

J'ai senti une tentation fugitive de pleurer sur l'épaule de Tato, comme quand j'étais petite et que j'avais mal au ventre à Lazarivka. Ça n'aurait aidé ni moi ni Mykola, alors j'ai changé de sujet.

– Et toi, Tato ? Je ne t'ai pas vu depuis l'enterrement de Baba Lyuba.

Ma grand-mère paternelle était morte en 2019. Ça avait été un énorme coup pour nous tous, y compris Tamara, qu'elle avait continué à traiter comme une belle-fille après le divorce. Lyuba aidait tous ses proches, surtout son fils errant, Mykola. Des larmes lui sont montées aux yeux à l'énoncé du nom de sa mère.

– Elle me manque, a-t-il dit. Ma mère était la seule à m'aimer totalement, inconditionnellement. Le monde est vide sans elle.

J'ai orienté la conversation vers la politique. Je voulais savoir comment mon père était passé d'une vision fraternelle des Russes à la haine pure et simple.

« Poutine - *khuylo* ! » a-t-il lâché, en utilisant le mot ukrainien pour « tête de bite », encore plus obscène en ukrainien qu'en français. Le slogan - et la chanson - ont commencé comme un chant de foot à Kharkiv, deux semaines après l'annexion de la Crimée par Poutine en 2014. Soixante mille supporters s'étaient rassemblés au stade de Kharkiv pour un match entre le FC Metalist Kharkiv et le FC Chakhtar Donetsk. Ils avaient commencé à scander ces deux mots et avaient continué en défilant dans les rues après le match.

– Je ne hais pas le peuple russe, mais je pense qu'il est victime de la propagande de Poutine. Si le gouvernement changeait, ils arrêteraient peut-être de se battre, a dit Mykola.

L'ATO - la fameuse « Opération antiterroriste » à laquelle Mykola avait consacré les six dernières années - avait été rebaptisée JFO, « Opération des forces conjointes », en avril 2018. La raison était que nous ne combattions pas vraiment des « terroristes » dans le Donbass, mais l'armée russe. Mykola ne s'en était pas formalisé. Il soupçonnait que cela avait à voir avec l'influence croissante de l'OTAN en Ukraine. *Joint Forces Operation* sonnait américain, et les États-Unis avaient commencé à livrer des missiles antichars Javelin le jour même du changement de nom. Nous n'étions pas censés les utiliser, sauf si les séparatistes lançaient une offensive totale. (Les Javelin se révéleraient incroyablement utiles dans les premiers jours de l'invasion à grande échelle.)

Comme beaucoup de militaires, Mykola se méfiait de Zelensky, élu président en avril 2019. La « formule » du président allemand Frank-Walter Steinmeier traînait depuis 2016, mais le 1er octobre 2019, Zelensky avait approuvé un plan de cessez-le-feu et de référendum dans le Donbass. Un sondage montrait qu'une majorité des habitants de Donetsk et de Louhansk voulaient rester en Ukraine, mais avec un statut spécial.

Les séparatistes du Donbass avaient salué la signature de Zelensky comme « une victoire pour la Russie », ce qui indiquait que cela devait être mauvais pour l'Ukraine. L'accord signifiait une perte de territoire : des unités de l'armée ukrainienne allaient être mises à l'arrêt et les séparatistes seraient récompensés par l'autonomie s'ils gagnaient le référendum. Le plan n'avait jamais été pleinement mis en œuvre, Poutine et Zelensky n'arrivant pas à s'entendre sur la séquence.

Les vétérans du Donbass s'étaient mis en colère et avaient organisé au moins quatre manifestations « Non à la capitulation » dans les deux semaines qui avaient suivi la signature.

Le 14 octobre, les manifestations avaient atteint le nombre de 50 000 participants.

– Nous avons empêché le retrait de Zolote grâce à nos protestations, a dit Mykola, en parlant de plusieurs villages regroupés en ville dans le district de Sievierodonetsk, à Louhansk. Nous n'avons rien pu faire pour Petrovske en novembre.

Petrovske était une autre ville que l'Ukraine avait cédée dans le cadre de la formule Steinmeier.

Mykola accusait Zelensky de céder des terres ukrainiennes à la Russie. Ce qui l'atteignait le plus, c'était le saillant de Svitlodarsk.

– Ton mari est mort en le défendant, Yulia ! Et maintenant, Zelensky veut qu'on se retire ? On n'a même plus le droit de riposter quand les Russes tirent sur nous. Lors de ma dernière rotation dans le Donbass, ils ponctionnaient notre solde si on répondait ! Le gouvernement ukrainien nous punit de défendre la patrie ! Y a-t-il plus grande insulte pour les vétérans du Donbass ? On nous interdit de nous battre.

Il disait que les nouvelles règles de la formule Steinmeier avaient dressé les vétérans contre les soldats d'active.

– Les soldats ont reçu des augmentations et des primes pour ne pas répondre aux tirs, mais les meilleurs sont partis. Les vétérans sont furieux ; les autres s'en fichent tant qu'ils touchent leur paie.

L'ambiance à la Garde nationale avait changé.

– C'était plus dangereux il y a cinq ou six ans, mais c'était excitant, disait Mykola. Les gens s'impliquaient. Ils ont perdu la motivation. Les politiciens capitulent, et l'on est tous moins combatifs. J'ai essayé de voir Zelensky, mais son entourage m'ignore.

– Malgré tout, tu as bonne mine, Tato. Je pense que c'est parce que tu as arrêté de boire. Promets-moi de ne pas recommencer à ta sortie de l'hôpital ?

– La vie est dure, Yulia. Un homme a besoin d'un peu de réconfort. Je ferai de mon mieux.

– Je ne peux pas demander plus, ai-je dit en l'embrassant pour lui dire au revoir.

Dimanche 11 octobre 2020

Je rendais visite à mon petit ami, Mykyta, à Lviv, quand Bohdan a appelé. Cela m'a inquiétée, car il m'envoyait plutôt des textos.

– Yulia, tu es assise ? a-t-il demandé d'une voix tendue.

– Qu'est-ce qu'il y a ? Dis-moi ce qui ne va pas. (Un frisson m'a traversée.) Il est arrivé quelque chose à Maman ?

– Non. C'est Tato.

Ce n'était pas la première fois que notre père était lié à de mauvaises nouvelles. Tato quittait Tamara pour Larysa... Tato était blessé sur le front est... Tato devenait alcoolique... Ma vie avait été si souvent bousculée par les problèmes de Tato que c'était presque un soulagement d'apprendre que c'était lui qui était encore en difficulté, et non Tamara.

– Ne t'énerve pas, Yulia, a poursuivi Bohdan.

Je ne l'avais jamais entendu parler comme ça.

– Qu'est-ce que c'est ? Dis-moi !

– Tato s'est immolé par le feu la nuit dernière, vers 3 heures du matin, sur le Maidan. Il a plus de 90 % du corps brûlé. Les médecins disent qu'il ne survivra pas. Dans l'ambulance, avant de perdre connaissance, il a répété le numéro de Baba Lyuba. L'oncle Dima a son téléphone depuis sa mort, alors ils l'ont appelé. Dima est avec Tato, là, maintenant.

Dans le train pour Kyiv, ce soir-là, j'étais sous le choc, bouleversée et en colère contre Mykola. J'interprétais son geste comme un signe de faiblesse. Il m'avait toujours dit d'être forte, et voilà qu'il avait abandonné. Comment avait-il pu me faire ça, seulement deux ans et demi après la mort de mon mari ? Auto-immolation. Je me suis répété le mot encore et encore. Auto. Égoïste. Immolation. Y avait-il plus destructeur, plus dévastateur pour ses enfants ? Mykola, comment as-tu pu ?

J'ai appelé Dima depuis la gare.

– Ne viens pas à l'hôpital, m'a-t-il suppliée. Ça ne sert à rien. Il est dans le coma. Il ne saurait pas que tu es là. Je ne veux pas que tu le voies comme ça.

– Dima, je ne comprends pas. Qu'est-ce qui s'est passé ? Pourquoi ?

– Je lui ai parlé hier soir, cinq ou six heures avant qu'il ne passe à l'acte. Il paraissait normal. Il a parlé de se faire soigner et d'aider Bohdan à Jytomyr. Rien n'annonçait...

Comme j'étais active à Vidsich et Veteranka depuis des années, mon numéro était facile à trouver pour les journalistes. J'ai été submergée d'appels de reporters voulant parler de mon père. J'ai cessé de répondre. Un journaliste sans scrupules a inventé une histoire d'idylle ratée - une absurdité qui m'a mise hors de moi. Des responsables orthodoxes ont aussi déclaré que l'acte de mon père était un péché, qu'il avait gâché sa vie. J'étais trop accablée pour riposter.

Mykola est mort trois jours plus tard, le 14 octobre, jour des Défenseurs de l'Ukraine. J'ai soupçonné qu'il avait choisi la date de son auto-immolation pour mourir ce jour-là.

Je suis allée, avec Dima et Bohdan, au quartier général de la police. On ne nous a pas autorisés à enterrer Tato tant que nous n'avions pas signé le certificat de décès mentionnant le suicide. Dima avait gardé des contacts de son ancien boulot dans la police, si bien que les officiers se sont montrés plus compréhensifs. Ils nous ont montré la vidéosurveillance de la dernière manifestation de Mykola sur le Maidan. Aussi pénible que cela fût, j'ai senti qu'il fallait regarder.

Maidan Nezalezhnosti. 3 h 02, 11 octobre 2020

Sur sa page Facebook, Mykola avait publié une image de la colonne de la victoire commémorant l'indépendance. On ne l'entendait pas sur la vidéosurveillance, mais nous avions vu la publication et connaissions ses derniers mots par cœur : « Il est 3 h 02 et je veux que l'Ukraine soit indépendante. »

La vidéo de la police montrait Mykola s'éloignant des adolescents qui traînaient près de la fontaine. Il avait posé son sac à dos, et sorti un jerrican. Il ne présentait aucun signe d'agitation. Il avait agi délibérément : dévissant le bouchon, il s'était aspergé d'essence de la tête aux pieds, puis avait craqué une allumette. Un « whoosh » avait retenti quand les flammes l'avaient englouti. J'ai eu l'impression qu'il essayait de se tenir droit, comme sur le terrain de parade à sa prestation de serment, mais les flammes étaient plus fortes. En le consumant, elles avaient tordu son corps dans une danse de mort contorsionnée. Les adolescents avaient hurlé et couru vers la torche humaine. L'un filmait avec son smartphone. Un autre avait poussé Mykola vers la fontaine avec ses pieds. Un troisième avait tenté de le plonger dans l'eau.

– Laissez-moi mourir, criait Mykola. Laissez-moi mourir et retrouver ma mère.

L'un des adolescents avait posté la vidéo sur Telegram. Avec l'aide de la police, nous les avons retrouvés et leur avons demandé de la supprimer, ce qu'ils ont fait. Ils étaient bouleversés par ce qu'ils avaient vu. Par une coïncidence incroyable, l'un d'eux était un ami de mon petit ami Mykyta.

– S'il vous plaît, ne laissez pas cette vidéo devenir publique, ai-je supplié la police.

– Bien sûr, a répondu l'officier. Cela doit être très douloureux pour vous.

Il m'a tendu le sac à dos contenant les effets de Mykola. Dans son portefeuille, nous avons trouvé une photo du poète dissident ukrainien Vasyl Stus. Quelqu'un lui avait offert un recueil de Stus à l'hôpital en janvier dernier. Mykola trouvait son œuvre inspirante. Sur la photo, Stus ressemblait un peu à mon père. Tous les Ukrainiens connaissent le premier vers de son poème le plus célèbre : « Comme il est bon de ne plus craindre la mort ». Ce poème a pris pour moi une importance immense, surtout après l'invasion : il éclaire le courage de mon mari, de mon père et de la nation ukrainienne.

– Je voudrais une analyse de la dépouille de mon père, ai-je dit à l'officier. Je veux savoir s'il était sous l'empire de l'alcool ou de drogues quand il a craqué l'allumette.

Sur la vidéo, Mykola paraissait maître de lui, mais j'avais besoin d'en être sûre.

Les tests toxicologiques se sont révélés négatifs. Mykola était donc pleinement conscient quand il s'est immolé sur le Maidan. La honte et la colère que j'avais d'abord ressenties en apprenant son geste ont évolué vers la fierté et l'admiration. Il avait fallu du courage à mon père pour faire cela. Je n'ai aucun doute : il voulait que sa mort soit une déclaration politique.

Nous avons organisé ses funérailles sur le Maidan, par une morne journée d'octobre, sous des trombes d'eau. La pandémie de Covid était toujours là. La plupart des endeuillés portaient des masques chirurgicaux. Nous étions serrés sous des parapluies, autour d'un cercueil en bois posé sur des chaises. Il était recouvert d'un drapeau ukrainien rempli, au marqueur noir, des signatures des frères d'armes de Mykola. Un bouquet de marguerites jaunes reposait dessus. La foule comptait de nombreux uniformes : des vétérans du Donbass qui avaient manifesté avec Mykola dans le mouvement « Non à la capitulation ».

Environ 400 000 Ukrainiens avaient combattu dans le Donbass entre 2014 et 2020, plus de la moitié en tant que volontaires, comme mon père. La propagande russe s'échinait à les discréditer : fascistes, inadaptés, dangers publics. Je voulais honorer Mykola comme j'aurais dû le faire de son vivant. Je devais tout faire pour que sa bravoure ne soit pas oubliée.

– La mort du sergent-chef Mykola Mykytenko n'était pas un suicide, ai-je déclaré devant son cercueil.

Au milieu du deuil et des formalités, j'avais trouvé le temps de préparer mes mots. Ils coulaient avec facilité, avec conviction.

– Mon père s'est sacrifié pour alerter l'Ukraine des dangers de la capitulation. Lui et d'autres vétérans ont été stupéfiés quand le président Zelensky s'est soumis devant la pression russe et a signé la formule Steinmeier il y a un an. Ils ont vu l'Ukraine se retirer de la ligne de contact et céder des territoires payés du sang de nos soldats, y compris le saillant de Svitlodarsk, où mon mari Illia a été tué. Mon père aimait

Illia comme un fils et ne supportait pas de voir cette terre sacrée occupée par les Russes. En juillet dernier, des commandants de l'armée ont laissé mourir le sergent-médecin Yaroslav Zhouravel dans le Donbass, sous une chaleur torride, sans nourriture ni eau. Il faisait partie d'une équipe envoyée récupérer le corps d'un officier ukrainien, avec l'accord des Russes et d'observateurs internationaux. Mais les Russes ont tiré sur l'équipe, blessant le sergent Zhouravel. Le sergent-chef Mykytenko en était écœuré. S'il avait été là, il aurait renvoyé ces commandants. Il aurait rampé pour sauver ce blessé, comme il a risqué sa vie pour récupérer les morts et les blessés de l'hélicoptère en flammes du général Koulchytsky. Mon père était brave et – je le comprends aujourd'hui – c'était un héros. Le lieu et les circonstances de sa mort prouvent que ce qu'il a fait était un acte politique : aucun lieu en Ukraine ne symbolise mieux le rejet de la domination russe que Maidan Nezalezhnosti. Le sergent-chef Mykytenko y a subi une commotion due à une grenade assourdissante en 2014, quand il dirigeait la 19e sotnya pendant la Révolution de la Dignité. Il y a quelques jours, il y a donné sa vie pour l'Ukraine. Nous sommes rassemblés aujourd'hui pour lui rendre hommage et lui dire adieu.

J'ai pris une grande inspiration, et continué.

– S'il avait seulement voulu se tuer, il connaissait des façons bien moins douloureuses. Alors que les flammes le consumaient, il a crié : « Zelensky nous empêche de combattre ! » Dans une publication sur Facebook, quelques minutes avant son auto-immolation, il a écrit : « Je veux juste que l'Ukraine soit indépendante. » Si nous laissons Poutine prendre Donetsk et Louhansk, il ne s'arrêtera pas avant de contrôler toute l'Ukraine. Mon père était un soldat, pas un politicien, mais il comprenait cela très clairement. Il a voulu que sa mort serve d'avertissement quant aux conséquences de la capitulation.

– *Slava Ukraini !* ont crié les endeuillés à l'unisson.

Dima nous a ramenés, Bohdan et moi, à l'appartement de Tamara ce soir-là.

– Yulia, tu te souviens de notre dispute d'il y a sept ou huit ans ? a demandé mon oncle.

– Bien sûr, Dima. Ça n'a plus d'importance.

– Ça en a pour moi. J'étais policier. Je croyais à la loi et à l'ordre. Je croyais à l'autorité, et je pensais que vous, les étudiants, étiez des fauteurs de troubles. Je le pensais quand vous avez commencé à manifester, et pendant le Maidan. Je n'aimais pas Ianoukovitch, mais je me disais que c'était notre président, alors il fallait tenir jusqu'au prochain vote. Je pensais que Mykola était impulsif et qu'il avait rejoint les protestations pour te faire plaisir.

– J'ai pensé pareil, Dima. Au début, il y avait de ça ; Tato l'a admis. Mais il n'a pas mis longtemps à devenir un vrai fervent.

– Moi, ça m'a pris plus de temps, a repris Dima. J'ai commencé à changer d'avis quand les Russes ont pris la Crimée et envahi le Donbass. Yulia, tu as fait un discours magnifique aux funérailles de Mykola. Ça m'a fait comprendre qu'au fil de ces années, toi et Mykola aviez raison. Tu étais sa fille, un officier commissionné, sa camarade d'armes et sa supérieure hiérarchique. Il était si fier de toi, et ce soir, je le suis aussi.

Le frère cadet de mon père s'est concentré sur la route, dans l'obscurité et la pluie. La journée avait été chargée en émotions. Je voulais le remercier, mais j'avais la gorge serrée et je craignais d'éclater en sanglots si je parlais. Alors j'ai tendu la main et serré la sienne accrochée au volant.

*

Quelques jours plus tard, j'ai tenu une conférence de presse au centre de crise médiatique, à la Maison ukrainienne, rue Khreshchatyk, entre le Dnipro et le Maidan.

– Monsieur le président Zelensky, mon père a demandé à plusieurs reprises à vous voir dans les mois qui ont précédé sa mort, ai-je dit dans la vidéo diffusée lors de la conférence. Vous étiez trop occupé. Aujourd'hui, c'est moi qui vous demande de me recevoir, en tant que vétérane de l'armée, veuve et fille de soldats courageux, et fière citoyenne d'Ukraine.

J'ai dit aux journalistes ce que j'avais dit aux funérailles de Mykola quelques jours plus tôt : sa mort était une déclaration politique, pas un simple suicide.

– La mort du sergent-chef Mykytenko n'est pas le premier acte de bravoure de ce type, ai-je rappelé. Il y a cinquante-deux ans, Vasyl Makukh, vétéran soviétique de la Seconde Guerre mondiale qui avait fait défection pour rejoindre l'Armée insurrectionnelle ukrainienne, s'est immolé dans cette même rue. Makukh avait survécu à dix ans de camp de travail soviétique et, à son retour, avait été condamné à l'exil interne. Instituteur, il s'est immolé parce que les Soviétiques effaçaient la langue ukrainienne, et parce qu'ils avaient envahi la Tchécoslovaquie, pays frère. « Vive l'Ukraine libre », a crié Makukh avant de mourir. Il y a cinquante et un ans, l'étudiant tchèque Jan Palach s'est immolé à Prague pour protester contre l'occupation soviétique de son pays. Neuf ans plus tard, en janvier 1978, le dissident ukrainien Oleksa Hirnyk, ingénieur de profession, s'est brûlé vif près de la tombe de notre grand poète Taras Shevchenko, pour protester contre la répression soviétique de la langue, de la culture et de l'histoire ukrainiennes.

Il fallait conclure.

– Mesdames et messieurs de la presse, depuis trois cents ans, l'histoire de l'Ukraine est faite d'invasions et de colonisation russes ou soviétiques, de déportations, d'arrestations massives, de torture et de famine imposée. Aujourd'hui, la Russie a amputé l'Ukraine indépendante de la Crimée et de l'est du pays. En cédant du territoire et en ordonnant à nos troupes de ne pas se battre, notre gouvernement se rend complice. Mon père est mort pour vous le dire. Aujourd'hui, le sergent-chef Mykytenko rejoint Makukh, Palach et Hirnyk. Il entre au Panthéon des héros patriotes.

On se serait attendu à ce que l'auto-immolation d'un vétéran sur la place la plus importante d'Ukraine attire l'attention nationale. La mort de Mykola et ma conférence de presse ont été couvertes par les médias indépendants, mais les médias d'État l'ont en grande partie ignorée - parce que, me semble-t-il, cela posait des questions gênantes pour Zelensky. Le bureau du président avait mon numéro, mais personne n'a répondu à ma demande de rendez-vous.

Vladimir Poutine a envahi l'Ukraine seize mois après que Mykola a mis fin à ses jours. J'ai mis de côté le documentaire sur mon père, prévu pour le deuxième anniversaire de sa mort, pour rejoindre l'armée. Aujourd'hui, le monde entier est impressionné par la détermination de Zelensky et par son refus de quitter l'Ukraine. J'attends de voir comment la guerre se termine avant de porter un jugement définitif. Je n'ai pas oublié que Zelensky était prêt à céder à Poutine en 2019.

L'Ukraine n'était pas prête pour l'invasion du 24 février 2022, parce que Zelensky avait négligé les forces armées, les laissant démoralisées, mal préparées et mal équipées, alors que mon père et d'autres vétérans l'avaient averti. Mon père s'est immolé pour attirer l'attention sur la vulnérabilité de notre pays. Quand la guerre finira, il y aura une élection présidentielle. Ces choses devront être rappelées ; et si elles ne le sont pas, je serai là pour rafraichir la mémoire de mes compatriotes.

CHAPITRE XI

Le miracle du courage

Au départ de ces aventures, il y a la solitude, l'obscurité, l'impossibilité de prévoir les conséquences pour soi et pour les autres. Le courage est un saut dans l'inconnu, fait à la lumière incertaine d'une lanterne sourde. Il n'y a plus de prophètes, plus de dogmes, plus de panneaux indicateurs, seulement l'exemple de ceux qui nous ont précédés sur un chemin qui n'en finit pas, dans une pérégrination où s'exprime le meilleur de nous-mêmes.

François Sureau, de l'Académie française,
Discours sur la vertu, 1er décembre 2022.

Zakytne, un petit village sur la Siverskyi Donets, Donbass. Mars 2024

Les bombardements ne font qu'empirer. Depuis des semaines, les Russes nous pilonnent presque chaque jour avec des obus de 203 mm. Ils ont pris quelques tranchées, quelques abris, mais pas encore de hameaux ni de villages. Peut-être veulent-ils marquer le deuxième anniversaire de l'invasion ? Peut-être sont-ils galvanisés par la réélection imminente de Poutine ? Les médias parlent surtout de la chute d'Avdiivka et d'une offensive attendue sur Koupiansk, mais on nous attaque sur toute la longueur de la ligne de front, sur 1 000 kilomètres. L'Institute for the Study of War, un think tank de Washington, affirme que la Russie s'est emparée de 505 km² supplémentaires de territoire ukrainien depuis octobre 2023.

*

Zakytne est devenue un petit hub de transport et de logistique. Les drones russes ont forcément repéré beaucoup de mouvements : du personnel, du matériel, des véhicules. S'ils avaient tiré du 152 mm, ç'aurait été plus supportable, mais les

203 sont assourdissants ; on dirait un tremblement de terre qui ne cesse jamais. Le sol tremble. Les murs tremblent. Le vacarme résonne dans nos têtes.

Les explosions commencent généralement à une distance raisonnable, puis se rapprochent à mesure que les artilleurs corrigent leur tir. Un cycle prend environ une heure, des premières explosions aux dernières qui s'écrasent autour de nous, puis nous avons quelques moments de répit. Nous ignorons le pilonnage tant qu'on le peut, puis nous courons, portant gilets pare-balles et casques, vers le sous-sol d'une maison voisine, car la nôtre n'a pas d'abri digne de ce nom. La possibilité d'un tir direct reste toujours tapie au fond de l'esprit. Nous avons vu trop de morts et de blessés pour ne pas imaginer nos propres corps mutilés et ensanglantés.

Les Russes commencent en général par l'artillerie pour ramollir nos défenses et forcer notre infanterie à se terrer. Puis, tout en continuant à frapper, ils font traverser la zone grise à 2 ou 3 BMP, suivis de 15 ou 20 fantassins. Ou bien ils envoient de l'infanterie sans blindés. On finit par les arrêter en combinant notre artillerie et nos drones.

Nous combattons à présent des troupes Storm Z, des unités pénales créées en avril 2023 sur le modèle de la milice Wagner de Prigojine. Comme chez Wagner, le ministère russe de la Défense promet des peines réduites et de bons salaires aux *zeks* - argot russe pour « prisonniers » - prêts à servir de chair à canon dans le Donbass. Les soldats réguliers qui boivent ou se droguent sont punis par un transfert en unité Storm Z. Tous risquent d'être abattus par des troupes de barrage s'ils tentent de reculer ou de se rendre. J'ai vu une vidéo diffusée par un soldat russe affirmant que leurs commandants tiraient sur les blessés revenant d'un assaut ; il emploie le verbe *obnulit*, « réduire à zéro ».

Il y a dix nuits, les Russes ont envoyé un groupe plus gros que d'habitude : une cinquantaine de *zeks* courant à travers un champ vers notre base. Je les ai vus sur le relais d'un drone de vision nocturne et j'ai alerté artilleurs et pilotes FPV, qui les ont attaqués. Avec une combinaison d'armes de l'ère soviétique et de nouvelles armes occidentales – les munitions à fragmentation américaines sont particulièrement efficaces –, nous avons tué une quinzaine de Russes et en avons blessé une trentaine. En regardant la bataille sur mon ordinateur portable, dans l'abri, je vois des hommes projetés en l'air, retombant sur un paysage lunaire de terre retournée et d'arbres éclatés. Nos FPV marquent des coups directs, déchiquetant des hommes et les brûlant vifs. Ça ne m'affecte plus. Je fais mon travail. Ce n'est pas moi qui tire ces obus, même si j'ai guidé l'artillerie. C'est un travail d'équipe, une responsabilité partagée. Je ne connais pas les noms des Russes, et je ne veux pas les connaître. Si j'avais le temps d'y penser, je dirais qu'en tuant ces *zeks* assaillants, nous sauvons la vie de nos camarades. Si nous ne les tuons pas, eux nous tueront.

Les survivants finissent par faire demi-tour. D'autres Russes arrivent pour aider les blessés encore debout. Je les vois tituber vers leur ligne. Tous ceux qui gisent au sol, morts ou blessés, sont abandonnés. Dix jours ont passé : ils sont certainement morts maintenant, vidés de leur sang, gelés, nourriture pour rats et vautours. Les Russes ne reviennent pas pour eux. Il est peu probable que des commandants risquent des hommes valides pour récupérer des soldats jetables. Notre attitude est différente : les officiers ukrainiens font tout pour récupérer les morts et les blessés sur le champ de bataille, même si, à si courte distance, ce serait une mission suicide.

*

Les murs de notre cantonnement n'ont qu'une brique d'épaisseur. Je les regarde osciller à chaque explosion et je deviens obsédée par l'idée que toute la structure inachevée - la maison que nous occupons depuis un an, depuis que Wagner nous a chassés de notre base à Zvanivka - est sur le point de s'effondrer sur nous et de nous enterrer vivants. Les maisons où le reste de ma section est stationné ne valent pas mieux. Si nous ne partons pas vite, on peut tous y rester. Après une nuit blanche, j'appelle le commandant de compagnie.

– Demande d'autorisation de retrait de Zakytne, commandant.

– Autorisation accordée.

Quitter Zakytne nous fait un mal de chien, comme une expulsion. Nous sommes 25 dans la section, avec un pick-up, un minivan et deux autres véhicules pour nous déplacer, nous et notre matériel, dans les accalmies du feu. Une seconde section se met en route juste après nous. On emballe d'abord les drones, les générateurs et les terminaux Starlink, puis on revient pour les effets personnels et les armes. Il faut laisser les poêles à bois achetés par des donateurs civils, et de gros stocks de bougies de tranchée et de conserves. Ça m'agace de penser que les Russes squatteront peut-être bientôt notre maison et utiliseront nos réserves. Je suis particulièrement désolée pour les poêles à bois : ils nous ont tenus au chaud, et je ne sais pas si on en obtiendra de nouveaux l'hiver prochain. C'est la première fois que je pense au prochain hiver, et ça me serre le cœur de me dire qu'on sera probablement encore dans le Donbass.

Nous passons deux nuits au « quartier général » de la compagnie, à Sloviansk, qui n'est en réalité qu'une série de maisons abandonnées ou louées, disséminées dans la ville, pour éviter qu'une seule frappe ne tue trop de monde. Le commandant et moi étudions cartes et renseignements avant de choisir une nouvelle base, à 8 kilomètres de Zakytne et 15 de Lyman. Je ne veux pas révéler le nom du village tant qu'on y est stationnés. Les Russes cherchent à reprendre Lyman. Ils tentent de se frayer un chemin dans la forêt, mais c'est difficile : les deux camps sont retranchés. Nous tenons la moitié de la forêt, eux l'autre. Je ne suis pas sûre qu'on puisse encore appeler ça une forêt : les arbres, décimés par l'artillerie, ressemblent à des bâtons brûlés.

6 mars 2024

J'ai trouvé une maison convenable pour le sergent Andriy, Petro, Ruslan, Shorty et moi. Elle a des boiseries et un mur en pierre dans la pièce principale, ce qui lui donne des airs de chalet de montagne. Quand on a le temps et du carburant pour faire tourner le générateur et alimenter la pompe, on a même de l'eau courante - glaciale, certes. Notre nouveau village donne sur des lacs et sur la forêt. Il a été occupé par les Russes en même temps que Lyman, pendant cinq mois en 2022. Avant de partir, ils l'ont truffé de mines.

Serhii, notre nouveau propriétaire, passe pendant qu'on emménage.

– Soyez très prudents, dit Serhii. Les anciens propriétaires voulaient partir vivre chez des proches à l'ouest, l'an dernier. Ils en avaient assez de la guerre. Ils étaient arrivés à la sortie du village, dans une voiture civile, quand ils ont heurté une mine antichar. Ça les a tués tous les deux. Sasha et Yuriy. Des gens bien.

Donc pas de promenades au bord du lac. On limite nos déplacements aux routes dégagées par les sapeurs. D'ici quelques jours, on reprendra les rotations vers de nouveaux abris, qu'on n'a pas encore construits, pour lancer nos drones et regarder les Russes continuer à grignoter notre coin de Donbass.

Les fois précédentes, je trouvais des logements pour les 25 soldats de mon unité. Cette fois, je dis aux garçons de se débrouiller. Je dois arrêter de les materner. À eux de se prendre en charge, de décider. En fin de compte, ils trouvent des maisons sans difficulté : en première ligne, la pierre n'est pas à prix d'or, surtout avec l'avancée russe.

Le soir de l'emménagement, je m'aperçois dans un miroir au-dessus de la cheminée du salon. Je ne crois pas être superficielle, mais je suis choquée de voir à quel point j'ai l'air vieille et fatiguée, avec mon bonnet kaki tricoté. Je pense au narrateur d'*À l'Ouest, rien de nouveau* : « Je suis jeune... mais je ne connais rien de la vie sauf le désespoir, la mort, la peur... »

Bien sûr, notre sort n'est pas comparable à celui des soldats de Remarque pendant la Première Guerre mondiale. Eux s'étaient engagés alors qu'ils étaient encore écoliers, échauffés par un professeur patriote, et avaient vite compris que le massacre était absurde. Notre refus d'accepter l'occupation russe est un acte de résistance, et la résistance est en soi positive et porteuse d'espoir. Contrairement à la plupart des guerres, ce conflit a une cause claire, un sens profond et des enjeux immenses. Si Poutine gagne, l'Ukraine, un pays de 44 millions d'habitants, cessera d'exister. La sécurité de l'Europe et du monde entier sera remise en question.

*

Les semaines de pilonnage, la décision du redéploiement, comme le déménagement précipité, nous ont épuisés. J'ai trop d'expérience pour avoir peur, mais l'anxiété est toujours là - davantage pour mes hommes que pour moi -, la crainte qu'un d'eux soit tué ou blessé. Je redoute le cycle : identifier des restes, prévenir une famille, chercher du réconfort auprès de mes frères d'armes, alors qu'aucun réconfort n'est possible. J'ai des cernes. Je vois le sergent Andriy me regarder dans le miroir et je me tourne vers lui.

– Ce n'est pas ta faute, dit-il.

– Je sais. C'est la faute à la malchance, au manque d'hommes et d'armes, aux alliés inconstants, à la machine de guerre sanglante de Poutine... Mais perdre une position, ça fait quand même un mal fou.

– On la reprendra, dit-il.

– Eh bien... peut-être. Un jour.

18 février 2024

Dans une interview diffusée à la télévision allemande, cinq jours après sa nomination comme commandant en chef des forces armées ukrainiennes, le général Oleksandr Syrskyi énonce l'évidence : l'Ukraine est passée « d'une opération offensive à une opération défensive ».

Pendant les deux premières années de l'invasion à grande échelle, nous avons été portés par la colère, l'adrénaline et un sentiment d'unité. Par moments, nous avons presque cru être invincibles, quand nos soldats ont repris toute la région de Kharkiv en septembre 2022, puis une grande partie de l'oblast de Kherson deux mois plus tard. Les planificateurs militaires ukrainiens pensaient que nos forces devaient rester souples et mobiles. Mais les Russes nous ont pris de vitesse avec les fortifications impénétrables de la ligne Surovikin. Notre incapacité à percer jusqu'à la mer d'Azov a convaincu nombre de nos soutiens occidentaux que nous étions des perdants ; qu'ils devaient, comme nous, limiter les pertes et conclure un accord avec Poutine.

L'échec de la contre-offensive nous a aussi fait comprendre à quel point nous avions besoin de notre propre ligne Surovikin. Avec cette posture de guerre défensive est venue la prise de conscience que l'Ukraine avait gravement négligé ses fortifications. Des efforts ont été entrepris autour d'Avdiivka - trop tard pour sauver cette ville stratégique en périphérie de Donetsk - et autour de Koupiansk, qui est encore en danger.

Zelensky parle d'une ligne de fortifications de 2 000 kilomètres, sur trois niveaux de profondeur. Nous apprenons que l'armée utilise du matériel lourd pour creuser des tranchées profondes et larges aux parois inclinées afin de piéger les chars russes. Devant les tranchées, ils placent des dents de dragon, des « hérissons tchèques » en poutres métalliques, et des champs de mines. Ils installent du grillage autour des emplacements d'artillerie et des entrées d'abris pour faire exploser les drones avant qu'ils n'atteignent leurs cibles. Les ingénieurs de l'armée construisent des tranchées renforcées pour les soldats, recouvertes de bâches pour que les drones FPV ne voient pas à l'intérieur.

Hélas, nous ne pouvons rien faire pour nous protéger des bombes planantes que les Russes utilisent de plus en plus pour frapper nos abris et nos bunkers. Seuls des avions de chasse et des systèmes de missiles de défense aérienne peuvent les contrer. Depuis février 2022, l'Ukraine supplie l'OTAN de « fermer le ciel ». Il a fallu dix-huit mois pour que nos alliés acceptent enfin, en août 2023, d'envoyer des F-16 - que nous n'avons commencé à recevoir qu'un an plus tard. Les pays occidentaux ont donné une poignée de batteries Patriot ; les premiers lanceurs ne sont arrivés qu'au printemps 2023, et ils sont insuffisants pour protéger nos villes et nos fronts. Le paquet d'aide militaire de 61 milliards de dollars, si longtemps attendu et voté par le Congrès américain le 21 avril 2024, devrait aider à terme, mais Poutine est déterminé à exploiter notre vulnérabilité d'ici là.

Mes collègues et moi ne voyons aucun signe des nouvelles fortifications ukrainiennes mises en avant dans les médias étrangers. La grogne est forte dans les rangs face à l'insuffisance de nos défenses. L'Ukraine dispose de bonnes troisième et quatrième lignes, mais situées à 30-50 kilomètres de la ligne de contact, trop loin donc pour nous être utiles. Il nous faudrait reculer de dizaines de kilomètres pour en bénéficier, au prix d'une perte énorme de territoire. Construire des défenses si loin en arrière n'a aucun sens. À 5 kilomètres du front, nous n'avons aucune fortification où nous replier. À chaque position prise par l'ennemi, nous nous retrouvons à 1 ou 2 kilomètres d'eux. Nous reculons et creusons à la hâte de nouveaux trous d'homme, plus rapides à faire que des tranchées et moins vulnérables à l'artillerie.

Si nos commandants avaient fait preuve de prévoyance, cela ne se passerait pas ainsi. Il est peut-être trop dangereux d'envoyer des entrepreneurs privés en zone de combat, mais ils pourraient former des soldats à manier pelleteuses et engins de terrassement. Malheureusement, notre armée ne dispose que d'une fraction du parc de construction des Russes, qui ont pu mobiliser des entreprises civiles de BTP pour édifier la ligne Surovikin. L'incompétence d'une hiérarchie militaire qui n'a jamais construit de fortifications est la seule explication à ce manque ; quelqu'un devra être sanctionné pour cela.

*

Quand la guerre sera finie, je veux lancer une campagne de sensibilisation pour réformer l'armée. La première étape sera de changer la manière dont on attribue les grades. L'armée ukrainienne promeut des hommes simplement parce qu'ils sont là depuis longtemps. Nous avons beaucoup d'officiers supérieurs inexpérimentés, incompétents - des guerriers de bureau. Ce sont eux qui ont bâclé les fortifications sur le front est.

C'est l'une des raisons pour lesquelles je veux que l'Ukraine rejoigne l'OTAN : je ne suis pas sûre que nous puissions seuls réformer notre armée. Cette adhésion pourrait écarter les soldats et supérieurs non professionnels, inculquer à tous davantage de respect pour les femmes et nous fournir des armes et des technologies de haut niveau.

Je veux être utile dans l'armée tant que dure la guerre, sans ambition de carrière militaire. J'aimerais être promue capitaine, mais ce n'est pas grave si je ne le suis pas ; je le deviendrai probablement dans la réserve. S'il y a un accord de paix, je quitterai le service actif. Il y aura beaucoup à faire pour les vétérans après la guerre : des milliers d'hommes avec de graves problèmes de santé, beaucoup amputés. J'aimerais reprendre le travail que je faisais quand l'invasion de 2022 a commencé : aider les vétérans à se réinsérer dans la vie civile. C'est un travail qui me tient à cœur. Avant l'invasion à grande échelle, nous luttions contre le sexisme et le harcèlement dans l'armée. Nous avions aussi prévu une campagne pour sensibiliser au taux élevé de suicides chez les conscrits, apparemment dû aux brimades d'officiers non professionnels. Tant d'enjeux ont été relégués au second plan par cette guerre.

Quand Zelensky a tenté de faire la paix avec la Russie en 2019, les vétérans du Donbass ont crié à la capitulation. Mon père est mort parce qu'il ne supportait pas de voir l'Ukraine sacrifier des terres pour la paix avec la Russie. Mais j'ai vu le coût humain de cette guerre et la quasi-impossibilité de reprendre nos territoires perdus. Les civils sont peut-être moins prêts à accepter la perte de territoires que les militaires. L'armée est raisonnable. Si une paix réelle peut être obtenue, avec des garanties de sécurité et la liberté pour l'Ukraine de rejoindre l'Europe et l'OTAN, je crois que les militaires pourraient accepter un règlement négocié. Ce serait comme boire du poison, mais je déposerais les armes. À l'inverse, si l'Ukraine est occupée par la Russie et que la guerre se termine sans accord, j'achèterai une arme avec mes économies et je rejoindrai la résistance.

Tôt ou tard, nous serons forcés de signer un accord de paix. J'espère qu'il prendra en compte nos intérêts, mais ce ne sera pas la fin de la guerre. Cette paix artificielle ne sera que le prélude à une autre. La Russie s'en servira pour reprendre des forces et attaquer à nouveau. Poutine ne s'arrêtera pas avant d'avoir conquis Kharkiv, Odessa et peut-être Kyiv. Il les voit comme des villes russophones, donc russes. Je crains de ne pas voir l'Ukraine en paix de mon vivant, car cette guerre durera tant que Poutine restera au pouvoir. Ce sera probablement un problème ukrainien plus qu'un problème de l'OTAN. Ils n'ont pas souffert de la Russie comme nous.

Je sais que je me contredis, alternant discours de paix et volonté de me battre jusqu'au bout. Le conflit est aussi en nous, entre le désir de normalité et la détermination à rester indépendants. L'essentiel est de ne pas laisser Poutine installer à Kyiv un gouvernement entièrement à ses ordres.

Depuis l'échec de la contre-offensive, on parle beaucoup en Occident de « fatigue ukrainienne ». On nous rappelle sans cesse que la Russie est le plus grand pays du monde, avec 17 millions de kilomètres carrés, 28 fois la taille de l'Ukraine. Nous savons qu'ils ont 3 fois notre population, une économie 10 fois supérieure à la nôtre, le plus grand arsenal nucléaire au monde. Parce que nous sommes dépassés en hommes et en armes, certains voient notre défaite comme inévitable. À l'instar du pape François, ils nous supplient de « hisser le drapeau blanc ».

D'autres font valoir que l'économie combinée de l'Union européenne est près de 10 fois supérieure à celle de la Russie, que l'OTAN compte 3 fois plus de soldats, 3 fois plus de navires et 5 fois plus d'avions. Cela pourrait convaincre si l'Ukraine était membre de l'UE et de l'OTAN, mais ni l'une ni l'autre ne nous laissent adhérer tant que la guerre continue. Aucune organisation n'est aussi forte que la somme de ses parties. Au mieux, l'agression russe contre l'Ukraine a tiré l'UE et l'OTAN de leur léthargie.

Les Russes ne sont pas invincibles : ils ont occupé l'Afghanistan pendant dix ans et ont fini par renoncer. Voilà dix ans que nous les combattons déjà. Et nous avons quelque chose qu'ils n'ont pas, malgré leur taille et leur puissance : notre amour de la liberté. Je ne comprends pas pourquoi les Russes ne se soulèvent pas contre Poutine, qui les prive de liberté ; parfois, je me dis qu'ils ont une mentalité servile.

Notre besoin de garanties de sécurité est notre principale motivation pour rejoindre l'OTAN. Les stratèges en chambre suggèrent d'accepter la perte de territoires en échange de l'adhésion, qui « sanctuariserait » théoriquement le territoire que nous tenons, avec la promesse d'une intervention de l'Alliance en cas de nouvelle agression moscovite.

Même si c'est hérétique de le dire, il est évident que nous perdrons probablement la Crimée, la majeure partie du Donbass et, je le crains, les zones des oblasts de Kherson et de Zaporijia actuellement occupées. La perspective d'adhésion à l'OTAN n'est pas une raison suffisante pour sacrifier 18 % de l'Ukraine ; mais si nous n'avons pas d'autre choix que de perdre du territoire, l'adhésion serait une consolation. Il est toutefois difficile d'imaginer dans quelles circonstances Poutine accepterait l'adhésion de l'Ukraine à l'OTAN.

Notre histoire avec l'OTAN est aussi ancienne que l'Ukraine indépendante. En 1991, nous avons rejoint le Conseil de coopération nord-atlantique, créé par l'Alliance comme forum de dialogue avec les anciens adversaires du pacte de Varsovie. C'est principalement pour persuader l'Ukraine de renoncer aux armes nucléaires héritées de l'URSS que Bill Clinton créa, en 1994, le Partenariat pour la paix - sorte de substitut à l'adhésion. L'Ukraine fut la première à y adhérer.

Nos voisins d'Europe de l'Est, qui ont tant souffert sous le joug soviétique, ont supplié pour rejoindre l'OTAN. Nous aussi, nous supplions. Mais les dirigeants occidentaux craignent encore et toujours d'offenser Moscou. George W. Bush voulait que l'OTAN fixe une date d'adhésion pour l'Ukraine et la Géorgie au sommet de Bucarest en 2008, mais Angela Merkel et Nicolas Sarkozy s'y sont opposés. L'Ukraine et la Géorgie ont reçu à la place une promesse d'adhésion future sans échéance - la pire des solutions -, qui a mis Poutine en rage et nous a laissés sans protection.

L'Ukraine a continué de resserrer ses liens avec l'OTAN. J'ai rencontré pour la première fois des officiers américains et canadiens de l'OTAN à l'Académie nationale des forces terrestres Hetman-Petro-Sahaïdatchnyï, où j'ai suivi l'école des officiers en 2017. L'académie partage, avec le Centre international pour le maintien de la paix et la sécurité (ICPS), la base de Yavoriv - 390 kilomètres carrés entre Lviv et la frontière polonaise. L'ICPS a été créé en 2007 pour former des soldats ukrainiens dans le cadre du Partenariat pour la paix. L'attaque russe du 13 mars 2022 contre Yavoriv, qui a tué 35 personnes et en a blessé 134, était très clairement une attaque contre la présence de l'OTAN en Ukraine.

Quand j'étais superviseure au lycée militaire Ivan-Bohun, à Kyiv, des officiers de l'OTAN occupaient des locaux dans notre bâtiment et assistaient parfois aux cours, ou en donnaient. Je leur servais d'interprète. Ce n'étaient jamais des exposés sophistiqués : plutôt des visites amicales, des échanges avec des ados sur les carrières militaires. J'ai aussi accompagné des cadets ukrainiens en visite dans des écoles militaires en Grande-Bretagne et en Suède, qui n'était pas encore membre de l'OTAN.

Le 25 février 2024, le *New York Times* a publié un rapport détaillé sur les liens entre les services de renseignement américains et ukrainiens, révélant que la CIA avait construit, depuis 2014, 12 bases secrètes le long de la frontière de l'Ukraine avec la Russie. Ces bases servent aujourd'hui à organiser des opérations commando clandestines en Russie. La Grande-Bretagne et la France auraient, elles aussi, envoyé du personnel militaire et de renseignement en Ukraine pour nous assister, en plus des armes qu'elles nous fournissent.

Poutine tente de justifier l'invasion à grande échelle en arguant que la présence de l'OTAN en Ukraine menace l'existence même de la Russie. S'il s'inquiète vraiment de l'expansion de l'OTAN, son plan s'est retourné contre lui : l'invasion a poussé la Suède et la Finlande à rejoindre l'Alliance. L'adhésion finlandaise a plus que doublé la frontière terrestre entre la Russie et l'OTAN, mais Poutine ne menace pas - pas encore - d'envahir la Finlande.

Il y a une raison simple pour laquelle Poutine refuse que l'Ukraine rejoigne l'OTAN : il veut nous contrôler, et la présence de l'OTAN l'en empêche. J'ose dire qu'il craint aussi l'exemple d'une Ukraine libre et démocratique à ses frontières.

Nous voulons la sécurité qu'offre l'OTAN, mais nous avons aussi beaucoup à apporter à l'Alliance. Aucune armée européenne ne tient tête à la Russie comme nous. Les forces armées ukrainiennes comptent aujourd'hui près d'un million d'hommes et de femmes, dont des centaines de milliers avec dix ans d'expérience de combat face à la Russie. Aucune puissance de l'OTAN ne peut en dire autant. Je suis perplexe devant la réticence de l'OTAN à nous fournir le matériel nécessaire : l'Ukraine est idéale pour éprouver ses armes au combat. Nous pouvons aussi lui enseigner l'efficacité en pleine bataille. Sa chaîne de commandement verticale remonte jusqu'au QG, ce qui ralentit n'importe quelle armée. L'armée ukrainienne a appris à être flexible et à réagir rapidement.

Parfois, j'ai des doutes sur l'OTAN. C'est l'alliance militaire la plus grande, la plus clinquante, la plus coûteuse et la plus puissante de l'histoire, avec des jets en titane et des chars de combat qui valent des millions chacun. Et pourtant, l'OTAN n'a fait la guerre qu'à des puissances moindres : la Serbie de Milošević, l'Afghanistan islamiste, la Libye de Kadhafi. Face à l'agression russe – qui est tout de même sa raison d'être –, elle a reculé devant l'aide à l'Ukraine. Quand la Russie a envahi la Crimée en 2014, Barack Obama nous a dit de ne pas nous battre. Boris Johnson, un véritable ami de l'Ukraine, affirme que le chancelier Olaf Scholz a conseillé à Zelensky de « plier » au plus vite après le 24 février 2022. Dans les premiers jours de l'invasion, nous avons supplié l'OTAN de « fermer le ciel » en imposant une zone d'exclusion aérienne au-dessus de l'Ukraine. Ils ont même eu peur de ça. Il m'arrive de penser que si la Russie envahissait l'Europe par la Pologne, l'OTAN n'agirait pas avant que les troupes de Poutine n'atteignent la banlieue parisienne.

L'OTAN envoie un flot de signaux contradictoires sur la candidature ukrainienne. Elle ne veut pas donner à Poutine la satisfaction d'écarter l'hypothèse de notre adhésion, mais ne veut pas non plus l'antagoniser. Pas d'unité – donc pas de crédibilité – dans l'attitude des puissances de l'Alliance. C'est ainsi que Donald Trump a même déclaré qu'il « encouragerait la Russie à faire tout ce qu'elle veut » aux membres de l'OTAN qui n'atteindraient pas le seuil de 2 % de dépenses de défense...

Le 20 février 2024, le secrétaire général d'alors, Jens Stoltenberg, a affirmé que l'Ukraine avait le droit de frapper des cibles militaires russes en Russie. Mais, a-t-il ajouté, chaque allié pouvait décider des conditions d'emploi des armes qu'il fournissait... La Grande-Bretagne et la France nous ont autorisés à utiliser leurs missiles de croisière Storm Shadow/SCALP pour défendre la Crimée. Lors d'une visite à Kyiv le 2 mai 2024, le ministre britannique des Affaires étrangères, David Cameron, a affirmé explicitement que l'Ukraine avait le droit de frapper en Russie. Mais Olaf Scholz a ensuite refusé de nous envoyer des missiles de croisière Taurus, capables de détruire le pont de Kertch qui reliait la Crimée à la Russie. Les États-Unis entretiennent eux aussi l'ambiguïté. Fin avril, le conseiller à la sécurité nationale Jake Sullivan a expliqué aux journalistes que l'Ukraine avait promis de ne pas utiliser les nouveaux ATACMS (Army Tactical Missile Systems) à longue portée vers la Russie. Quelques jours plus tard, interrogé sur l'usage possible de ces missiles contre le territoire russe, le secrétaire à la Défense Lloyd Austin lui a répondu : « C'est à eux de décider comment et quand les utiliser. »

Fin mai, trois semaines après le début d'une offensive russe d'un mois qui avait capturé 13 villages dans l'oblast de Kharkiv, le président Biden a déclaré que l'Ukraine pouvait utiliser les armes américaines pour abattre des missiles visant Kharkiv, frapper des troupes massées côté russe près de Kharkiv et des bombardiers s'ils lançaient eux-mêmes des bombes planantes vers l'Ukraine. Washington a précisé que l'on ne pouvait pas cibler l'infrastructure civile russe ni des objectifs militaires en profondeur. En juin, le Pentagone a indiqué que l'on pouvait frapper des forces russes tirant sur des troupes ukrainiennes n'importe où le long de la frontière.

Le débat sur l'envoi éventuel de troupes au sol en Ukraine (les fameuses « *boots on the ground* ») a été tout aussi confus.

Le 26 février 2024, le président Emmanuel Macron a déclaré que l'OTAN « ne devait pas exclure » l'envoi de troupes. Macron a multiplié les déclarations similaires au printemps, suscitant des démentis fermes de la plupart des alliés, à l'exception des États baltes. Il a enfoncé le clou dans une interview à *The Economist* le 2 mai, disant que la question d'envoyer des troupes occidentales en Ukraine se poserait « légitimement » si la Russie perçait nos lignes et que Kyiv demandait de l'aide. Deux ans plus tôt, le même Macron avait affirmé que la Russie « ne devait pas être humiliée ». À présent, il dit qu'elle doit être vaincue...

Quand votre pays est envahi par un dictateur meurtrier, vous passez outre les faiblesses des alliés potentiels. Si les États-Unis quittent l'OTAN, il restera des pays assez forts pour maintenir l'Alliance - et nous voudrons toujours y adhérer. En 2017, la Verkhovna Rada a fait de l'adhésion à l'OTAN et à l'Union européenne des objectifs officiels de politique étrangère et de sécurité. Ils sont inscrits dans la Constitution en 2019.

En juin 2022, Poutine a déclaré n'avoir « rien » contre l'adhésion de l'Ukraine à l'UE, puisque ce n'était pas un bloc militaire. Il ne pensait pas ainsi en 2014, quand nous manifestions sur le Maïdan, et il n'a cessé de changer d'avis. Mais cette phrase dit bien, à la fois son dédain pour l'Europe, et l'importance supérieure qu'il accordait à l'OTAN.

Les Ukrainiens, eux aussi, ont davantage valorisé l'adhésion à l'OTAN. J'étais européenne par mes racines culturelles et historiques, mais l'attrait de l'UE s'est estompé. Je n'ai pas très bien vu ce que l'Ukraine pouvait y gagner. Vu du Donbass, l'UE a ressemblé à une zone commerciale désunie bâtie sur des fondations qui vieillissaient mal. La Grande-Bretagne a été l'un de nos soutiens les plus fermes dans la guerre – et elle a quitté l'UE en 2020. Nous avons aussi vu progresser en Europe des partis nationalistes d'extrême droite – bien plus répréhensibles que les soi-disant « nazis » que Poutine imagine en Ukraine –, souvent sympathisants de Poutine.

Rien n'est plus humiliant que de vouloir rejoindre un club qui ne veut pas de vous. Les sondages ont montré que si les Européens ont soutenu l'aide militaire à l'Ukraine et ont accueilli les réfugiés ukrainiens, ils sont bien plus réticents à nous laisser entrer dans l'UE. La Turquie attend depuis trente-sept ans et n'y entrera probablement jamais. Les États des Balkans occidentaux attendent depuis quinze ans. On nous a dit qu'il nous faudrait au moins six ans de plus avant d'être éventuellement admis.

L'Europe semble avoir peur de l'Ukraine. Elle invoque notre dimension géographique, notre relative pauvreté, la concurrence de notre agriculture, le coût de la reconstruction d'après-guerre et les retombées de notre conflit avec la Russie. Il a fallu deux ans à l'Europe pour seulement commencer à organiser la production et l'achat d'armes afin de nous aider. Cela dit, l'UE a fini par tenir sa promesse de 50 milliards d'euros en subventions et prêts pour les quatre prochaines années – tandis que les républicains américains ont bloqué pendant six mois l'autorisation de 61 milliards de dollars d'aide militaire vitale.

Nous avons mené cette guerre pour nous-mêmes, mais aussi pour l'Occident collectivement. Les Ukrainiens sont morts sous les coups de la Russie pour que les Européens et les Américains n'aient pas à mourir. Comme l'a souvent répété notre ancien ministre des Affaires étrangères, Dmytro Kuleba : « On vous propose le meilleur deal : ne sacrifiez pas vos soldats, donnez-nous juste des armes et de l'argent, et on finira le job. » Si l'Europe et les États-Unis ne nous apportent pas le soutien nécessaire, ce sera la dernière guerre qu'ils auraient épargnée à leurs soldats. Je crois qu'enfin, les Européens ont commencé à prendre la mesure de la menace russe. Cette menace et notre besoin de protection ont coïncidé. Si l'Union européenne se transforme en alliance militaire, l'Ukraine souhaiterait ardemment y adhérer.

Malgré toutes ses failles, la communauté internationale existe. L'Holodomor ne se reproduira probablement pas au XXIe siècle. Nos alliés sont peu fiables, mais nous ne sommes pas seuls. Nous survivons - avec ou sans leur aide.

Kyiv. 6 décembre 2022

J'ai été convoquée, avec une vingtaine de camarades, au palais Mariinskyi, résidence officielle du président de l'Ukraine. Le 14 octobre - deuxième anniversaire de la mort de mon père -, on m'a informée que je recevrais la Médaille du Courage, 3e classe, pour « courage individuel et héroïsme lors du sauvetage de personnes ou de biens de valeur au péril de sa vie ». Aucune indication de la mission précise récompensée. Les sauvetages en première ligne font partie de mon quotidien, et aucune de ces missions ne me paraît particulièrement héroïque.

Nous portons des tenues de camouflage, pas des uniformes d'apparat : l'ostentation est déplacée en temps de guerre. La sécurité est draconienne. Nous faisons la queue dehors, dans un froid mordant, fouille, portiques, puis des heures d'attente dans une annexe du palais. À un moment, une alerte aérienne retentit et on nous descend au sous-sol. Personne n'est sûr que la cérémonie aura bien lieu. L'invitation est strictement personnelle - pas de famille ni d'amis -, sauf pour les blessés et les amputés, qui ne peuvent se déplacer seuls. Certaines familles viennent chercher des médailles à titre posthume. Environ une heure avant, on nous fait répéter dehors. Je porte des couches et des couches de vêtements contre le froid.

Nous sommes enfin introduits dans l'opulent palais baroque tardif où Zelensky reçoit les chefs d'État étrangers. Conçu par l'Italien Bartolomeo Rastrelli pour l'impératrice russe Élisabeth Petrovna en 1744, il a accueilli sa nièce par alliance, Catherine II, lors d'une visite à Kyiv en 1787. Le palais est resté la résidence des membres de la famille impériale en visite jusqu'à la révolution de 1917. Zelensky a rebaptisé la salle de réception où se tient la cérémonie « Salle blanche des Héros d'Ukraine ». Voir l'Ukraine utiliser cette relique du colonialisme russe me paraît un véritable acte de défi.

À la mort de mon père, j'avais demandé à parler à Zelensky ; mais là, ce n'est bien sûr ni le moment ni l'endroit. Le président me tend un coffret en bois et me serre la main. La médaille émaillée à l'intérieur montre un trident ukrainien sur des épées croisées, suspendue à un ruban bleu, or, rouge et blanc. Le général Zaloujny pose pour une photo avec moi dans l'antichambre.

Je me sens trois fois rien devant les blessés et les familles des morts. Je voudrais leur parler, mais je reste muette. Zelensky prononce les grands mots. Héroïsme. Courage. Il dit que le monde a sous-estimé la puissance du courage. Cela semble réconforter les familles. L'ambiance tient plus du requiem que de la célébration, mais l'événement paraît nécessaire. Je suis mitigée à l'idée d'accepter cette médaille :

je sais que des gens indignes d'elle la reçoivent, et que beaucoup de soldats la méritent plus que moi.

La cérémonie s'achève. Je salue brièvement les autres décorés, je m'arme de courage contre le froid, et je repars seule jusqu'à la station de métro. Je range ma jolie médaille dans son coffret, dans un tiroir chez Tamara, puis je repars rejoindre ma section dans le Donbass.

*

Au front, tout le monde pense à la mort. Nous savons que nous pouvons partir à tout instant. On n'en fait pas un drame ; c'est juste la mort. Un autre état. Une autre aventure. Après tout, on n'est qu'un corps. Chacun a son propre scénario sur la façon dont il aimerait qu'on se souvienne de lui, sur ce qu'il faudrait faire du corps, et de l'argent versé par l'État. J'ai rédigé un testament et préparé des lettres pour Tamara et Bohdan. Honnêtement, je n'ai vraiment pas peur de mourir.

Après la mort d'Illia, je commence à réfléchir à l'au-delà. Je ne pratique aucune religion, mais je crois en Dieu - ou au moins en une puissance supérieure. Je ne sais pas si le paradis sera le Valhalla, comme disait Illia, ou le green de golf aux agneaux duveteux des catéchismes du dimanche. Je pense que ce sera un lieu de repos et de paix éternels, où je retrouverai mon mari.

Je crois aussi à la responsabilité : les individus qui font le mal seront jugés pour leurs actes ou leurs manquements. En temps de paix, on peut cacher sa vraie nature. Mais la guerre met en pleine lumière lâcheté et courage. Comme toutes les guerres, celle menée contre l'Ukraine révélera son lot de traîtres et de corruption - mais cela ne doit pas discréditer la bravoure de la majorité des Ukrainiens.

J'aime penser que le courage sera récompensé au paradis, car le courage est un miracle - une réaction irrationnelle, à rebours de l'instinct de survie. Peut-être que Dieu distribuera des médailles, comme le président Zelensky ?

On a du courage ou on n'en a pas. Il ne se révèle que dans les moments critiques - et tant qu'on n'a pas été testé, on ne sait pas si l'on sera paralysé de peur, ou si l'on aura l'audace de se jeter dans le vide, de se dépasser, d'affronter et d'embrasser la menace, de la combattre et d'en sortir victorieux. Rien n'est plus satisfaisant et, pourtant, une fois fait, on a l'impression que ce n'était rien. Si l'on a du courage, on fait ce qu'il faut - sans peur de mourir. Il y a un but plus élevé, plus grand que sa propre vie. Connaître ce but, c'est le début du courage. Pour moi, c'est défendre ma famille, défendre ma mère et mon frère.

L'Ukraine se bat par intermittence contre la Russie depuis la bataille de Poltava, en 1709. Nous sommes mieux lotis qu'autrefois, quand nos ancêtres combattaient seuls, sans espoir de succès. Les Russes ne peuvent plus nous affamer. Ils n'ont pas réussi à nous tuer par l'emprisonnement et l'exil en Sibérie. Ces souvenirs sont gravés au cœur de chaque Ukrainien. Nous savons ce que nous devons à ceux qui nous ont précédés. Je me bats : je m'assure que leurs vies n'auront pas été offertes en vain.

Glossaire

A-50 – On considère que l'Ukraine a détruit 2 avions russes Beriev A-50 de détection et de commandement aéroportés (AWACS), d'une valeur de plusieurs centaines de millions d'euros, en janvier et en mars 2024, ne laissant à la Russie que 7 A-50 opérationnels. Le A-50 aide la Russie à repérer les défenses aériennes ukrainiennes et à coordonner les frappes des autres appareils. Voir aussi **Beriev A-50.**

Abrams – Après des mois de demandes de Kyiv, les États-Unis ont finalement accepté, en janvier 2023, d'envoyer 31 chars M1A1 Abrams à l'Ukraine. Arrivés en septembre suivant, ils ont été confiés à la 47e brigade mécanisée formée par l'OTAN et ont été aperçus pour la première fois au combat près d'Avdiivka, le 23 février 2024.

Accords de Minsk – En 2014-2015, la France et l'Allemagne ont parrainé deux accords pour mettre fin à la guerre du Donbass. L'Ukraine a signé le protocole de Minsk (Minsk I) après la mort de près de 400 soldats à Ilovaïsk (août 2014). Les combats ont continué, avec des défaites à l'aéroport de Donetsk et à Debaltseve. L'accord de Minsk II (février 2015) devait conduire à un cessez-le-feu, à un désarmement et à des élections locales. Russie et Ukraine ne se sont jamais entendues sur les modalités. Deux jours avant l'invasion à grande échelle du 24 février 2022, Vladimir Poutine a déclaré que les accords de Minsk « n'existaient plus ».

Afgantsy - Vétérans ukrainiens de la guerre soviétique en Afghanistan. Le père de Yulia, Mykola Mykytenko, comptait des amis parmi eux.

AK-47 et AK-74 - Fusils d'assaut soviétiques et postsoviétiques utilisés par les deux camps dans la guerre russo-ukrainienne.

ATACMS - Kyiv a réclamé aux États-Unis les *Army Tactical Missile Systems* (ATACMS) dès les premières phases de la guerre russo-ukrainienne, mais Washington craignait une escalade du conflit. Les États-Unis ont livré des ATACMS de moyenne portée à l'automne 2023. Après des mois de débats, le président Biden a secrètement autorisé en mars 2024 le transfert de versions à plus longue portée (jusqu'à 300 km). Les forces ukrainiennes les ont employés contre des cibles en Crimée et dans l'est de l'Ukraine occupé par la Russie en avril et mai. Ces missiles sont tirés depuis des lance-roquettes multiples (MLRS) et des systèmes Himars. Certains emportent des sous-munitions.

Baba - Abréviation de *babousia*, terme familier pour « grand-mère » en ukrainien.

Barrage (troupes de) - Également appelées unités de blocage ou forces anti-repli. Les bolcheviks les utilisent dès 1918, composées d'agents de la Tchéka, avec ordre de tirer pour empêcher la désertion ou la retraite des soldats de l'Armée rouge. Pratique réintroduite à grande échelle pendant la

Seconde Guerre mondiale, notamment contre les bataillons disciplinaires de Staline. De nombreux rapports font état de l'usage russe de troupes de barrage en Ukraine.

Beriev A-50 - Depuis le début de 2024, l'armée de l'air ukrainienne aurait abattu 2 des 9 avions russes Beriev A-50 d'alerte avancée et de contrôle. Le A-50 a effectué son premier vol en 1978. Chaque appareil peut coordonner jusqu'à 10 chasseurs et coûte environ 300 millions de dollars. Voir aussi **A-50.**

BM-27 Urugan - Lance-roquettes multiple automoteur de 220 mm, fabriqué en Union soviétique entre 1975 et 1991. L'Urugan (« ouragan ») fut le premier lance-roquettes lourd soviétique stabilisé par rotation et ailettes. La Russie en posséderait environ 750.

BMP - Véhicules de combat d'infanterie soviétiques et postsoviétiques utilisés par les deux camps dans la guerre russo-ukrainienne. BMP signifie *Boyevaya Mashina Pekhoty* (« véhicule de combat d'infanterie » en russe).

Bombes planantes - En 2023, la Russie a équipé des bombes gravitationnelles soviétiques FAB (*fugasnaïa aviatsionnaïa bomba*, bombes aériennes explosives) de systèmes de guidage satellitaire et d'ailes déployables, permettant aux avions russes d'éviter la DCA en larguant jusqu'à 60 km. Certaines sources qualifient aussi de « bombes planantes » des KAB (*korrektirouemaïa aviatsionnaïa bomba*, bombes aériennes guidées) plus sophistiquées. Pesant de 250 kg à 1,5 t, elles sont bien plus efficaces que les obus pour détruire bunkers et bâtiments. En mars 2024, le ministre russe de la Défense Sergueï Choïgou a parlé d'une nouvelle bombe planante de 3 tonnes. L'armée ukrainienne attribue la perte d'Avdiivka, en février 2024, à l'usage systématique de ces bombes par la Russie. Les rares missiles américains Patriot sont la meilleure défense contre elles. Voir aussi Su-34 et Su-35.

Bougies Hindenburg - Bougies de tranchée artisanales, apparues pendant la Première Guerre mondiale et utilisées en Ukraine. On coule de la cire dans une boîte de conserve avec une mèche entourée d'une spirale de carton ondulé ; elles servent d'éclairage et de chauffage dans tranchées et abris.

Boykos - Sous-groupe ethnique et linguistique ukrainien, avec les Lemkos et les Houtsoules, vivant dans les Carpates à cheval sur l'Ukraine, la Slovaquie, la Hongrie et la Pologne. Staline en a déplacé de force beaucoup vers le Donbass au début des années 1950, les soupçonnant d'antisoviétisme et pour céder leurs terres à la Pologne communiste. Les Boykos installés dans le Donbass se distinguent nettement des habitants locaux, dont beaucoup descendent de Russes amenés plus tôt par les Soviétiques pour les mines et l'industrie.

Bradley - Les États-Unis ont fourni plus de 300 véhicules de combat d'infanterie M2 Bradley à l'Ukraine, dont plus de 100 dans l'aide finalement votée par le Congrès en avril 2024. Ces véhicules blindés chenillés, très maniables, sont équipés de canons à chaîne Bushmaster et de lance-missiles antichars TOW. Ils comptent parmi les meilleurs véhicules de combat disponibles.

BTR - Transporteurs de troupes blindés soviétiques et postsoviétiques utilisés par les deux camps. BTR signifie *Bronetransportyor* (« transporteur blindé » en russe).

Bucarest (Sommet de) - George W. Bush souhaitait que le sommet de l'OTAN d'avril 2008 à Bucarest fixe un calendrier d'adhésion pour la Géorgie et l'Ukraine. La chancelière Angela Merkel et le président Nicolas Sarkozy s'y sont opposés, par crainte de provoquer Poutine. La Géorgie et l'Ukraine ont reçu la promesse d'une adhésion future, sans date - la pire des solutions.

Caesar - Acronyme de Camion équipé d'un système d'artillerie. Le 18 janvier 2024, le ministre français des Armées Sébastien Lecornu a déclaré que l'Ukraine avait déjà reçu 49 canons automoteurs Caesar français, dont 12 donnés par la France. L'Ukraine en a acheté 6, et la France a appelé ses alliés à contribuer aux 260 millions d'euros nécessaires pour 60 Caesar supplémentaires, soit un total de 78.

Challenger 2 - Le Royaume-Uni a annoncé en janvier 2023 la livraison à l'Ukraine de 14 chars de bataille principaux Challenger. Déployés fin mars 2023 avec la 82e brigade d'assaut aéroportée ukrainienne dans l'oblast de Zaporijia, ils ont participé à la contre-offensive avortée. À 71 tonnes, le Challenger 2 est le char le plus lourd du conflit.

Chasseurs F-16 - Depuis le début de l'invasion à grande échelle, les alliés occidentaux de l'Ukraine ont tardé à répondre à ses demandes urgentes d'artillerie, de missiles de défense aérienne, de chars et d'avions de combat. Le Danemark a poussé au printemps 2023 pour que des F-16 soient fournis. Quatre pays de l'OTAN - Belgique, Danemark, Pays-Bas et Norvège - ont promis 45 appareils au total, fabriqués par Lockheed Martin. La complexité de la maintenance et de la formation a ralenti le processus et les premiers F-16 n'ont été livrés à l'Ukraine qu'en août 2024. Certaines armées européennes remplacent leurs F-16 par des F-35.

Conseil de coopération nord-atlantique - Créé en 1991 par l'OTAN pour dialoguer avec ses anciens adversaires du pacte de Varsovie. Précurseur du Partenariat pour la paix, sorte de substitut à l'adhésion conçu par Bill Clinton en 1994 pour convaincre l'Ukraine d'abandonner les armes nucléaires héritées de l'URSS.

Datcha - Maison de campagne en russe et en ukrainien.

Dents de dragon - Obstacles de béton en forme de pyramide, inventés pendant la Seconde Guerre mondiale pour ralentir l'avance des chars ennemis. La Russie a fortifié sa ligne Surovikin dans le sud-est de l'Ukraine avec des dents de dragon. Les forces ukrainiennes en déploient autour de Kharkiv, Koupiansk et d'autres villes de l'est en prévision d'une offensive russe.

Donbass - Abréviation du bassin houiller de Donetsk, regroupant les oblasts de Luhansk et de Donetsk.

Douma - La Douma d'État est la chambre basse du parlement russe, composée de 450 membres élus pour quatre ans. Le Conseil de la Fédération est la chambre haute.

Drones - Voir **UAV** ci-dessous.

Forces de défense territoriale (TDF) - Durant la guerre du Donbass (2014-2021), les bataillons de réserve de l'armée ukrainienne rassemblaient des vétérans à temps partiel et des civils en milices volontaires. Après l'invasion à grande échelle du 24 février 2022, plus de 100 000 Ukrainiens et Ukrainiennes ont rejoint les TDF, officiellement constituées en branche des forces armées. Elles assurent la défense locale et peuvent être intégrées à l'armée en cas de mobilisation massive. La Légion internationale (voir entrée) fait partie des TDF.

Formule Steinmeier - En 2016, Frank-Walter Steinmeier, alors ministre allemand des Affaires étrangères (aujourd'hui président), a proposé des élections dans les zones de Donbass occupées par la Russie pour débloquer Minsk. La formule exigeait l'allégement de certaines positions ukrainiennes et offrait une autonomie aux séparatistes s'ils gagnaient un référendum. Le président Zelensky l'a soutenue en octobre 2019, provoquant une opposition virulente des vétérans du Donbass (« Non à la capitulation »).

FPV - Les drones « *first-person view* » coûtent environ 500 $ pièce. Le pilote porte un visiocasque et voit ce que voit le drone. Les soldats ukrainiens les bricolent pour emporter des charges explosives et les utilisent en kamikazes.

FSB - Le Service fédéral de sécurité de la Fédération de Russie (*Federal'naya sluzhba bezopasnosti Rossiyskoy Federatsii*) a remplacé le KGB en 1995 comme principal service de renseignement. Vladimir Poutine a dirigé le FSB en 1998-1999.

Fyksyky - Dessin animé ukrainien populaire sur une fillette, Symirochka, qui passe son temps à tirer d'affaire un garnement. Tamara et Yulia possèdent un chat nommé Symirochka, devenu le nom de code de Yulia.

GAZ-66 - Camion civil et militaire 4x4 tout-terrain produit en URSS puis en Russie de 1964 à 1998, utilisé par les forces russes et ukrainiennes dans la guerre.

Gazoducs Nord Stream - Réseau de gazoducs sous la Baltique reliant la Russie à l'Allemagne : Nord Stream 1 (en service en 2011) et Nord Stream 2 (achevé en 2021 mais jamais mis en service). La Russie a fermé Nord Stream 1 six mois après l'invasion de 2022, sous prétexte de maintenance. L'Allemagne a refusé l'autorisation d'ouverture de Nord Stream 2 le 22 février 2022, au lendemain de la reconnaissance par la Douma des « républiques » de Donetsk et Luhansk. Les États-Unis s'y opposaient depuis longtemps, dénonçant une dépendance dangereuse à la Russie. Quatre explosions sous-marines, le 26 septembre 2022, ont rendu les conduites inopérantes. Une enquête conjointe de *Der Spiegel* et du *Washington Post* a affirmé que le général Valerii Zaloujny, alors commandant en chef, avait ordonné à des saboteurs formés par les Britanniques de détruire les pipelines. Zaloujny, aujourd'hui ambassadeur d'Ukraine à Londres, a démenti.

Groupe Wagner - Société militaire privée fondée par Evgueni Prigojine en 2014, secrètement financée par l'État russe pour mener des guerres sales au Moyen-Orient et en Afrique, avec déni officiel. Prigojine a recruté des prisonniers pour l'Ukraine et les a employés en vagues humaines. Après la prise de Bakhmout, il a ordonné une marche sur Moscou (23 juin 2023). La mutinerie n'a duré qu'un jour, mais Prigojine et son bras droit Dmitri Outkine sont morts deux mois plus tard lorsque leur jet privé a explosé entre Saint-Pétersbourg et Moscou.

Hetman - Le mot viendrait du titre turcique ataman (« père des cavaliers ») ou de l'allemand *Hauptmann* (« capitaine »). En Europe centrale et orientale, il désigne un chef politique ou militaire. Les commandants des cosaques Zaporogues furent appelés Hetmans à partir de la fin du XVIe siècle. Catherine II abolit le titre en 1764. Il est revenu durant la révolution ukrainienne de 1917-1920 et évoque les cosaques qui fondèrent leur propre État et combattirent la domination polono-lituanienne et russe. Trois Hetmans cosaques des XVIe-XVIIIe siècles sont considérés comme des précurseurs de l'État ukrainien moderne : Petro Sahaïdatchny, Bohdan Khmelnytsky et Ivan Mazepa.

Himars - Depuis l'été 2022, les États-Unis ont donné à l'Ukraine 39 systèmes de roquettes d'artillerie à haute mobilité, parmi les meilleures pièces de l'arsenal ukrainien.

Holodomor - (« mort par la faim » en ukrainien.) Environ 4 millions d'Ukrainiens sont morts de faim lors de la famine de 1932-1933 causée par la collectivisation stalinienne.

Hryvnia - Monnaie nationale de l'Ukraine depuis 1996.

Humvee - *High Mobility Multipurpose Wheeled Vehicles*. Les États-Unis en ont fourni plus de 3 000 à l'Ukraine. Produits depuis 1984, ces 4x4 légers ont en grande partie remplacé la jeep.

HUR - La Direction principale du renseignement du ministère de la Défense d'Ukraine (*Holovne upravlinnia rozvidky Ministerstva oborony Ukrainy*) est responsable d'opérations audacieuses en Crimée et derrière les lignes russes. Son emblème : une chouette planant au-dessus d'un globe et plantant une épée dans une Russie noircie. Celui du GRU, équivalent russe, est une chauve-souris sur un globe (les chouettes chassent les chauves-souris). Le HUR est dirigé par le lieutenant-général Kyrylo Boudanov, rescapé de nombreuses tentatives d'assassinat. Sa femme, Marianna, a survécu à un empoisonnement aux métaux lourds en novembre 2023.

ICPS - Le Centre international pour le maintien de la paix et la sécurité a été créé en 2007 sur la base de Yavoriv, entre Lviv et la frontière polonaise, pour former des soldats ukrainiens dans le cadre du Partenariat pour la paix de l'OTAN. La Russie a frappé la base le 13 mars 2022, tuant 35 personnes et en blessant 134.

Il-22 - L'Iliouchine Il-22, avion de poste de commandement aéroporté à hélices datant des années 1950, est utilisé par la Russie. Des mercenaires Wagner en ont abattu un lors de leur mutinerie de juin 2023 ; on estimait alors qu'il en restait une douzaine. L'Ukraine en a détruit un autre en janvier 2024.

Invisible Battalion - Groupe de plaidoyer formé par des femmes dans l'armée ukrainienne, auquel la lieutenante Yulia Mykytenko appartient activement. *Invisible Battalion* est aussi le titre d'un documentaire primé (2017) visant à faire connaître le statut de seconde zone des femmes dans l'armée. Sa campagne a conduit à la loi de 2018 ouvrant les postes de combat aux femmes.

IRIS-T - L'Allemagne avait livré 3 systèmes de défense antiaérienne IRIS-T à l'Ukraine en février 2024. Cinq autres sont promis (total : 8).

Ivanovets - Corvette lance-missiles russe coulée par l'Ukraine avec des drones de mer au large de la Crimée le 1er février 2024.

JAS 39 Gripen - L'adhésion pleine et entière de la Suède à l'OTAN, le 7 mars 2024, a ouvert la voie au transfert à l'Ukraine du chasseur JAS 39 Gripen, fabriqué par SAAB AB. Des pilotes ukrainiens l'avaient testé à l'automne 2023. Monoréacteur léger supersonique multirôle, aux capacités d'attaque modestes, il compléterait utilement les F-16 américains, plus lourds.

Javelin - Les États-Unis ont fourni des missiles antichars Javelin à l'Ukraine pour l'entraînement bien avant l'invasion à grande échelle. Les Ukrainiens se sont montrés habiles à détruire le premier et le dernier char d'une colonne, puis tous les blindés intermédiaires. Les Javelin ont atteint un statut quasi culte en Ukraine.

Joint Forces Operation (JFO) - Nom donné en 2018 aux forces ukrainiennes combattant les Russes dans le Donbass. Auparavant appelée ATO (*Anti-Terrorist Operation*). Le changement de nom reconnaissait que l'ennemi principal était russe plutôt que des « terroristes » séparatistes ukrainiens.

Kiptar - Gilet traditionnel ukrainien sans manches.

Kornet - Meilleur missile antichar guidé de la Russie.

Krab - Obusier automoteur chenillé conçu en Pologne, avec châssis sud-coréen et tourelle britannique. La Pologne a donné 18 Krab à l'Ukraine en 2022 et promis d'en vendre 56 autres.

Lancet - Munition rôdeuse russe (drone kamikaze) commandée à distance, percutant sa cible au moment opportun pour la détruire. Les forces russes utilisent surtout les Lancet de ZALA (Zala Aero), poussant les Ukrainiens à protéger leur artillerie sous des cages de treillis.

Légion internationale - Appelée aussi Légion étrangère d'Ukraine. Trois jours après l'invasion à grande échelle du 24 février 2022, le ministre des Affaires étrangères Dmytro Kuleba a annoncé que le président Zelensky créait une Légion internationale de volontaires étrangers pour renforcer les Forces de défense territoriale. Kuleba a ensuite indiqué que 20 000 volontaires de 52 pays s'étaient engagés au 6 mars 2022. Une enquête du *New York Times* un an plus tard estimait toutefois qu'ils n'étaient peut-être que 1 500.

Leleka-100 - Drone (UAV) de reconnaissance ou porteur de munition rôdeuse, adopté par les forces armées ukrainiennes en 2021 et largement utilisé dans la guerre. Avec ses deux mètres d'envergure, il ressemble à un avion miniature.

Leopard - À la mi-février 2024, l'Allemagne avait envoyé 30 chars Leopard 1 et 18 Leopard 2 à l'Ukraine. D'abord réticente, elle a emboîté le pas aux États-Unis et au Royaume-Uni en janvier 2023. Elle a aussi autorisé la réexportation de Leopard détenus par des pays tiers. Le Leopard 1 n'est plus fabriqué et tire un calibre différent du Leopard 2.

Ligne Surovikin - Fortifications construites sur ordre du général russe Sergueï Surovikin (« général Armageddon ») dans le sud-est de l'Ukraine en 2022-2023. Ligne de défense à trois couches, longue de 120 km, dans l'oblast de Zaporijia, comprenant pièges à chars, dents de dragon et jusqu'à 5 mines au mètre carré. Une des principales raisons de l'échec de la contre-offensive ukrainienne de 2023.

M777 - L'Australie, le Canada et les États-Unis ont donné près de 200 obusiers tractés britanniques M777 de 155 mm à l'Ukraine. À la mi-2023, environ un tiers avaient été endommagés ou détruits.

Magura - Drones de surface ukrainiens (*Unmanned Surface Vessels*), semblables à des bateaux sans pilote, qui se sont avérés très efficaces pour couler des navires russes en mer Noire.

Maïdan - Maïdan Nezalejnosti (place de l'Indépendance) à Kyiv fut la scène de la Révolution orange (2004-2005) et de l'Euromaïdan (2013-2014), dite Révolution de la Dignité, qui ont toutes deux chassé le président prorusse Viktor Ianoukovitch. Maïdan vient d'un mot persan signifiant « place ».

Mavic - Drones chinois bon marché à quatre rotors, très utilisés par les troupes ukrainiennes pour la reconnaissance. Prix : 1 500 à 2 000 $ pour la version diurne, au moins 2 400 $ avec vision nocturne.

Mémorandum de Budapest sur les garanties de sécurité - Signé à Budapest le 5 décembre 1994, il garantissait la protection de la Biélorussie, du Kazakhstan et de l'Ukraine en échange de l'abandon de leurs armes nucléaires et de leur adhésion au TNP. La Russie, les États-Unis et le Royaume-Uni en furent les premiers signataires. La

Chine et la France ont fourni des assurances plus faibles dans des documents séparés.

Milblogueur - Militaire ou civil proche de l'armée tenant un blog sur la guerre en cours, souvent depuis le front. Les milblogueurs russes - généralement sur Telegram - sont une source majeure d'informations côté russe. Favorables à l'invasion, ils critiquent les généraux et le ministère de la Défense pour leur incompétence supposée. Le Kremlin tolère en général ces critiques, bien qu'Igor Girkin, ex-agent du FSB devenu milblogueur, condamné par contumace par un tribunal néerlandais pour le vol MH17, ait écopé de quatre ans de prison et d'une interdiction d'internet après des propos désobligeants sur Poutine.

Missiles de croisière Kalibr - Famille de missiles russes développés par NPO Novator et déployés depuis 1994, en versions navale, sous-marine et aéroportée. Les Kalibr supersoniques, à double propulsion, évitent mieux la DCA ; les subsoniques ont une plus longue portée. Charge possible : 500 kg conventionnelle ou thermonucléaire. Largement utilisés par la Russie contre des cibles militaires et civiles en Ukraine.

Missiles de croisière Taurus - Le président Zelensky souhaite des missiles allemands Taurus pour détruire le pont de Kertch reliant la Crimée à la Russie. Le chancelier Olaf Scholz a déclaré le 26 février 2024 être réticent, en raison de leur portée (suffisante pour frapper Moscou) et parce que des militaires allemands seraient nécessaires à leur mise en œuvre. « L'Allemagne ne prendra pas part au conflit, ni directement, ni indirectement », a-t-il écrit.

Missiles Grad - Autre arme d'époque soviétique utilisée par les deux camps. Le BM-21 Grad (« grêle » en russe) est un lance-roquettes multiple automoteur de 122 mm développé dans les années 1960. Les roquettes, rangées en tubes façon tuyaux d'orgue, sont tirées depuis l'arrière d'un véhicule de combat. Surnommés parfois « orgues de Staline ».

MLRS - Voir **ATACMS** et **BM-27 Urugan.**

Moskali - Terme ukrainien péjoratif pour désigner les Russes.

Moskva - Le croiseur lance-missiles *Moskva*, navire amiral de la flotte russe de la mer Noire, coulé par deux missiles antinavires ukrainiens Neptune le 14 avril 2022, constitue l'une des victoires les plus symboliques de l'Ukraine. Le *Moskva* avait exigé la reddition de l'île aux Serpents le premier jour de l'invasion ; un garde-frontière ukrainien avait répondu : « Navire de guerre russe, va te faire foutre. »

Nebesna Sotnya - La « centaine céleste » (en réalité 108) de manifestants tués durant l'Euromaïdan furent, pour la plupart, abattus par la police antiémeute Berkut dans les derniers jours du soulèvement qui a chassé Ianoukovitch. Un mémorial national et un musée leur sont dédiés.

Neptune - Missile antinavire subsonique conçu et fabriqué en Ukraine en 2021 et utilisé pour la première fois après l'invasion à grande échelle. Deux Neptune ont coulé le *Moskva* en avril 2022. Une version terrestre a été développée.

NLAW - *Next-generation Light Anti-tank Weapon*, arme antichar portative développée en Suède et fabriquée au

Royaume-Uni. Au 15 mai 2023, Londres en avait fourni plus de 5 000 à l'Ukraine. Plus petits et plus légers que les Javelin, les NLAW sont les missiles antichars les plus nombreux de l'arsenal ukrainien.

Nova Poshta - Société privée de livraison présente dans tout le pays, utilisée pour acheminer matériel, nourriture et fournitures jusqu'au front.

Novocherkassk - Le 26 décembre 2023, l'Ukraine a détruit par missiles de croisière le navire de débarquement russe *Novocherkassk* dans le port de Feodossia, au sud-est de la Crimée. Kyiv a indiqué qu'il transportait des drones iraniens Shahed. Trois jours plus tard, la Russie a lancé deux jours d'attaques par drones et missiles, faisant 40 morts ukrainiens.

Oblast - « Province » ou « région » en russe et en ukrainien. L'Ukraine est divisée en 24 oblasts. La Russie occupe des parties de Luhansk, Donetsk, Zaporijia et Kherson, mais aucun en totalité. En juin 2024, Poutine a dit qu'il ferait la paix si Kyiv renonçait à ces quatre oblasts et promettait de ne pas rejoindre l'OTAN.

Obnulit - Jargon carcéral russe pour « tuer », « réduire à néant », utilisé pour décrire l'exécution de soldats blessés revenant d'un assaut.

Ostalgie - Terme allemand pour la nostalgie du bloc soviétique. Phénomène analogue en Ukraine.

OTAN - L'Ukraine indépendante entretient des liens étroits avec l'OTAN depuis son entrée au Conseil de coopération nord-atlantique en 1991 et au Partenariat pour la paix en 1994. Au sommet de Bucarest en 2008, les dirigeants de l'OTAN ont promis que la Géorgie et l'Ukraine deviendraient membres, sans préciser quand. La coopération OTAN-Ukraine a marqué une pause sous la présidence prorusse de Viktor Ianoukovitch (2010-2014). En 2019, l'Ukraine a inscrit dans sa Constitution l'objectif d'adhérer à l'OTAN. Vladimir Poutine prétend que la présence de l'OTAN en Ukraine l'a forcé à lancer l'invasion de 2022.

Pacte de Varsovie - Alliance de défense (1955-1991) menée par l'URSS et 7 satellites d'Europe centrale et orientale, créée pour contrebalancer l'OTAN. Après la chute de l'URSS, la Russie a combattu l'élargissement de l'OTAN aux ex-membres du Pacte, qui ont néanmoins tous rejoint l'Alliance.

Paladin - En octobre 2023, le ministère britannique de la Défense a annoncé l'envoi à l'Ukraine du système antiaérien stationnaire Terrahawk Paladin, réputé efficace contre les drones iraniens Shahed. À ne pas confondre avec le M109 Paladin, obusier automoteur très mobile fourni par les États-Unis et plusieurs pays de l'OTAN.

Parti des Régions - Parti prorusse fondé en 1997 et interdit en 2023, particulièrement fort dans les régions russophones de l'est et du sud. Son candidat Viktor Ianoukovitch fut président de 2010 jusqu'à sa fuite en Russie à la suite de l'Euromaïdan.

Patriot - Les missiles sol-air Patriot, montés sur camion, constituent la principale défense aérienne américaine depuis le milieu des années 1980. Volodymyr Zelensky n'a obtenu de Joe Biden qu'en décembre 2022 la fourniture de systèmes Patriot pour protéger les villes ukrainiennes.

L'Allemagne, d'abord réticente, a suivi. L'Ukraine aurait déployé une batterie à Kyiv et une dans le sud et l'est.

Pion - (en russe « pivoine ».) Le canon automoteur S7 Pion pilonne les troupes ukrainiennes de première ligne avec des obus de 203 mm.

PKM - Variante améliorée de la mitrailleuse soviétique PK à alimentation par bande, introduite en 1969 et toujours produite en Russie. Le « K » renvoie à sa filiation avec le fusil kalachnikov. Arme standard d'infanterie et montée sur véhicule, utilisée par les deux camps.

Pochekun (sg.), pochekuny (pl.) - Argot ukrainien pour « attentiste », quelqu'un qui reste sur la clôture ou attend d'être « libéré » par les forces russes ; même d'une créature grasse, façon ours, qui se tourne les pouces. Voir aussi **Zhdun/zhduny**.

Praviy Sektor - Plusieurs groupes paramilitaires d'extrême droite se sont unis sous la bannière de Praviy Sektor (« Secteur droit ») au début des protestations de novembre 2013. Ils se revendiquent de Stepan Bandera, chef d'une faction de l'Organisation des nationalistes ukrainiens (OUN) pendant la Seconde Guerre mondiale. Combat dans le Donbass depuis 2014 comme corps de volontaires ; intégré dans l'armée régulière en 2022.

Prometheus - Première plateforme d'enseignement en ligne d'Ukraine, gérée par l'ONG Education Equality Institute ; plus de 250 cours, 1,8 million d'étudiants. Le ministère de la Défense y a publié des cours pour opérateurs de drones. D'autres programmes aident les personnes déplacées à acquérir des compétences IT.

Révolution de la Dignité - Ou Euromaïdan. Affrontement de trois mois (novembre 2013-février 2014) entre Ukrainiens pro-UE et partisans de Moscou, qui a fait 108 morts parmi les civils et s'est terminé par la fuite du président prorusse Ianoukovitch, suivie de l'invasion russe de la Crimée et du Donbass. Voir aussi Union économique eurasiatique.

SBU - Le Service de sécurité d'Ukraine (*Sloujba bezpeky Oukraïny*) est le principal service de renseignement et de contre-ingérence, sous l'autorité du président.

Sergei Kotov - Patrouilleur russe que l'Ukraine affirme avoir coulé avec des drones marins en mer Noire près de la Crimée, en mars 2024.

« Slava Ukraini ! Heroïam Slava ! » - Salutation patriotique très répandue depuis 2014 : « Gloire à l'Ukraine ! Gloire à nos héros ! » En général, un groupe lance « Slava Ukraini ! » et l'autre répond « Heroïam Slava ! ».

Sommet de Vilnius - Le président Ianoukovitch devait signer l'accord d'association avec l'UE au sommet du Partenariat oriental à Vilnius, les 28-29 novembre 2013. Son annonce du 21 novembre de ne plus signer a déclenché l'Euromaïdan. Il avait rendu visite par deux fois à Poutine les semaines précédentes et subissait une pression pour rejoindre l'UEE. Mélange de carotte et bâton : gaz russe à bas prix et prêt de 15 milliards en cas de retrait, menace d'occuper la Crimée et le Donbass dans le cas contraire.

Sotnya (sg.), sotni (pl.) - Les manifestants de l'Euromaïdan (novembre 2013-février 2014) s'organisaient en sotni, terme utilisé par l'Armée insurrectionnelle ukrainienne

(UPA) pour ses unités de combat, et par les cosaques pour des unités d'environ 100 hommes.

Starlink - Deux jours après l'invasion, le gouvernement ukrainien a demandé à SpaceX (Elon Musk) d'activer le service internet par satellite Starlink au-dessus de l'Ukraine, pour remplacer des communications détruites. Fonctionnant avec de petites antennes portatives, Starlink ne peut être neutralisé par des frappes sur des centres névralgiques. Musk l'a d'abord fourni gratuitement, jusqu'à ce que le Pentagone prenne le relais en juin 2023. Utilisé par civils, autorités et militaires.

Storm Shadow/SCALP - Missiles de croisière franco-britanniques (portée : 550 km) utilisés par l'Ukraine pour frapper la flotte russe de la mer Noire et des cibles au-delà des lignes. La France en a donné environ 50 et le président Macron en a promis une quarantaine de plus en janvier 2024. Le Royaume-Uni a fourni un nombre non divulgué.

Storm Z - Unités pénales composées de prisonniers russes. À partir d'avril 2023, le ministère russe de la Défense a suivi l'exemple de Prigojine en recrutant des détenus pour combattre en Ukraine, contre rémunération et réductions de peine.

Su-34 et Su-35 - Le Su-34, meilleur avion d'attaque supersonique russe, tire des bombes planantes jusqu'à 60 km. Des chasseurs de supériorité Su-35 les escortent. Dans un épisode surnommé « massacre des Soukhoï », l'Ukraine a abattu 4 Su-34 biplaces et 2 Su-35 monoplaces en trois jours en février 2024, vraisemblablement avec ses rares missiles Patriot. Le site Oryx recense la perte de 25 Su-34 (sur 150) et 6 Su-35 (sur 120).

Svoboda - Parti d'extrême droite ultranationaliste, fondé en 2004 en héritier du Parti social-national d'Ukraine. Pic en 2012 (10,45 % et 37 sièges sur 450). Actif durant l'Euromaïdan, puis en baisse. Ne détient aujourd'hui qu'un siège.

T-90 - Char de bataille principal russe. La Russie aurait perdu plus de 2 000 chars, soit les deux tiers de son parc initial en 2022, dont des T-90. Les pertes ont été compensées par des T-72, T-62, voire T-54/55 (50 à 70 ans d'âge). Les usines Uralvagonzavod et Omsktransmach ont fortement accru la production, modernisant ou produisant assez de chars pour suivre le rythme des pertes. Le faible nombre d'Abrams, Challenger et Leopard 2 déployés ou promis par les États-Unis, le Royaume-Uni et l'Allemagne reste très inférieur au volume russe.

Tato - « Papa » en ukrainien.

Tchéka - Première police politique soviétique, fondée en 1917 par le révolutionnaire bolchevique Felix Dzerjinski. Sous Lénine, la Tchéka a mené arrestations de masse, emprisonnements, tortures et exécutions sans procès.

Tchernobyl - Ville partiellement abandonnée à 90 km au nord de Kyiv, près de la frontière biélorusse, théâtre de la catastrophe nucléaire de 1986. Les forces russes ont ignoré les règles de sûreté nucléaire lorsqu'elles ont occupé la centrale du 24 février au 2 avril 2022.

Temniki - Mémos secrets que Viktor Medvedtchouk, alors chef de cabinet du président Léonid Koutchma (2002-2005), adressait aux rédactions TV, dictant ce qui pouvait ou non être diffusé. Human Rights Watch a dénoncé ces temniki comme une « censure d'État informelle ».

Titka - « Tante » en ukrainien.

Tsezar Kounikov - Grand navire de débarquement russe coulé par des drones de surface ukrainiens Magura au large de la Crimée à la mi-février 2024.

UAV - *Unmanned Aerial Vehicles* ou drones, jamais autant employés que dans la guerre russo-ukrainienne. Fabriqués en Chine, en Iran, en Russie ou en Ukraine, des centaines de milliers (peut-être des millions) de drones ont été achetés pour aussi peu que 500 $ l'unité. Certains servent uniquement à la reconnaissance ; d'autres emportent une charge explosive pour détruire blindés et chars valant des millions. Les UAV téléopérés attaquent aussi troupes en progression ou soldats à couvert dans abris, trous de tirailleur et tranchées. Leur omniprésence a largement figé le front. Les progrès du brouillage électronique pourraient les rendre obsolètes, mais des mesures de riposte se développent aussi.

Ukrainiskiy Vybor - « Choix ukrainien ». ONG de droite prorusse fondée par l'oligarque Viktor Medvedtchouk, a mené campagne contre l'accord d'association Ukraine-UE via des spots TV grossiers et trompeurs. Medvedtchouk et sa femme, l'animatrice Oksana Marčenko, ont été emprisonnés après l'invasion à grande échelle, puis échangés en septembre 2022 contre des défenseurs d'Azovstal.

Union économique eurasiatique (UEE) - Le traité fondant ce bloc commercial de 5 ex-Républiques soviétiques a été signé par la Biélorussie, le Kazakhstan et la Russie en mai 2014. Poutine a conçu l'UEE comme un rival de l'Union européenne. En 2013, il a offert au président ukrainien prorusse Viktor Ianoukovitch un prêt de 15 milliards de dollars pour renoncer à l'accord d'association avec l'UE et rejoindre l'UEE à la place. La décision d'Ianoukovitch d'obéir à Poutine a déclenché, de novembre 2013 à février 2014, la révolution du Maïdan qui a conduit à sa chute.

UPA - Armée insurrectionnelle ukrainienne (*Ukrayins'ka Povstans'ka Armiia*) de la Seconde Guerre mondiale, qui a combattu Soviétiques et nazis. Certaines unités de l'ouest de l'Ukraine ont coopéré avec les nazis en 1944, contre les ordres de leur direction.

Verkhovna Rada - Parlement monocaméral ukrainien de 450 sièges.

Veteranka - Association de femmes vétéranes, fondée par des soldates en 2015, œuvrant sans relâche pour l'égalité des droits dans l'armée. A fait adopter par la Rada en 2018 la loi autorisant les femmes à combattre. Son hub humanitaire et militaire à Kyiv distribue gilets pare-balles, matériel médical et technique, nourriture, et soutient femmes, enfants et personnes handicapées affectées par la guerre. Veteranka fabrique des uniformes et équipements conçus pour les soldates et aide à la réinsertion.

Vidsich - Mot ukrainien pour « rebuffade ». Groupe de la société civile fondé par des étudiants de l'Académie Kyiv-Mohyla en 2010 pour s'opposer au rapprochement avec la Russie.

Vyshyvanka - Vêtement traditionnel ukrainien brodé, souvent porté comme symbole patriotique.

Zachistka - Mot russe pour « nettoyage », entendu dans des communications interceptées pendant l'occupation de Bucha, qui a fait 458 morts civils. Bucha a connu certaines des pires atrocités de la guerre - viols, tortures, exécutions sommaires. Les révélations sur Bucha et d'autres villes à l'ouest de Kyiv ont mis fin aussitôt aux pourparlers russo-ukrainiens en Turquie.

Zek - « Prisonnier » en russe, utilisé par les Ukrainiens pour désigner les soldats des unités pénales Storm Z.

Zhdun (**sg.**), **zhduny** (**pl.**) - « Attentiste » en russe, désigne les Ukrainiens de Crimée qui espèrent la victoire des forces ukrainiennes et le retour de la péninsule à l'Ukraine. Voir aussi **Pochekun/pochekuny**.

Remerciements

J'ai d'abord interviewé la lieutenante Yulia Mykytenko en août 2023 pour un article sur les femmes dans l'armée ukrainienne, publié dans *The Irish Times*. C'était une belle journée d'été. Yulia portait un t-shirt kaki et se tenait devant la maison en briques qu'elle partageait avec des soldats de sa section, sur la ligne de front dans le Donbass. J'étais à Kyiv, avec l'interprète-fixeur Nazar Yatsyshyn. À peine l'entretien sur Zoom terminé, je me suis tourné vers Nazar : « Quelle femme incroyable ! »

L'idée de ce livre m'est venue comme une épiphanie quelques semaines plus tard, de retour à Paris. J'en ai discuté avec Nazar à Lviv, puis avec mon agent Jonathan Williams, à Dublin. Neil Belton, directeur de Head of Zeus chez Bloomsbury, a salué le projet avec enthousiasme.

J'ai été ravie que Yulia accepte de me raconter son histoire. Le miracle des technologies nous a permis à tous trois – Yulia dans le Donbass, Nazar à Lviv et moi en Irlande – de passer plus de vingt-quatre heures ensemble en cinq mois.

Mes premiers remerciements vont à Yulia elle-même, dont le courage m'a inspirée. Ce livre n'aurait pas pu être écrit sans l'interprétation irréprochable de Nazar et sa connaissance encyclopédique de la langue, de la culture, de la politique et de l'histoire ukrainiennes.

Je suis immensément reconnaissante à Jonathan et Neil pour leur soutien inlassable et leurs conseils éditoriaux.

Je remercie l'association des femmes vétéranes Veteranka d'avoir rendu possible le premier contact avec Yulia.

Je suis reconnaissante à Ruadhán Mac Cormaic et à Conor Goodman, de *The Irish Times*, de m'avoir envoyée en Ukraine, et à Mary Minihan d'avoir commandé l'article sur les soldates.

Mon frère, Robert Cochran, a veillé sur mon appartement parisien pendant que je travaillais paisiblement en Irlande. Il a lu une première version et m'a opposé des critiques douloureuses mais précieuses.

Merci aussi à Lesia Davydiuk, Irena Kozymka, Yurii Lysenko, Mykhaylo Nazarenko et Yuriy Rubashov pour leur aide dans le choix des diverses épigraphes.

Table

Correction : Sophie Loria
Maquette de couverture : Mélinda Fiant
Fabrication : Caroline Le Goff & Sébastien Dos Santos
Composition et mise en pages : Nord Compo à Villeneuve-d'Ascq
Photograveur : IGS-CP

Achevé d'imprimer en France
par CPI Firmin-Didot
en novembre 2025
N° d'impression : 185470